FJODOR DOSTOJEWSKIJ

Der Doppelgänger

ÜBERSETZUNG VON ARTHUR LUTHER
NACHWORT VON ANGELA MARTINI-WONDE

PHILIPP RECLAM JUN. STUTTGART

Russischer Originaltitel:
Dvojnik

Die Übersetzung folgt der Ausgabe: Fjodor M. Dostojewskij: Die kleineren Romane. Aus dem Russischen übersetzt von Marianne Kegel, H. Kolls, Arthur Luther und Erwin Walter. München: Winkler, 1963.

Universal-Bibliothek Nr. 8423

Gesamtherstellung: Reclam, Ditzingen. Printed in Germany 2000
RECLAM und UNIVERSAL-BIBLIOTHEK sind eingetragene Marken
der Philipp Reclam jun. GmbH & Co., Stuttgart
ISBN 3-15-008423-7

Erstes Kapitel

Es war kurz vor acht Uhr morgens, als der Titularrat Jakow Petrowitsch Goljadkin nach einem langen Schlaf erwachte, gähnte, sich streckte und die Augen endlich ganz öffnete. Zwei Minuten lang lag er übrigens noch unbeweglich auf seinem Bett, wie ein Mensch, der sich noch nicht völlig davon überzeugt hat, ob er erwacht ist oder immer noch schläft, ob er alles, was jetzt um ihn herum vorgeht, in wachem Zustand sieht, ob es Wirklichkeit ist oder die Fortsetzung seiner wirren Traumgesichte. Alsbald jedoch fingen die Sinne des Herrn Goljadkin an, die gewohnten, alltäglichen Eindrücke klarer und deutlicher zu erfassen. Die grünlich-schmutzigen, verräucherten, staubigen Wände seines kleinen Zimmers sahen ihn vertraut an, ebenso seine Rotholzkommode, die Stühle aus imitiertem Rotholz, der rot angestrichene Tisch, der rötliche türkische Wachstuchdiwan mit den grünen Blümchen und endlich seine Kleider, die er gestern in Eile abgelegt und zusammengeballt auf den Diwan geworfen hatte. Schließlich guckte der graue, trübe, schmutzige Herbsttag zornig und mit saurem Gesicht durch das trübe Fenster zu ihm ins Zimmer, so daß Herr Goljadkin in keinem Fall mehr zweifeln konnte, daß er sich nicht in irgendeinem Märchenreich befand, sondern in Petersburg, in der Residenz, in der Schestilawotschnaja, im dritten Stock eines sehr großen, wuchtigen Hauses, in seiner eigenen Wohnung. Nachdem er diese wichtige Entdekkung gemacht hatte, schloß Herr Goljadkin krampfhaft die Augen, als bedauerte er, aus dem Schlaf erwacht zu sein, und als wünschte er ihn für einen Augenblick zurückzurufen. In der nächsten Minute jedoch sprang er mit einem Satz aus dem Bett, als hätte er endlich die Idee erfaßt, um die sich seine zerstreuten, noch nicht in die gehörige Ordnung gebrachten Gedanken jetzt gedreht hatten. Als er aus dem Bett gesprungen war, lief er sofort zu einem kleinen runden Spiegel, der auf der Kommode

stand. Obwohl das verschlafene, blinzelnde, kahlköpfige Wesen, dessen Bild der Spiegel zurückwarf, höchst unbedeutend war und auf den ersten Blick sicherlich niemanden gefesselt hätte, schien Herr Goljadkin mit seinem Spiegelbild doch durchaus zufrieden zu sein. »Das wäre so eine Sache gewesen«, sagte er halblaut, »das wäre so eine Sache gewesen, wenn mir heute etwas fehlgegangen wäre, wenn irgend etwas nicht gestimmt hätte, irgendein unnötiger Pickel sich auf meinem Gesicht gezeigt hätte oder sonst etwas Unangenehmes geschehen wäre; übrigens ist's bis jetzt nicht übel, bis jetzt geht alles gut.« Sehr erfreut darüber, daß alles gut ging, stellte Herr Goljadkin den Spiegel auf seinen alten Platz und lief dann selber, obgleich er barfuß war und noch in dem Kostüm, in dem er sich gewöhnlich schlafen legte, ans Fenster, und seine Augen begannen mit großem Interesse etwas in dem Hof zu suchen, auf den die Fenster seiner Wohnung mündeten. Augenscheinlich befriedigte ihn auch das, was er im Hof erblickte, völlig; sein Antlitz erstrahlte in einem selbstgefälligen Lächeln. Dann – doch vorher warf er noch einen Blick hinter den Verschlag in das Kämmerchen seines Dieners Petruschka und überzeugte sich, daß es leer war –, dann ging er auf den Zehenspitzen zu dem Tisch, schloß eine Schublade auf, wühlte in dem hintersten Winkelchen dieser Schublade, zog schließlich unter alten vergilbten Papieren und allerhand Kram eine grüne, abgenutzte Brieftasche hervor, öffnete sie vorsichtig – und guckte behutsam und mit Genuß in ihr allerletztes, geheimes Fach. Wahrscheinlich sah das Päckchen grünlichgrauer, bläulich-rötlicher und allerhand bunter Blättchen Herrn Goljadkin auch sehr freundlich und wohlwollend an: mit strahlender Miene legte er die geöffnete Brieftasche vor sich auf den Tisch und rieb sich kräftig die Hände, zum Zeichen seiner außerordentlichen Freude. Endlich nahm er es heraus, dieses trostreiche Päckchen Banknoten, und überzählte es, wohl schon zum hundertstenmal seit gestern, jeden Schein sorgfältig zwischen dem

Daumen und Zeigefinger reibend. »Siebenhundertundfünfzig Rubel in Banknoten!« murmelte er schließlich halblaut. »Siebenhundertundfünfzig Rubel . . . eine stattliche Summe! Eine nette Summe«, fuhr er mit zitternder, durch die Freude etwas geschwächter Stimme fort, preßte das Päckchen fest in der Hand und lächelte bedeutungsvoll. »Das ist eine sehr nette Summe! Die muß jedem gefallen. Ich möchte jetzt wohl den Menschen sehen, dem diese Summe gering schiene? Eine solche Summe kann den Menschen weit führen . . .«

Aber was ist denn das? dachte Herr Goljadkin, wo ist denn Petruschka? Immer noch im selben Kostüm, warf er zum zweitenmal einen Blick hinter den Verschlag. Petruschka war wieder nicht zu sehen, nur der hinter dem Verschlag auf dem Fußboden stehende Samowar brodelte zornig, ereiferte sich, drohte unablässig überzulaufen und schwätzte, schnarrend, lispelnd und sich überstürzend, Herrn Goljadkin in seiner seltsamen Sprache etwas vor, was wohl heißen sollte: So setzt mich doch endlich auf den Tisch, ihr guten Leutchen, ich bin ja schon ganz fertig.

Der Teufel soll ihn holen! dachte Herr Goljadkin. Diese faule Bestie kann einen aus dem Häuschen bringen; wo treibt er sich herum? In seiner gerechten Entrüstung ging er in den schmalen Korridor hinaus, an dessen Ende eine Tür in den Hausflur mündete, öffnete diese Tür ein wenig und erblickte seinen Diener inmitten eines ansehnlichen Häufchens von allerhand Müßiggängern: Lakaien, Hausgenossen und zufällig hinzugekommenen Leuten. Petruschka erzählte etwas, die anderen hörten zu. Offensichtlich gefiel Herrn Goljadkin weder das Thema des Gesprächs noch die Unterhaltung an und für sich. Er rief Petruschka sofort zu sich und kehrte ganz unzufrieden, sogar verstört in sein Zimmer zurück. Diese Bestie ist imstande, einen Menschen für einen Groschen zu verraten, allen voran den eigenen Herrn, dachte er, und er hat mich verraten, hat mich bestimmt verraten, ich wette, daß

er mich für eine Kopeke verraten hat ... »Nun, was gibt's?«
»Man hat die Livree gebracht, gnädiger Herr.«
»Zieh sie an, und komm her!«
Als Petruschka die Livree angezogen hatte, betrat er mit dummem Lächeln das Zimmer seines Herrn. Er war höchst seltsam ausstaffiert. Er trug eine grüne, stark abgenutzte Livree mit goldenen, ausgefransten Tressen, die für einen mindestens um eine Elle größeren Mann angefertigt war. In der Hand hielt er einen Hut, ebenfalls mit Tressen und grünen Federn; an der Hüfte hing ihm ein Lakaiendegen in lederner Scheide.
Um schließlich das Bild zu vervollständigen, war Petruschka, getreu seiner Lieblingsgewohnheit, zu Hause immer im Negligé umherzugehen, auch jetzt barfuß. Herr Goljadkin betrachtete Petruschka von allen Seiten und war sichtlich befriedigt. Die Livree war offenbar für irgendeine feierliche Gelegenheit geliehen. Man konnte aber auch bemerken, daß Petruschka während der Besichtigung den Herrn mit einer Art sonderbarer Erwartung ansah und jede seiner Bewegungen mit ungewöhnlicher Neugierde verfolgte, was Herrn Goljadkin ganz aus der Fassung brachte.
»Nun, und die Kalesche?«
»Die Kalesche ist auch da.«
»Für den ganzen Tag?«
»Für den ganzen Tag. Fünfundzwanzig Papierrubel.«
»Hat man auch die Stiefel gebracht?«
»Jawohl.«
»Rüpel! Kannst du nicht sagen: ‚Zu Befehl!' Gib sie her!«
Nachdem er seine Freude über den guten Sitz der Stiefel geäußert hatte, verlangte Herr Goljadkin Tee, Waschwasser und Rasierzeug. Er rasierte sich ungemein sorgfältig, wusch sich ebenso, nahm rasch ein paar Schluck Tee und vervollständigte alsdann seine Bekleidung: Er zog eine fast ganz neue Hose an, dann ein Vorhemd mit Bronze-

knöpfchen, eine Weste mit ungemein grellen und netten Blümchen; um den Hals schlang er eine bunte seidene Binde und fuhr dann endlich in den Uniformfrack, der auch ganz neu und sorgfältig gebürstet war. Während des Ankleidens sah er seine Stiefel einige Male liebevoll an, hob jeden Augenblick bald den einen, bald den andern Fuß, freute sich über die elegante Form und murmelte immerfort etwas vor sich hin, seine eigenen Gedanken ab und zu mit einer verständnisinnigen Grimasse begleitend. Übrigens war Herr Goljadkin an diesem Morgen sehr zerstreut, da er das ihm geltende Lächeln und die Grimassen seines Dieners, der ihm beim Ankleiden behilflich war, kaum bemerkte. Als endlich alles vollendet und er ganz fertig angezogen war, steckte Herr Goljadkin seine Brieftasche ein, ergötzte sich ein letztes Mal am Anblick Petruschkas, der die Stiefel angezogen hatte und somit auch in vollständiger Bereitschaft war, überzeugte sich, daß alles getan und weiteres Warten unnötig war, und lief eilig und geschäftig, mit ein wenig Herzklopfen die Treppe hinunter. Die himmelblaue Mietskalesche mit gemaltem Wappen fuhr donnernd vor. Petruschka, der dem Kutscher und einigen Gaffern zuwinkte, half seinem Herrn beim Einsteigen, rief dann mit fremd klingender Stimme und kaum unterdrücktem blödem Lachen: »Vorwärts!« sprang auf den rückwärtigen Wagentritt, und das Ganze rollte lärmend und krachend, klirrend und ratternd dem Newskijprospekt zu. Kaum hatte die himmelblaue Equipage den Hof verlassen, als Herr Goljadkin sich krampfhaft die Hände zu reiben begann und in ein leises, unhörbares Lachen ausbrach, wie ein Mensch von fröhlicher Gemütsart, dem ein prächtiger Streich gelungen ist und der sich nun selber wie ein Schneekönig über diesen Streich freut. Übrigens wurde sofort nach diesem Heiterkeitsanfall das Lachen von einem seltsamen, besorgten Ausdruck im Antlitz des Herrn Goljadkin abgelöst. Obgleich das Wetter feucht und trüb war, ließ er beide Fenster des Wagens herunter und begann die Vorüberge-

henden links und rechts sorgsam zu mustern, wobei er sich einer wohlanständigen, gemessenen Haltung befleißigte, wenn er bemerkte, daß jemand ihn anblickte. An der Mündung der Litejnaja in den Newskijprospekt fuhr er plötzlich unter dem Eindruck einer überaus unangenehmen Empfindung zusammen und drückte sich wie ein armer Teufel, dem man unversehens auf das Hühnerauge getreten hat, eiligst und sogar furchtsam in die allerdunkelste Ecke seines Wagens. Die Sache war nämlich die, daß er zweien seiner Kollegen begegnet war, zwei jungen Beamten des Ressorts, in dem er selber angestellt war. Die Beamten waren, wie es Herrn Goljadkin vorkam, ihrerseits auch äußerst erstaunt, ihrem Kollegen in dieser Aufmachung zu begegnen; einer von ihnen zeigte sogar mit dem Finger auf Herrn Goljadkin. Ja, es schien Herrn Goljadkin, als ob der andere ihn laut beim Namen riefe, was auf der Straße natürlich höchst unanständig war. Unser Held verbarg sich und meldete sich nicht. Diese dummen Bengel! räsonierte er. Was ist denn da so Sonderbares? Ein Mann in einer Kalesche; der Mann mußte einen Wagen haben, so hat er sich eben einen Wagen gemietet. Einfach Pack! Ich kenne sie – dumme Bengel, die noch Prügel brauchen! Wissen nichts Besseres, als Ziffer oder Adler zu spielen, wenn sie ihr Gehalt bekommen, und zu bummeln; dazu sind sie auf der Welt. Ich möchte ihnen allen gerne ein paar Worte sagen, aber . . . Herr Goljadkin kam nicht zu Ende, die Sinne vergingen ihm vor Schreck. Ein Paar flinker Kasanscher Pferdchen, die Herr Goljadkin sehr gut kannte, vor eine elegante Droschke gespannt, überholten von rechts seine Kalesche. Der Herr, der in der Droschke saß und das Gesicht des Herrn Goljadkin, der seinen Kopf ziemlich unvorsichtig aus dem Wagenfenster steckte, zufällig erspäht hatte, war offensichtlich ebenfalls höchst erstaunt über diese unerwartete Begegnung; er beugte sich vor, so weit er konnte, und sah mit größter Neugierde und Teilnahme in die Wagenecke, in

die unser Held sich schleunigst zurückgezogen hatte. Der Herr in der Droschke war Andrej Filippowitsch, einer der Abteilungsvorsteher des Ressorts, dem auch Herr Goljadkin als Gehilfe des Bureauchefs angehörte. Als Herr Goljadkin sah, daß Andrej Filippowitsch ihn erkannt hatte, daß er ihn mit größter Aufmerksamkeit betrachtete und ein Verstecken ganz unmöglich war, errötete er bis über die Ohren. Grüßen oder nicht grüßen? Sich zu erkennen geben oder nicht? Sich melden oder nicht? dachte unser Held in unbeschreiblicher Seelenangst, oder so tun, als ob es gar nicht ich sei, sondern ein anderer, der mir auffallend ähnlich sieht, und dreinschauen, als ob nichts geschehen wäre? Ich bin es nun mal nicht, bin's nicht – und fertig, sagte sich Herr Goljadkin, indem er den Hut vor Andrej Filippowitsch zog und ihn unverwandt ansah. »Ich, ich habe gar nichts«, murmelte er mit größter Anstrengung, »ich habe gar nichts, das bin ich gar nicht, ich, ich bin nicht ich – und abgemacht.« Die Droschke hatte die Kalesche jedoch überholt, und die magnetische Wirkung der obrigkeitlichen Blicke war ausgeschaltet. Herr Goljadkin wurde aber immer wieder rot, lächelte, murmelte etwas vor sich hin . . . Ein Narr war ich, daß ich mich nicht bemerkbar gemacht habe, dachte er endlich, ich hätte einfach ganz kühn sein, einen gewissen vornehmen Freimut zeigen sollen: So ist es nun einmal, Andrej Filippowitsch, ich bin auch zum Diner geladen, weiter nichts! Dann fiel unserem Helden plötzlich ein, daß er sich blamiert hatte; das Blut schoß ihm in den Kopf, er zog die Augenbrauen zusammen und warf einen furchtbaren, herausfordernden Blick auf die vordere Wagenecke, einen Blick, der dazu angetan war, alle seine Feinde mit einemmal in Asche zu verwandeln. Schließlich zog er, einer plötzlichen Eingebung folgend, an der Schnur, die am Ellenbogen des Kutschers befestigt war, ließ den Wagen halten und befahl umzukehren und in die Litejnaja zurückzufahren. Herr Goljadkin empfand nämlich das

Bedürfnis, unverzüglich und wahrscheinlich zu seiner eigenen Beruhigung seinem Arzt, Christian Iwanowitsch, etwas ungemein Interessantes mitzuteilen. Er kannte Christian Iwanowitsch zwar erst seit ganz kurzer Zeit, da er ihn vergangene Woche zum erstenmal aus irgendeinem Grund besucht hatte, aber ein Arzt ist ja wie ein Beichtvater; es wäre dumm, ihm irgend etwas zu verbergen, und er hat die Pflicht, den Patienten kennenzulernen. Ob das aber alles so sein wird, fuhr unser Held in seinem Selbstgespräch fort, als er vor der Einfahrt eines vierstöckigen Hauses in der Litejnaja halten ließ und aus dem Wagen stieg, ob das alles so sein wird? Ob es anständig ist? Ob es angemessen ist? Was liegt übrigens daran, dachte er, die Treppe hinansteigend, schwer atmend und ein Herzklopfen bekämpfend, das sich bei ihm gewohnheitsgemäß auf allen fremden Treppen einstellte. Was ist's denn weiter? Ich rede ja immer von mir selber, und dabei ist nichts Anstößiges . . . Es wäre töricht, etwas zu verheimlichen. Ich werde also so tun, als ob nichts wäre, als ob ich nur so im Vorbeigehen . . . Er wird schon sehen, daß es so sein mußte.

Unter solchen Erwägungen stieg Herr Goljadkin bis in den ersten Stock und blieb vor der Wohnung Nummer 5 stehen, an deren Eingangstür ein hübsches Messingschild prangte mit der Aufschrift:

Christian Iwanowitsch Rutenspitz,
Doktor der Medizin und Chirurgie.

Vor der Tür beeilte sich unser Held, seinem Gesicht einen wohlanständigen, ungezwungenen, der Liebenswürdigkeit nicht ermangelnden Ausdruck zu geben, und schickte sich an, die Klingel zu ziehen. Während er sich dazu anschickte, überlegte er sofort und sicher im rechten Augenblick, ob es nicht besser wäre, morgen zu kommen, und daß vorläufig keine besondere Notwendigkeit zu diesem Besuch vorliege. Als Herr Goljadkin aber plötzlich

Schritte auf der Treppe hörte, gab er diesen neuen Entschluß unverzüglich auf und läutete, um der Sache ein Ende zu machen – übrigens mit der allerentschlossensten Miene – an der Tür von Christian Iwanowitsch.

Zweites Kapitel

Der Doktor der Medizin und Chirurgie Christian Iwanowitsch Rutenspitz, ein überaus kräftiger, obgleich schon bejahrter Mann mit buschigen, ergrauenden Augenbrauen und Backenbart, ausdrucksvollem funkelndem Blick, durch den allein er offenbar alle Krankheiten verscheuchte, und einem bedeutenden Orden an der Brust, saß an diesem Morgen in seinem Arbeitszimmer in seinem bequemen Lehnstuhl, trank den Kaffee, den ihm die Frau Doktor eigenhändig gebracht hatte, rauchte eine Zigarre und schrieb ab und zu Rezepte für seine Patienten. Nachdem er die letzte Arznei verschrieben hatte, und zwar einem alten Männchen, das an Hämorrhoiden litt, und dieses leidende Männchen zur Seitentür hinausbegleitet hatte, setzte sich Christian Iwanowitsch wieder hin und wartete auf den nächsten Besucher. Herr Goljadkin trat ein.

Offenbar hatte Christian Iwanowitsch Herrn Goljadkin keineswegs erwartet; der Besuch schien ihm auch gar nicht erwünscht zu sein, denn er wurde plötzlich ganz verwirrt und machte ein sehr sonderbares – man hätte fast sagen können: unzufriedenes Gesicht. Da nun Herr Goljadkin seinerseits fast immer abfiel und aus der Fassung kam, wenn er in seinen eigenen Angelegenheiten an jemanden herantreten mußte, so wurde er auch jetzt, wo er den ersten Satz, der ihm in solchen Fällen immer zum Stein des Anstoßes wurde, nicht vorbereitet hatte, ganz konfus, murmelte etwas, anscheinend eine Entschuldigung, nahm dann, weil er nicht wußte, was er jetzt tun

sollte, einen Stuhl und setzte sich. Als ihm aber einfiel, daß er sich ohne Aufforderung gesetzt hatte, empfand er das sofort als Verstoß und beeilte sich, diesen Mangel an Weltkenntnis und gutem Ton wettzumachen, indem er sich energisch von dem Platz erhob, auf den er sich unaufgefordert niedergelassen hatte. Dann besann er sich, empfand undeutlich, daß er zwei Dummheiten auf einmal gemacht hatte, und entschloß sich ohne Zögern zur dritten, das heißt, er versuchte sich zu rechtfertigen, stammelte irgend etwas, lächelte, wurde rot, geriet in Verwirrung, verstummte dann bedeutungsvoll und setzte sich schließlich endgültig hin, ohne wieder aufzustehen, wappnete sich aber für alle Fälle mit jenem herausfordernden Blick, dem er in seinen geheimen Gedanken die ungewöhnliche Kraft zuschrieb, alle Feinde des Herrn Goljadkin in Asche zu verwandeln und zu zerschmettern. Außerdem drückte dieser Blick die Unabhängigkeit des Herrn Goljadkin vollkommen aus, das heißt, er besagte deutlich, daß Herr Goljadkin durchaus nichts Besonderes auf dem Gewissen habe, daß er sich selber genug sei, wie alle anderen – und daß das, was ihn nicht brenne, ihn nicht heiß mache. Christian Iwanowitsch hustete, räusperte sich, wohl um dadurch seiner Billigung und seinem Einverständnis mit allem Ausdruck zu geben, und richtete einen forschenden, fragenden Blick auf Herrn Goljadkin.

»Ich bin gekommen, Christian Iwanowitsch«, begann Herr Goljadkin lächelnd, »Sie ein zweites Mal zu belästigen, und wage es zum zweitenmal, um Ihre Nachsicht zu bitten ...« Herr Goljadkin hatte sichtlich Mühe, die Worte zu finden.

»Hm ... ja!« sagte Christian Iwanowitsch; er blies eine Rauchwolke aus dem Mund und legte die Zigarre auf den Tisch. »Aber Sie müssen sich an die Vorschriften halten; ich habe Ihnen doch erklärt, daß Ihre Kur in einer Änderung Ihrer Gewohnheiten bestehen muß ... Sie müssen sich zerstreuen, müssen Freunde und Bekannte besuchen

und auch kein Feind der Flasche sein, sich gleichmäßig in fröhlicher Gesellschaft bewegen.«

Herr Goljadkin bemerkte sofort, immer noch lächelnd, daß er glaube, ein Mensch wie alle zu sein, daß er für sich lebe, daß seine Zerstreuungen dieselben seien wie die aller anderen Leute . . . daß er natürlich auch ins Theater gehen könne, da er, wie alle anderen, die Mittel dazu habe, daß er tagsüber im Amt und abends zu Hause sei, daß es ihm ganz gut gehe. Hier bemerkte er auch ganz beiläufig, daß er, soviel er wisse, nicht schlechter sei als andere, daß er eine eigene Wohnung habe, daß auch Petruschka noch da sei. Hier stockte Herr Goljadkin.

»Hm! nein, das ist nicht das Richtige, und ich habe Sie gar nicht danach fragen wollen. Es interessiert mich im allgemeinen zu wissen, ob Sie ein Freund lustiger Gesellschaft sind und Ihre Zeit fröhlich verbringen . . . Also, führen Sie jetzt ein melancholisches oder ein fröhliches Leben?«

»Christian Iwanowitsch, ich . . .«

»Hm . . . Ich sage«, unterbrach ihn der Doktor, »daß Sie eine radikale Umgestaltung Ihres ganzen Lebens nötig haben und in gewissem Sinn Ihren Charakter zerbrechen müssen.« Christian Iwanowitsch betonte das Wort »zerbrechen« ganz besonders stark und hielt einen Augenblick mit sehr bedeutender Miene inne. »Dem fröhlichen Leben nicht aus dem Weg gehen, Theater und Klubs besuchen und in keinem Fall ein Gläschen Wein verachten. Zu Hause sitzen taugt nichts . . . Sie dürfen keinesfalls zu Hause sitzen.«

»Ich liebe die Stille, Christian Iwanowitsch«, sagte Herr Goljadkin, sah den Arzt bedeutungsvoll an und suchte anscheinend nach Worten, um seine Gedanken möglichst getreu wiederzugeben. »In der Wohnung bin nur ich und Petruschka . . . ich will sagen: mein Diener, Christian Iwanowitsch. Ich will sagen, Christian Iwanowitsch, daß ich meinen eigenen Weg gehe, einen besonderen Weg, Christian Iwanowitsch. Ich bin allein für mich und hänge,

wie mir scheint, von niemandem ab. Ich gehe auch spazieren, Christian Iwanowitsch.«

»Wie? ... Nun, das Spazierengehen ist heute keine Annehmlichkeit; das Wetter ist sehr schlecht.«

»Jawohl, Christian Iwanowitsch. Ich bin zwar ein stiller Mensch, Christian Iwanowitsch, wie ich Ihnen, glaube ich, schon die Ehre hatte zu erklären, aber ich gehe meinen eigenen Weg, Christian Iwanowitsch. Die Straße des Lebens ist breit ... Ich will ... ich will damit sagen, Christian Iwanowitsch ... Entschuldigen Sie mich, Christian Iwanowitsch, ich bin kein Meister im Schönreden.«

»Hm! ... Sie sagen ...«

»Ich sage, Sie möchten mich entschuldigen, Christian Iwanowitsch, weil ich, wie mir scheint, kein Meister im Schönreden bin«, sagte Herr Goljadkin in halb beleidigtem Ton, etwas stockend und aus dem Konzept geratend. »In dieser Hinsicht bin ich nicht so wie die anderen, Christian Iwanowitsch«, fügte er mit einem eigentümlichen Lächeln hinzu, »und verstehe nicht viel zu reden, auch habe ich nicht gelernt, meiner Sprache Schönheit zu verleihen. Dafür handle ich, Christian Iwanowitsch, dafür handle ich.«

»Hm! ... Wie denn das ... wie handeln Sie?« fragte Christian Iwanowitsch. Dann folgte ein minutenlanges Schweigen. Der Arzt sah Herrn Goljadkin ganz seltsam und mißtrauisch an. Auch Herr Goljadkin schielte seinerseits ziemlich mißtrauisch nach dem Arzt.

»Christian Iwanowitsch«, fuhr Herr Goljadkin, der durch die ungewöhnliche Hartnäckigkeit des Arztes befremdet war, in demselben etwas gereizten Ton fort, »ich liebe die Ruhe, Christian Iwanowitsch, nicht den Lärm des Weltgetriebes. Ich sage, bei denen dort in der großen Welt, Christian Iwanowitsch, muß man es verstehen, über das Parkett hinwegzugleiten ...« Hier scharrte Herr Goljadkin ein wenig mit dem Fuß auf dem Boden. »Das verlangt man dort, auch Witze muß man machen ... man muß ein parfümiertes Kompliment machen können ...

das ist's, was dort verlangt wird. Das habe ich aber nicht gelernt, Christian Iwanowitsch, ich habe alle diese Spitzfindigkeiten nicht gelernt, ich hatte keine Zeit dafür. Ich bin ein einfacher, harmloser Mensch, ohne äußeren Glanz. Hier strecke ich die Waffen, Christian Iwanowitsch, ich lege sie nieder, wenn es sich um derartige Dinge handelt.« Alles das brachte Herr Goljadkin natürlich mit einer Miene vor, die deutlich erkennen ließ, daß unser Held keinesfalls bedauerte, hier die Waffen zu strecken und keine Spitzfindigkeiten gelernt zu haben, sondern daß das Gegenteil der Fall sei. Christian Iwanowitsch hörte ihm zu, den Blick zu Boden gesenkt, mit einem äußerst unangenehmen Gesichtsausdruck, als ahnte er irgend etwas. Nach der Tirade des Herrn Goljadkin folgte ein ziemlich langes und bedeutsames Schweigen.

»Sie sind, scheint's, etwas vom Thema abgekommen«, sagte Christian Iwanowitsch endlich halblaut, »ich gestehe Ihnen, daß ich Sie nicht ganz begreifen konnte.«

»Ich bin kein Meister im Schönreden, Christian Iwanowitsch. Ich hatte bereits die Ehre, Ihnen zu erklären, Christian Iwanowitsch, daß ich kein Meister im Schönreden bin«, sagte Herr Goljadkin diesmal in schroffem, entschiedenem Ton.

»Hm! . . .«

»Christian Iwanowitsch«, begannn Herr Goljadkin wieder mit leiser, aber vielsagender Stimme und mit einer gewissen Feierlichkeit jeden Punkt betonend. »Christian Iwanowitsch! Als ich hier eintrat, begann ich mit Entschuldigungen. Ich wiederhole jetzt das Gesagte und bitte wieder für einige Zeit um Ihre Nachsicht. Ich habe nichts vor Ihnen zu verbergen, Christian Iwanowitsch. Ich bin ein kleiner Mann, das wissen Sie selber; aber zu meinem Glück bedauere ich es nicht, daß ich ein kleiner Mann bin. Ganz im Gegenteil, Christian Iwanowitsch! Und – um alles zu sagen – ich bin sogar stolz darauf, daß ich kein großer Mann bin, sondern ein kleiner. Ich bin kein Intri-

gant – darauf bin ich auch stolz. Ich handle nicht im geheimen, sondern offen, ohne Winkelzüge, und obgleich ich meinerseits auch schaden könnte, und zwar sehr, und sogar weiß, wem ich etwas antun könnte, Christian Iwanowitsch, so will ich mich doch nicht beschmutzen und wasche in diesem Sinn meine Hände. Ich sage, ich wasche sie in diesem Sinn, Christian Iwanowitsch!«

Herr Goljadkin schwieg für einen Augenblick bedeutungsvoll; er hatte sich in eine sanfte Begeisterung hineingeredet.

»Ich gehe geradeaus, Christian Iwanowitsch«, fuhr unser Held fort, »nicht auf Seitenwegen, die ich verachte und anderen überlasse. Ich gebe mir keine Mühe, diejenigen herabzusetzen, die vielleicht besser sind als Sie und ich ... das heißt, ich will sagen: als diese und ich; Sie habe ich nicht gemeint, Christian Iwanowitsch. Ich mag keine halben Worte; ich verachte elende Zweideutigkeiten; ich verabscheue Verleumdung und Klatsch. Eine Maske trage ich nur zur Faschingszeit, aber ich gehe nicht tagtäglich unter den Leuten damit herum. Ich möchte Sie nur fragen, Christian Iwanowitsch, wie würden Sie sich an Ihrem Feind rächen, an Ihrem schlimmsten Feind?« schloß Herr Goljadkin und warf Christian Iwanowitsch einen herausfordernden Blick zu.

Obgleich Herr Goljadkin das alles sehr klar und deutlich und mit Überzeugung vorgebracht hatte, die Worte wägend und auf ihre Wirkung rechnend, blickte er doch jetzt mit Unruhe auf Christian Iwanowitsch, mit großer Unruhe, mit äußerster Unruhe. Er war jetzt ganz Auge und erwartete die Antwort des Arztes schüchtern und mit verdrossener, sorgenvoller Ungeduld. Aber zu seinem Erstaunen und zu seiner vollständigen Bestürzung murmelte Christian Iwanowitsch nur etwas vor sich hin; dann schob er seinen Lehnstuhl an den Tisch heran und erklärte ihm ziemlich kalt, aber trotzdem höflich, etwas in der Art, daß seine Zeit kostbar sei und daß er ihn nicht recht verstehe; daß er im übrigen bereit sei, nach Möglichkeit

und nach Kräften zu helfen, daß er aber alles weitere, ihn nichts Angehende ablehne. Hierbei griff er zur Feder, nahm ein Blatt Papier, schnitt ein Zettelchen in Rezeptgröße zurecht und erklärte, daß er gleich das Nötige verschreiben werde.
»Nein, das ist nicht nötig, Christian Iwanowitsch! Nein, das ist durchaus nicht nötig!« sagte Herr Goljadkin aufstehend und faßte die rechte Hand des Arztes. »Das ist hier gar nicht nötig, Christian Iwanowitsch . . .«
Aber während Herr Goljadkin das alles sagte, ging eine seltsame Veränderung mit ihm vor. Seine grauen Augen funkelten ganz eigentümlich, die Lippen zitterten, alle Muskeln, alle Züge seines Gesichts gerieten in Bewegung. Er selber zitterte am ganzen Körper. Nachdem er seinem ersten Impuls nachgegeben und die Hand des Arztes angehalten hatte, verharrte Herr Goljadkin unbeweglich, als ob er sich selbst nicht traue und für seine weiteren Handlungen eine Eingebung von oben erwarte.
Hierauf spielte sich eine recht merkwürdige Szene ab. Der etwas verblüffte Christian Iwanowitsch war für einige Augenblicke wie festgewachsen in seinem Lehnstuhl und sah fassungslos und unverwandt auf Herrn Goljadkin, der den Arzt ebenso anstarrte. Endlich stand Christian Iwanowitsch auf, wobei er sich leicht am Rockaufschlag Herrn Goljadkins festhielt. So standen sie sich einige Sekunden gegenüber, unbeweglich und ohne die Augen voneinander abzuwenden. Dann löste sich der zweite Impuls Herrn Goljadkins in einer recht ungewöhnlichen Weise. Seine Lippen fingen an zu zittern, das Kinn zu hüpfen, und unser Held brach unerwartet in Tränen aus. Schluchzend, mit dem Kopf nickend und sich mit der rechten Hand an die Brust schlagend, ergriff er mit der linken ebenfalls den Aufschlag des Hausrocks von Christian Iwanowitsch, wollte etwas sagen, etwas erklären, konnte aber kein Wort hervorbringen. Endlich erwachte Christian Iwanowitsch aus seiner Bestürzung.
»Ich bitte Sie, beruhigen Sie sich, setzen Sie sich!« sagte er

und bemühte sich, Herrn Goljadkin in den Lehnstuhl zu drücken.

»Ich habe Feinde, Christian Iwanowitsch, ich habe Feinde; ich habe böse Feinde, die geschworen haben, mich zu vernichten ...« antwortete Herr Goljadkin ängstlich und im Flüsterton.

»Ich bitte Sie, ich bitte Sie, was sind Feinde! An Feinde muß man nicht denken. Das ist ganz überflüssig. Setzen Sie sich, setzen Sie sich«, fuhr Christian Iwanowitsch fort und drückte Herrn Goljadkin energisch in den Sessel.

Herr Goljadkin setzte sich endlich, ohne den Blick von Christian Iwanowitsch abzuwenden. Dieser fing mit einer sehr unzufriedenen Miene an, sein Zimmer von einer Ecke zur anderen zu durchmessen. Es trat ein langes Schweigen ein.

»Ich bin Ihnen dankbar, Christian Iwanowitsch, sehr dankbar, und empfinde in hohem Maß alles, was Sie für mich getan haben. Ich werde Ihr Wohlwollen bis zum Grab nicht vergessen, Christian Iwanowitsch«, sagte Herr Goljadkin endlich und erhob sich mit gekränkter Miene von seinem Stuhl.

»Genug, genug! Ich sage Ihnen, genug!« erwiderte Christian Iwanowitsch ziemlich streng auf den Ausfall Herrn Goljadkins und setzte ihn noch einmal auf seinen Platz.

»Also, was haben Sie denn? Erzählen Sie mir, was für Unannehmlichkeiten das sind«, fuhr Christian Iwanowitsch fort, »und von was für Feinden reden Sie? Was also ist es?«

»Nein, Christian Iwanowitsch, wir wollen das jetzt lieber lassen«, antwortete Herr Goljadkin mit gesenktem Blick, »es ist besser, das alles beiseite zu schieben, bis zu der Zeit, bis zu einer anderen Zeit ... Christian Iwanowitsch, bis zu einer gelegeneren Zeit, da sich alles offenbaren wird und die Maske von einigen Personen fallen wird, da sich manches offenbaren wird. Vorläufig aber, selbstredend, nach dem, was zwischen uns vorgefallen ist ... Sie werden selber zugeben, Christian Iwanowitsch ... Gestatten

Sie mir, Ihnen einen guten Morgen zu wünschen, Christian Iwanowitsch«, sagte Herr Goljadkin, stand diesmal entschlossen und ernsthaft von seinem Stuhl auf und griff nach seinem Hut.

»Je nun ... wie Sie wollen ... hm ...« Eine Minute lang herrschte Schweigen. »Sie wissen, daß ich meinerseits tue, was ich kann ... und Ihnen aufrichtig alles Gute wünsche.«

»Ich verstehe Sie, Christian Iwanowitsch, ich verstehe, ich verstehe Sie jetzt vollkommen ... Jedenfalls bitte ich um Entschuldigung, wenn ich Sie belästigt habe, Christian Iwanowitsch!«

»Hm ... nein, das war's nicht, was ich Ihnen sagen wollte. Übrigens, wie Sie wollen. Nehmen Sie die Arzneien nach wie vor ...«

»Ich werde die Arzneien nehmen, wie Sie sagen, Christian Iwanowitsch, ich werde sie weiternehmen und sie aus derselben Apotheke beziehen ... Apotheker sein ist heutzutage auch eine wichtige Sache, Christian Iwanowitsch ...«

»Wieso? In welchem Sinn meinen Sie das?«

»Im allergewöhnlichsten Sinn, Christian Iwanowitsch. Ich will sagen, daß die Welt heute so ist ...«

»Hm ...«

»Und daß jetzt jeder Bengel, nicht nur der Apothekerlehrling, anständige Leute von oben herab ansieht.«

»Hm. Wie meinen Sie das?«

»Ich spreche von einem gewissen, Christian Iwanowitsch ... von einem unserer gemeinsamen Bekannten, Christian Iwanowitsch, sagen wir zum Beispiel von Wladimir Semjonowitsch ...«

»Ah ...«

»Ja, Christian Iwanowitsch! Und ich kenne manche Leute, Christian Iwanowitsch, die nicht so viel auf die öffentliche Meinung geben, um nicht hin und wieder die Wahrheit zu sagen.«

»Ah ... wie denn das?«

»Es ist schon so. Das ist übrigens Nebensache; die Leute verstehen es bisweilen, einem den Quatsch mit Himbeersauce zu servieren.«

»Was? was zu servieren?«

»Quatsch mit Himbeersauce, Christian Iwanowitsch: das ist eine russische Redensart. Sie verstehen es zum Beispiel, jemandem zur rechten Zeit zu gratulieren; es gibt solche Leute, Christian Iwanowitsch.«

»Zu gratulieren?«

»Jawohl, zu gratulieren, Christian Iwanowitsch, wie das dieser Tage einer meiner nächsten Bekannten getan hat...«

»Einer Ihrer nächsten Bekannten ... ah! Wie denn das?« fragte Christian Iwanowitsch und sah Herrn Goljadkin scharf an.

»Jawohl, einer meiner nächsten Bekannten hat einen anderen guten Bekannten und noch dazu Freund, den liebsten Freund sozusagen, zur Rangerhöhung beglückwünscht, zum Assessortitel. Es machte sich gerade so. ‚Ich bin', sagte er, ‚äußerst erfreut über die Gelegenheit, Ihnen meinen Glückwunsch, meinen aufrichtigen Glückwunsch zur Rangerhöhung darbringen zu können, Wladimir Semjonowitsch. Und um so mehr erfreut, weil heutzutage, wie alle Welt weiß, die alten Weiber, die hexen konnten, ausgestorben sind.'« Hier nickte Herr Goljadkin spitzbübisch mit dem Kopf und sah Christian Iwanowitsch mit zusammengekniffenen Augen an...

»Hm, das sagte also...«

»Ja, ich sagte es, Christian Iwanowitsch, ich sagte es und sah dabei Andrej Filippowitsch an, den Onkel unseres Schätzchens Wladimir Semjonowitsch. Was geht es mich an, Christian Iwanowitsch, daß er Assessor geworden ist? Was liegt mir daran? Und daß er heiraten will, obgleich er, mit Erlaubnis zu sagen, noch nicht trocken hinter den Ohren ist. Ja, gerade so habe ich es gesagt. ‚So ist's, Wladimir Semjonowitsch', sagte ich. Ich habe jetzt alles gesagt; gestatten Sie, daß ich mich entferne.«

»Hm . . .«

»Ja, Christian Iwanowitsch, gestatten Sie mir, daß ich mich jetzt entferne. Und um gleich zwei Fliegen mit einer Klappe zu schlagen: als ich den jungen Mann mit den alten Weibern blamiert hatte, wandte ich mich an Klara Olsufjewna – die Sache spielte sich vorgestern bei Olsufij Iwanowitsch ab; sie hatte eben ein gefühlvolles Lied gesungen, und ich sagte ihr: ‚Sie haben das Lied sehr gefühlvoll vorgetragen, aber man hört Ihnen nicht aufrichtigen Herzens zu.' Und damit spielte ich deutlich darauf an, Christian Iwanowitsch, ich spielte deutlich darauf an, daß man nicht sie begehre, sondern . . .«

»Ah! Nun, und er? . . .«

»Er hat die Zitrone gegessen, Christian Iwanowitsch, wie es im Sprichwort heißt.«

»Hm . . .«

»Jawohl, Christian Iwanowitsch. Und dem Alten habe ich es auch gesagt. ‚Olsufij Iwanowitsch', sagte ich, ‚ich weiß, was ich Ihnen schulde, ich schätze Ihre Wohltaten, mit denen Sie mich von Kindesbeinen an überschüttet haben, aufs höchste. Aber öffnen Sie die Augen, Olsufij Iwanowitsch', sagte ich. ‚Sehen Sie zu. Ich führe meine Sache klar und offen, Olsufij Iwanowitsch.'«

»Ah, so war es!«

»Ja, Christian Iwanowitsch. So ist es.«

»Nun, und er?«

»Was sollte er sagen, Christian Iwanowitsch! Er redete so herum; dies und jenes, und ich kenne dich, und Seine Exzellenz ist ein edler Menschenfreund – und was der Redensarten noch sind . . . Na ja. Das Alter hat ihn, wie man so sagt, tüchtig mitgenommen.«

»Ah, so steht es also jetzt?«

»Ja, Christian Iwanowitsch. Und wir alle sind so! Ein alter Kerl, steht schon mit einem Fuß im Grab, wie das Sprichwort sagt, aber es braucht bloß irgendein Weiberklatsch aufzukommen, da horcht er gleich hin; ohne ihn geht's nicht . . .«

»Ein Klatsch, sagen Sie?«

»Ja, Christian Iwanowitsch, sie haben einen Klatsch ausgeheckt. Auch unser Bär hat sich dazu hergegeben und sein Neffe, unser Schätzchen: sie haben sich natürlich an die alten Weiber herangemacht und die Sache zusammengebraut. Was meinen Sie wohl? Was haben sie sich wohl ausgedacht, um einen Menschen zu vernichten?«

»Um einen Menschen zu vernichten?«

»Ja, Christian Iwanowitsch, einen Menschen zu vernichten, moralisch zu vernichten... sie haben ausgestreut... ich spreche immer von meinem guten Bekannten...«

Christian Iwanowitsch nickte mit dem Kopf.

»Sie haben ein Gerücht über ihn in Umlauf gesetzt... Ich muß gestehen, ich schäme mich sogar, es Ihnen zu sagen, Christian Iwanowitsch.«

»Hm...«

»Sie haben ausgestreut, daß er sich bereits schriftlich verpflichtet hat zu heiraten, daß er schon anderweitig verlobt ist... Und was denken Sie wohl, Christian Iwanowitsch, mit wem?«

»Nun?«

»Mit einer Speisewirtin, einer unanständigen Deutschen, von der er sein Mittagessen bezieht; statt seine Schuld zu bezahlen, bietet er ihr seine Hand an.«

»Das sagen die Leute?«

»Können Sie es glauben, Christian Iwanowitsch? Eine Deutsche, eine gemeine, häßliche, schamlose Deutsche, Karolina Iwanowna, wenn Sie sie vielleicht kennen...«

»Ich gestehe Ihnen, meinerseits...«

»Ich verstehe Sie, Christian Iwanowitsch, ich verstehe und fühle es auch meinerseits...«

»Sagen Sie, bitte, wo wohnen Sie jetzt?«

»Wo ich jetzt wohne, Christian Iwanowitsch?«

»Ja... ich möchte... Früher lebten Sie, glaube ich...«

»Ja, ich lebte, Christian Iwanowitsch, ich lebte, ich lebte auch früher. Wie sollte man nicht leben!« erwiderte Herr

Goljadkin, indem er seine Worte mit einem leisen Lachen begleitete und Christian Iwanowitsch durch diese Antwort etwas verlegen machte.
»Nein, Sie haben das nicht so aufgefaßt; ich wollte meinerseit . . .«
»Ich wollte auch, Christian Iwanowitsch, ich wollte auch meinerseits«, fuhr Herr Goljadkin lachend fort. »Übrigens sitze ich schon viel zu lange bei Ihnen, Christian Iwanowitsch, Sie werden mir jetzt hoffentlich gestatten . . . Ihnen einen guten Morgen zu wünschen . . .«
»Hm . . .«
»Ja, Christian Iwanowitsch, ich verstehe Sie; ich verstehe Sie jetzt vollkommen«, sagte unser Held mit etwas affektierter Haltung. »Gestatten Sie mir also, Ihnen einen guten Morgen zu wünschen . . .«
Hier machte unser Held einen Kratzfuß, verließ das Zimmer und ließ Christian Iwanowitsch in äußerster Verblüfftheit zurück. Während er die Treppe hinabstieg, lächelte er und rieb sich vergnügt die Hände. Als er vor der Haustür die frische Luft einatmete und sich in Freiheit fühlte, war er sogar wirklich bereit, sich für den glücklichsten Sterblichen zu halten und sich dann sofort ins Amt zu begeben, als sein Wagen plötzlich vor die Tür ratterte: er blickte auf, und alles fiel ihm wieder ein. Petruschka öffnete bereits den Wagenschlag. Ein seltsames und sehr unangenehmes Gefühl bemächtigte sich Herrn Goljadkins. Es war, als ob er für einen Augenblick errötete. Irgend etwas gab ihm einen Stich. Er stand schon im Begriff, den Fuß auf den Wagentritt zu setzen, als er sich plötzlich umwandte und zu Christian Iwanowitschs Fenstern hinaufsah. Natürlich! Christian Iwanowitsch stand am Fenster, strich mit der rechten Hand über seinen Bakkenbart und musterte unseren Helden mit ziemlicher Neugierde.
Dieser Doktor ist dumm, dachte Herr Goljadkin, als er sich in den Wagen warf, äußerst dumm. Er mag seine

Kranken gut kurieren, aber trotzdem . . . ist er dumm wie Bohnenstroh. Herr Goljadkin setzte sich zurecht, Petruschka rief: »Los!« und der Wagen rollte wieder dem Newskijprospekt zu.

Drittes Kapitel

Diesen ganzen Vormittag über hatte Herr Goljadkin furchtbar viel zu tun. Am Newskijprospekt angekommen, befahl unser Held vor dem Gostinnyj dvor[1] zu halten. Er sprang aus seinem Wagen, lief in Begleitung Petruschkas durch die Arkaden und begab sich geradewegs in den Laden eines Goldschmieds. Man sah es Herrn Goljadkin an, daß er alle Hände voll zu tun hatte. Er erhandelte ein komplettes silbernes Tafelservice und ein Teeservice für mehr als tausendfünfhundert Rubel, außerdem für die gleiche Summe ein Zigarrenetui von ganz phantastischer Form und ein vollständiges silbernes Rasierzeug, erkundigte sich noch nach den Preisen von allerhand angenehmen und in ihrer Art nützlichen Sächelchen und endete schließlich damit, daß er versprach, morgen bestimmt vorzusprechen oder sogar noch heute die ausgewählten Sachen abholen zu lassen; er notierte sich die Nummer des Ladens, hörte dem Besitzer, der sich um eine Anzahlung bemühte, aufmerksam zu und verhieß zur gelegenen Zeit auch eine Anzahlung. Dann verabschiedete er sich eilig von dem verblüfften Kaufmann und schritt durch die Ladenreihen, begleitet von einem ganzen Schwarm Nichtstuer; alle Augenblicke sah er sich nach Petruschka um und forschte eifrig nach einem neuen Laden. Unterwegs lief er in eine Wechselstube und tauschte seine großen Scheine in kleine um; er verlor dabei, aber das Geld war doch gewechselt und seine Brieftasche wesentlich dicker geworden, was ihm sichtlich ein

1 Große Kaufhalle.

außerordentliches Vergnügen bereitete. Endlich landete er in einem Laden, wo allerhand Damenstoffe zu haben waren. Auch hier erhandelte er Waren für eine ansehnliche Summe, versprach dem Kaufmann wiederzukommen, notierte die Nummer des Ladens und stellte auch hier auf die Frage nach einer Anzahlung eine solche rechtzeitig in Aussicht. Dann besuchte er noch verschiedene Läden, handelte überall, fragte nach den Preisen, stritt mitunter lange Zeit mit dem Inhaber, ging fort und kam bis zu drei Malen wieder, mit einem Wort, er entwickelte eine ungewöhnliche Tätigkeit. Aus dem Gostinnyj dvor begab sich unser Held in ein bekanntes Möbelgeschäft, erhandelte Möbel für sechs Zimmer, liebäugelte mit einem modernen und äußerst phantastischen Damentoilettentisch im neuesten Geschmack, versicherte dem Kaufmann, daß unbedingt alles abgeholt würde, und verließ das Geschäft mit dem gewohnten Versprechen einer Anzahlung; dann fuhr er noch hierhin und dahin und erhandelte noch einiges. Mit einem Wort, seine Geschäfte schienen kein Ende nehmen zu wollen. Schließlich aber schien Herrn Goljadkin selber alles langweilig zu werden. Auch fing er an, Gott weiß aus welchen Gründen, wegen nichts und wieder nichts Gewissensbisse zu verspüren. Jetzt hätte er zum Beispiel um nichts in der Welt Andrej Filippowitsch oder auch nur Christian Iwanowitsch begegnen mögen. Endlich verkündete die Stadtuhr die dritte Stunde. Als Herr Goljadkin sich wieder in seinen Wagen setzte, fanden sich von allen Erwerbungen dieses Vormittags nur ein Paar Handschuhe und ein Fläschchen Parfüm für anderthalb Rubel in seinem Besitz. Da es für Herrn Goljadkin noch zu früh war, befahl er seinem Kutscher, vor einem bekannten Restaurant am Newskijprospekt zu halten, das er bis jetzt nur vom Hörensagen kannte. Er stieg aus dem Wagen und lief hinein, um einen Imbiß zu nehmen, auszuruhen und eine gewisse Stunde abzuwarten.

Er aß so, wie ein Mensch ißt, der ein reiches Gastmahl in

Aussicht hat, das heißt, er nahm ein paar Bissen zu sich, nur um den Hunger zu stillen, trank ein Gläschen Schnaps und ließ sich in einem Lehnstuhl nieder; er sah sich bescheiden nach allen Seiten um und griff nach einer mageren vaterländischen Zeitung. Nachdem er zwei Zeilen gelesen hatte, stand er auf, besah sich im Spiegel, zupfte und strich sich zurecht; dann trat er ans Fenster, um zu sehen, ob sein Wagen da sei . . . setzte sich hierauf wieder auf seinen Platz und nahm die Zeitung zur Hand. Es war unserem Helden leicht anzusehen, daß er sich in äußerster Erregung befand. Er blickte auf die Uhr, sah, daß es ein Viertel auf vier war, er also noch recht lange zu warten hatte; gleichzeitig fand er, daß es nicht anständig sei, so dazusitzen, und bestellte sich eine Tasse Schokolade, obgleich er im gegebenen Augenblick gar kein Verlangen danach verspürte. Als er die Schokolade getrunken hatte und bemerkte, daß die Zeit doch ein wenig vorgeschritten war, stand er auf, um seine Rechnung zu begleichen. Plötzlich schlug ihm jemand auf die Schulter.

Er drehte sich um und erblickte zwei seiner Amtskollegen, dieselben, die er am Morgen auf der Litejnaja getroffen hatte, noch ganz junge Leutchen sowohl an Jahren wie dem Range nach. Unser Held stand so lala mit ihnen: keine Freundschaft, aber auch keine Feindschaft. Selbstverständlich wurde von beiden Seiten der Anstand gewahrt: eine weitere Annäherung fand jedoch nicht statt, war auch nicht möglich. Die Begegnung in diesem Augenblick war Herrn Goljadkin sehr unangenehm. Er runzelte ein wenig die Stirn und geriet für einen Augenblick in Verwirrung.

»Jakow Petrowitsch, Jakow Petrowitsch!« zwitscherten die beiden Registratoren, »Sie hier? Aus welchem . . .«

»Ah! Das sind Sie, meine Herren!« unterbrach Herr Goljadkin sie rasch, etwas verwirrt und ärgerlich über das Erstaunen der Beamten wie über ihre Vertraulichkeit, aber zugleich bemüht, sich ungezwungen und als forscher Kerl wider Willen zu geben. »Sie sind desertiert, meine

Herren, ha, ha, ha! . . .« Um sich nichts zu vergeben und sich zu der Kanzleijugend herabzulassen, der gegenüber er stets die gehörige Grenze wahrte, versuchte Herr Goljadkin, dem einen der jungen Leute auf die Schulter zu klopfen; aber die Herablassung mißlang ihm in diesem Fall, und statt einer angemessen-freundschaftlichen Geste kam etwas ganz anderes heraus.

»Nun, und unser Bär sitzt noch? . . .«

»Wer ist das, Jakow Petrowitsch?«

»Nun, unser Bär; als ob Sie nicht wüßten, wen man den Bären nennt? . . .« Herr Goljadkin lachte und wandte sich an den Kellner, um den Rest des Geldes in Empfang zu nehmen. »Ich spreche von Andrej Filippowitsch, meine Herren«, fuhr er fort, nachdem er mit dem Mann abgerechnet hatte, und wandte sich diesmal mit äußerst ernster Miene an die Beamten. Die beiden Registratoren sahen einander bedeutungsvoll an.

»Er sitzt noch und hat nach Ihnen gefragt, Jakow Petrowitsch«, antwortete einer von ihnen.

»Er sitzt, ah! Mag er also sitzen, meine Herren. Und nach mir hat er gefragt, was?«

»Ja, er hat gefragt, Jakow Petrowitsch. Aber was ist das mit Ihnen, Sie sind parfümiert, pomadisiert, wie ein richtiger Stutzer?«

»Freilich, meine Herren, freilich! Ich bitte Sie . . .« erwiderte Herr Goljadkin, zur Seite blickend und gezwungen lächelnd. Als die Beamten Herrn Goljadkin lächeln sahen, brachen sie beide in lautes Lachen aus. Herr Goljadkin wurde etwas ärgerlich.

»Ich will Ihnen etwas sagen, meine Herren, in aller Freundschaft«, sagte unser Held nach kurzem Schweigen, als hätte er beschlossen – sei es darum –, den Beamten etwas zu enthüllen. »Sie kennen mich alle, meine Herren, aber bis jetzt haben Sie mich nur von einer Seite gekannt. Ich mache in diesem Fall niemandem einen Vorwurf daraus und gestehe, daß ich zum Teil selber daran schuld bin.«

Herr Goljadkin kniff die Lippen zusammen und sah die Beamten vielsagend an. Diese warfen sich wieder Blicke zu.

»Bis jetzt haben Sie mich nicht gekannt, meine Herren. Es ist hier nicht der Ort und nicht die Stunde, Ihnen Erklärungen abzugeben. Ich will Ihnen nur im Vorbeigehen und beiläufig etwas sagen. Es gibt Leute, meine Herren, die keine krummen Wege lieben und nur beim Maskenball eine Maske vorlegen. Es gibt Leute, welche die wahre Bestimmung des Menschen nicht darin erblicken, daß er es versteht, sich mit Geschick auf dem glatten Parkett zu bewegen. Es gibt auch solche Leute, meine Herren, welche nicht sagen, sie seien glücklich und vom Leben befriedigt, wenn zum Beispiel ihre Beinkleider gut sitzen. Es gibt endlich Leute, die es nicht lieben, wegen nichts und wieder nichts zu springen und sich zu drehen, sich anzuschmiegen und einzuschmeicheln und vor allem, meine Herren, ihre Nase in Dinge zu stecken, da man gar nicht nach ihnen verlangt ... Ich habe beinahe alles gesagt, meine Herren, gestatten Sie mir jetzt, mich zu entfernen.«

Herr Goljadkin hielt inne. Da die Herren Registratoren jetzt vollauf befriedigt waren, brachen sie plötzlich höchst unhöflicherweise in ein schallendes Gelächter aus. Herr Goljadkin fuhr auf.

»Lachen Sie, meine Herren, lachen Sie vorläufig! Sie werden ja sehen«, sagte er mit dem Gefühl gekränkter Würde, nahm den Hut und retirierte zur Tür.

»Ich will noch mehr sagen, meine Herren«, setzte er hinzu, sich ein letztes Mal an die Herren Registratoren wendend, »ich will noch mehr sagen, Sie stehen mir hier beide Aug in Aug gegenüber. Hier sind meine Lebensregeln, meine Herren: gelingt's nicht – so suche ich mich aufzurichten, gelingt's – so halte ich mich fest, und jedenfalls stelle ich keinem ein Bein. Ich bin kein Intrigant – und ich bin stolz darauf. Zum Diplomaten würde ich nicht taugen. Man sagt ja auch, meine Herren, daß der Vogel

dem Jäger selber vor die Flinte fliegt. Das ist wahr, und ich bin gern bereit, das gelten zu lassen. Aber wer ist hier der Jäger, wer der Vogel? Das ist noch die Frage, meine Herren!«

Herr Goljadkin verstummte vielsagend, verbeugte sich mit seiner allerbedeutendsten Miene, das heißt mit hochgezogenen Augenbrauen und bis zur Unmöglichkeit zusammengekniffenen Lippen vor den Herren Beamten, schritt hinaus und ließ beide in höchster Verblüffung zurück.

»Wohin befehlen Sie?« fragte Petruschka ziemlich unwirsch, denn er hatte es wahrscheinlich schon satt, sich in der Kälte herumzuschleppen. »Wohin befehlen Sie?« fragte er Herrn Goljadkin und fing dessen furchtbaren, alles vernichtenden Blick auf, mit dem sich unser Held heute vormittag schon zweimal gewappnet hatte und zu dem er nun ein drittes Mal seine Zuflucht nahm, als er die Treppe hinabschritt.

»Zur Ismailowbrücke.«

»Zur Ismailowbrücke! Fahr zu!«

Das Diner wird bei ihnen nicht vor halb fünf beginnen, vielleicht sogar erst um fünf Uhr, dachte Herr Goljadkin. Ist's jetzt nicht noch zu früh? Übrigens kann ich ja auch früher kommen; zudem ist's ja ein Familiendiner. Ich kann das so sans façon machen, wie man unter anständigen Menschen sagt. Warum sollte ich nicht sans façon sein dürfen? Unser Bär hat auch gesagt, daß alles sans façon sein werde, und so kann ich auch . . . So dachte Herr Goljadkin; seine Erregung wurde immer größer. Man sah es ihm an, daß er sich auf etwas sehr Mühevolles vorbereitete, um nicht mehr zu sagen; er murmelte vor sich hin, gestikulierte mit der rechten Hand, sah alle Augenblicke zum Wagenfenster hinaus, so daß niemand bei seinem Anblick gesagt hätte, daß er im Begriff stehe, gut zu dinieren, ohne Umstände, noch dazu im Familienkreise – sans façon, wie man unter anständigen Leuten sagt. Endlich bezeichnete Herr Goljadkin ein Haus nahe der Ismailow-

brücke; der Wagen rollte donnernd durch das Tor und hielt vor einem Portal des rechten Flügels. Als Herr Goljadkin an einem Fenster des ersten Stocks eine weibliche Gestalt erblickte, warf er ihr eine Kußhand zu. Er wußte aber selber nicht, was er tat, da er in diesem Augenblick entschieden mehr tot als lebendig war. Er stieg blaß und verstört aus seinem Wagen, betrat den Treppenaufgang, nahm den Hut ab, machte sich mechanisch zurecht und stieg die Treppe hinan, wobei er ein gelindes Zittern in den Knien verspürte.

»Olsufij Iwanowitsch?« fragte er den Diener, der ihm die Tür öffnete.

»Er ist zu Hause, das heißt nein, er ist nicht zu Hause.«

»Wie? Was ist dir, mein Lieber? Ich, ich komme zum Diner, Brüderchen, du kennst mich doch?«

»Wie sollte ich nicht! Es ist befohlen worden, Sie nicht zu empfangen.«

»Du ... du ... Brüderchen ... du irrst sicher. Das bin doch ich. Ich bin eingeladen, Brüderchen; ich komme zum Diner«, sagte Herr Goljadkin, indem er seinen Mantel abwarf in der offenkundigen Absicht, sich in die inneren Räume zu begeben.

»Gestatten Sie, es ist nicht erlaubt. Es ist befohlen worden, Sie nicht zu empfangen, es ist befohlen, Sie abzuweisen. So ist's!«

Herr Goljadkin erblaßte. In diesem Augenblick öffnete sich die Türe zu den inneren Gemächern, und heraus trat Gerassimowitsch, der alte Kammerdiener Olsufij Iwanowitschs.

»Jemeljan Gerassimowitsch, der Herr hier wünscht einzutreten, aber ich ...«

»Sie sind ein Dummkopf, Alexejewitsch. Gehen Sie hinein, und schicken Sie mir den Schuft Semjonowitsch her. Es ist nicht gestattet«, wandte er sich höflich, aber bestimmt an Herrn Goljadkin. »Es ist ganz unmöglich. Die Herrschaften bitten, sie zu entschuldigen; sie können Sie nicht empfangen.«

»Haben sie das so geradezu gesagt, daß sie mich nicht empfangen können?« fragte Herr Goljadkin unsicher. »Nichts für ungut, Gerassimowitsch. Warum ist's denn so ganz unmöglich?«
»Es ist ganz unmöglich. Ich habe Sie gemeldet; die Herrschaften bitten um Entschuldigung. Sie können Sie nicht empfangen.«
»Warum denn? Was soll denn das? Wie ...«
»Bitte sehr, bitte sehr ...«
»Ja, was ist denn das? Das geht doch nicht! Melden Sie ... Was heißt denn das? Ich bin zum Diner ...«
»Bitte sehr, bitte sehr ...«
»Na ja, es mag schon sein; die Herrschaften bitten um Entschuldigung ... Aber sagen Sie doch, Gerassimowitsch, wie kommt das nur, Gerassimowitsch?«
»Bitte sehr, bitte sehr!« entgegnete Gerassimowitsch und schob Herrn Goljadkin sehr energisch mit dem Arm zurück, um zwei Herren freie Bahn zu machen, die in diesem Augenblick das Vorzimmer betraten. Die eintretenden Herren waren Andrej Filippowitsch und sein Neffe, Wladimir Semjonowitsch. Beide sahen Herrn Goljadkin erstaunt an. Andrej Filippowitsch wollte etwas sagen, doch Herr Goljadkin hatte seinen Entschluß schon gefaßt; er verließ bereits das Vorzimmer Olsufij Iwanowitschs, die Augen gesenkt, errötend, lächelnd, mit ganz verstörtem Antlitz.
»Ich komme später wieder, Gerassimowitsch; ich spreche mich noch aus; ich hoffe, daß sich alles ohne Verzug und rechtzeitig aufklären wird«, sagte er auf der Schwelle und teilweise schon auf der Treppe.
»Jakow Petrowitsch, Jakow Petrowitsch ...« ertönte die Stimme Andrej Filippowitschs, der Herrn Goljadkin gefolgt war.
Herr Goljadkin befand sich bereits auf dem ersten Treppenabsatz. Er drehte sich rasch nach Andrej Filippowitsch um.

»Was wünschen Sie, Andrej Filippowitsch?« sagte er in ziemlich entschiedenem Ton.
»Was ist Ihnen, Jakow Petrowitsch? Wie kommen Sie ...«
»Es ist nichts, Andrej Filippowitsch. Ich komme aus eigenem Antrieb. Das sind Privatangelegenheiten, Andrej Filippowitsch.«
»Wie meinen Sie das?«
»Ich sage, das sind Privatangelegenheiten, Andrej Filippowitsch. Ich glaube, es liegt hier nichts vor, was, vom Standpunkt meiner amtlichen Beziehungen betrachtet, Anstoß erregen könnte.«
»Was? Amtliche Beziehungen ... Was ist Ihnen, mein Herr?«
»Nichts, Andrej Filippowitsch, ganz und gar nichts. Ein freches Mädchen, nichts weiter.«
»Was? Was? ...« Andrej Filippowitsch kam vor Staunen ganz außer Fassung. Goljadkin hatte bisher vom unteren Treppenabsatz aus gesprochen, wobei er Andrej Filippowitsch so ansah, als wäre er jeden Augenblick bereit, ihm an die Kehle zu springen; als er bemerkte, daß der Abteilungschef etwas verlegen wurde, trat er fast unbewußt einen Schritt vor. Andrej Filippowitsch wich zurück. Herr Goljadkin erstieg eine Stufe nach der anderen, Andrej Filippowitsch blickte unruhig um sich. Plötzlich stieg Herr Goljadkin rasch die Treppe hinan. Noch rascher schlüpfte Andrej Filippowitsch ins Zimmer und schlug die Tür hinter sich zu. Herr Goljadkin blieb allein zurück. Es wurde ihm schwarz vor den Augen. Er verlor die Fassung vollständig und stand in einer Art sinnloser Nachdenklichkeit da, als wäre er bemüht, sich eines gleichfalls sinnlosen Umstandes zu erinnern, der erst kürzlich eingetreten war. »Ah, ah!« murmelte er, gezwungen lächelnd. Inzwischen wurden unten auf der Treppe Stimmen und Schritte laut, die wahrscheinlich von neuen Gästen Olsufij Iwanowitschs herrührten. Herr Goljadkin kam wieder zu sich, schlug seinen Waschbär-

kragen rasch in die Höhe, verbarg sein Gesicht darin, soweit es irgend ging, und begann eilend, hinkend, trippelnd und stolpernd die Treppe hinabzusteigen. Er fühlte sich von einer seltsamen Schwäche und Dumpfheit erfaßt. Seine Verwirrung war so groß, daß er, am Portal angelangt, nicht auf den Wagen wartete, sondern selber durch den schmutzigen Hof zu seiner Kalesche schritt. Als Herr Goljadkin sie erreicht hatte und sich anschickte einzusteigen, bekundete er in Gedanken den Wunsch, in die Erde zu versinken oder sich samt seinem Fahrzeug in ein Mauseloch zu verkriechen. Er hatte die Empfindung, daß alles, was sich im Hause Olsufij Iwanowitschs befand, jetzt aus allen Fenstern auf ihn blicke. Er wußte, daß er unbedingt auf der Stelle tot hinsinken würde, wenn er sich umsähe.

»Was lachst du, Tölpel?« sagte er hastig zu Petruschka, der sich anschickte, ihm in den Wagen zu helfen.

»Warum sollte ich lachen? Ich lache nicht. Wohin sollen wir jetzt fahren?«

»Nach Hause, fahr zu . . .«

»Nach Hause!« rief Petruschka, sich auf den hinteren Wagentritt schwingend.

»So eine Rabenkehle!« dachte Herr Goljadkin. Mittlerweile hatte sich der Wagen bereits ziemlich weit von der Ismailowbrücke entfernt. Plötzlich riß unser Held aus aller Kraft an der Schnur und rief seinem Kutscher zu, sofort umzukehren. Der Kutscher wendete und fuhr nach zwei Minuten wieder in den Hof Olsufij Iwanowitschs.

»Nicht doch, Dummkopf, nicht doch! Zurück!« schrie Herr Goljadkin. Der Kutscher hatte einen solchen Befehl anscheinend erwartet: ohne etwas zu erwidern, ohne am Portal anzuhalten, fuhr er rings um den Hof und wieder hinaus auf die Straße.

Herr Goljadkin fuhr nicht nach Hause, sondern befahl, nachdem man an der Semjonowbrücke vorübergefahren war, in eine Seitengasse einzubiegen und vor einem Restaurant von ziemlich bescheidenem Aussehen zu halten. Als

unser Held ausgestiegen war, rechnete er mit dem Kutscher ab und wurde auf diese Weise endlich seinen Wagen los. Petruschka befahl er, nach Hause zu gehen und auf seine Rückkehr zu warten, er selber begab sich in das Restaurant, nahm ein Einzelzimmer und ließ sich ein Mittagessen servieren. Er fühlte sich sehr schlecht; in seinem Kopf war ein vollständiges Durcheinander und Chaos. Lange ging er aufgeregt im Zimmer auf und ab; endlich setzte er sich auf einen Stuhl, stützte den Kopf in beide Hände und bemühte sich mit aller Kraft, über seine gegenwärtige Lage Klarheit zu gewinnen und eine Entscheidung zu treffen . . .

Viertes Kapitel

Dieser Tag, der feierliche Tag des Wiegenfestes Klara Olsufjewnas, der einzigen Tochter des Staatsrats Berendejew, des einstigen Wohltäters unseres Herrn Goljadkin, dieser Tag, der durch ein glänzendes, prächtiges Gastmahl verherrlicht wurde, wie man es seit langem nicht in den Wänden einer Beamtenwohnung an der Ismailowbrücke und Umgebung erlebt hatte, ein Gastmahl, das eher einem Fest des Belsazar glich als einem Diner, das in seiner Pracht, Üppigkeit und Vornehmheit etwas Babylonisches an sich hatte, ein Gastmahl mit Champagner Veuve Cliquot, Austern und Früchten aus den Läden von Jelisejew und Miljutin, mit allerhand gemästeten Kälbern, mit Gästen, die sich streng nach der Beamtenrangliste gruppierten – dieser feierliche Tag, der durch ein so feierliches Gastmahl verherrlicht wurde, endete mit einem glänzenden Ball, einem kleinen Familienball im Kreis der Verwandten, der aber trotzdem durch Geschmack, Bildung und Anstand glänzte. Ich gebe natürlich zu, daß es solche Bälle auch anderswo gibt, aber nur sehr selten. Solche Bälle, die mehr Familienfreuden gleichen als Bällen, können nur in solchen Häusern gegeben werden, wie zum

Beispiel im Haus des Staatsrates Berendejew. Ich will noch mehr sagen: ich bezweifle sogar, daß alle Staatsräte solche Bälle geben könnten. Oh, wenn ich doch ein Dichter wäre! – selbstredend mindestens so einer wie Homer oder Puschkin; mit einem geringeren Talent kann man sich nicht daran wagen – ich würde euch, o Leser! diesen ganzen hochfeierlichen Tag in leuchtenden Farben und mit großzügigem Pinselstrich schildern. Nein, ich würde mein Poem mit dem Gastmahl beginnen, ich würde besonderen Nachdruck auf jenen erschütternden und zugleich feierlichen Augenblick legen, als das erste Glas auf das Wohl der Königin des Festes erhoben wurde. Ich würde euch zuerst diese Gäste schildern, die in andächtiges, erwartungsvolles Schweigen versunken waren, ein Schweigen, das der Beredsamkeit eines Demosthenes ähnlicher war als einem Schweigen. Ich würde euch dann Andrej Filippowitsch schildern als den ältesten der Gäste, der sogar ein gewisses Anrecht auf den ersten Platz hatte, der im Schmuck seiner grauen Haare und der diesen grauen Haaren gebührenden Orden von seinem Platz aufstand und den Kelch mit dem funkensprühenden Wein emporhob – dem Wein, der eigens aus einem fernen Königreich hergebracht worden war, um solche Augenblicke zu feiern, einem Wein, der eher ein göttlicher Nektar war als Wein. Ich würde euch die Gäste und die glücklichen Eltern der Königin des Festes schildern, die ihre Kelche, dem Beispiel Andrej Filippowitschs folgend, ebenfalls erhoben hatten und ihre Augen voller Erwartung auf ihn richteten. Ich würde euch schildern, wie dieser so oft erwähnte Andrej Filippowitsch erst eine Träne in den Kelch fallen ließ, dann seine Glückwünsche aussprach, den Trinkspruch ausbrachte und sein Glas auf das Wohl der Gefeierten leerte . . . Aber ich gestehe, ich gestehe offen, daß ich die ganze Feierlichkeit jenes Augenblicks nicht zu schildern vermöchte, in dem die Königin des Festes, Klara Olsufjewna selber, vor Wonne und Scham wie eine Frühlingsrose errötend, in überquel-

lendem Gefühl in die Arme ihrer zärtlichen Mutter sank, wie diese zärtliche Mutter in Tränen ausbrach und wie bei dieser Gelegenheit der Vater, der ehrwürdige Greis und Staatsrat Olsufij Iwanowitsch, der durch langjährigen Dienst den Gebrauch seiner Füße verloren hatte und für solchen Eifer vom Schicksal mit einem Kapitälchen, einem Häuschen, einem Dörfchen und einem schönen Töchterchen belohnt worden war, wie der Vater zu schluchzen anfing wie ein Kind und unter Tränen erklärte, daß Seine Exzellenz ein wohltätiger Mann sei. Ich wäre außerstande, wahrhaftig außerstande, euch die diesem Augenblick unverzüglich folgende allgemeine Hingerissenheit der Herzen zu schildern, eine Hingerissenheit, die sich deutlich in dem Benehmen eines jungen Registrators kundtat, der in diesem Augenblick eher einem Staatsrat als einem Registrator ähnlich sah und durch die Worte Andrej Filippowitschs gleichfalls zu Tränen gerührt war. Andrej Filippowitsch glich seinerseits durchaus keinem Kollegienrat oder Abteilungschef einer Behörde, nein, er schien etwas anderes zu sein . . . ich weiß nicht was, aber nicht Kollegienrat. Er war höher! Endlich . . . oh! warum besitze ich nicht das Geheimnis einer hohen gewaltigen Sprache, einer feierlichen Sprache, um alle diese herrlichen und erbaulichen Augenblicke des menschlichen Lebens zu schildern, die eigens geschaffen sind zum Beweis, wie zuweilen die Tugend über üble Absichten, Freigeisterei, Laster und Neid triumphiert! Ich will nichts sagen, ich will euch nur schweigend – denn das ist besser als alle Beredsamkeit – auf jenen glücklichen Jüngling hinweisen, der in seinen sechsundzwanzigsten Lenz eingetreten war, auf Wladimir Semjonowitsch, den Neffen Andrej Filippowitschs, der sich seinerseits vom Platz erhoben hatte und nun auch einen Trinkspruch ausbrachte und auf den die tränengefüllten Augen der Eltern der Gefeierten, die stolzen Augen Andrej Filippowitschs, die schamhaften Augen der Königin des Festes selber, die begeisterten Augen der Gäste und sogar die angemessen neidischen Augen einiger

junger Kollegen dieses glänzenden Jünglings gerichtet waren. Ich will nichts sagen, obwohl ich nicht umhinkann zu bemerken, daß alles an diesem Jüngling (der mehr einem Greis als einem Jüngling glich, was ich in einem für ihn günstigen Sinn zu verstehen bitte), alles, angefangen von den blühenden Wangen bis zu seinem Assessorsrang, alles in diesem feierlichen Augenblick zu bekunden schien, wie hoch die Sittsamkeit den Menschen erheben kann! Ich will nicht schildern, wie schließlich Anton Antonowitsch Setotschkin, Bürochef und Kollege Andrej Filippowitschs und einst auch Olsufij Iwanowitschs, zudem ein alter Freund des Hauses und Taufpate Klara Olsufjewnas, ein Greis mit schneeweißem Haupt, nun auch einen Trinkspruch ausbrachte, wobei er wie ein Hahn krähte und lustige Knüttelverse vortrug; wie er durch eine solche wohlanständige Nichtbeachtung des Anstandes, wenn ich mich so ausdrücken darf, die ganze Gesellschaft zum Lachen brachte, zum Lachen bis zu Tränen, und wie Klara Olsufjewna selber ihn auf das Geheiß ihrer Eltern für diese Heiterkeit und Liebenswürdigkeit küßte. Ich will nur erzählen, daß die Gäste, die sich nach solch einem Mahl natürlich als Brüder und Verwandte fühlen mußten, sich endlich von der Tafel erhoben; daß die alten Herren und soliden Leute nach einer kurzen Spanne Zeit, die freundschaftlicher Unterhaltung gewidmet war und in der auch einige natürlich durchaus angemessene und liebenswürdige Offenherzigkeiten geäußert wurden, sich voller Würde ins andere Zimmer begaben, wo sie sich, ohne die goldene Zeit zu verlieren, in Partien teilten und sich mit dem Gefühl ihrer eigenen Würde an den mit grünem Tuch bezogenen Tischen niederließen; daß die Damen, die im Salon Platz genommen hatten, plötzlich alle ungemein liebenswürdig wurden und anfingen, sich über die verschiedensten Gegenstände zu unterhalten; daß endlich der hochgeachtete Hausherr, der im Dienst der Wahrheit und des Glaubens den Gebrauch seiner Füße verloren hatte und dafür durch das schon oben

Erwähnte belohnt worden war, anfing auf Krücken zwischen seinen Gästen umherzuhumpeln, gestützt von Wladimir Semjonowitsch und Klara Olsufjewna; daß er plötzlich ebenfalls ungemein liebenswürdig wurde und sich, ungeachtet der Kosten, entschloß, einen kleinen bescheidenen Ball zu improvisieren; daß zu diesem Zweck ein gewandter Jüngling – derselbe, der während des Diners eher einem Staatsrat ähnlich gewesen war als einem Jüngling – abkommandiert wurde, Musikanten zu holen; daß dann die Musikanten, ganze elf Mann hoch, ankamen und endlich um Punkt halb neun die lockenden Klänge einer französischen Quadrille und verschiedener anderer Tänze ertönten ... Es ist müßig zu sagen, daß meine Feder zu schwach, matt und stumpf ist für die angemessene Schilderung des Balles, der durch die außerordentliche Liebenswürdigkeit des grauköpfigen Hausherrn improvisiert worden war. Und wie, frage ich, wie könnte ich bescheidener Schilderer der übrigens in ihrer Art sehr interessanten Abenteuer des Herrn Goljadkin, wie könnte ich dieses ungewöhnliche und wohlanständige Gemisch von Schönheit, Glanz, Vornehmheit und Heiterkeit beschreiben, dieses Gemisch von liebenswürdigem Ernst und ernster Liebenswürdigkeit, von Munterkeit und Freude, all diese Spiele und das Lachen aller dieser Beamtendamen, die Feen ähnlicher waren als Damen (was ich in einem für sie günstigen Sinn zu verstehen bitte), mit ihren lilien-weiß-rosigen Schultern und Gesichtchen, mit ihren luftigen Gestalten, mit ihren fröhlich-spielerischen, homöopathischen Füßchen, um im hohen Stil zu reden? Wie sollte ich euch schließlich diese glänzenden Beamtenkavaliere schildern, diese lustigen und soliden Jünglinge, die gesetzten und fröhlichen und die wohlanständigdüsteren, die in den Pausen zwischen den Tänzen in einem entfernten kleinen grünen Zimmerchen eine Pfeife rauchten, und jene, die in den Pausen nicht rauchten, Kavaliere, die vom ersten bis zum letzten einen guten Namen und Rang hatten, Kavaliere, die tief durchdrungen waren vom

Gefühl des Schönen und dem Gefühl ihrer eigenen Würde, Kavaliere, die sich zum größten Teil mit den Damen in französischer Sprache unterhielten, wenn sie sich aber der russischen bedienten, dies in Ausdrücken des allerhöchsten Stils, in Komplimenten und in tiefsinnigen Phrasen taten, Kavaliere, die sich höchstens im Rauchzimmer einige liebenswürdige Abweichungen von der Sprache des höchsten Stils erlaubten, einen freundschaftlichen, liebenswürdig-intimen Ton anschlugen, wie etwa: »Na, Petja, du hast die Polka aber fein heruntergehopst«, oder: »Du, Wasja, hast dein Dämchen doch herumgekriegt, wie du es haben wolltest.« Um all dies zu schildern, o Leser! ist, wie ich schon zu erklären die Ehre hatte, meine Feder zu schwach, und darum schweige ich. Kehren wir lieber zu Herrn Goljadkin zurück, dem einzigen und wirklichen Helden unserer durchaus wahrhaftigen Erzählung.

Die Sache liegt so, daß er sich gegenwärtig in einer sehr sonderbaren Lage befindet, um nicht mehr zu sagen. Er ist auch hier, meine Herrschaften, das heißt nicht auf dem Ball, aber beinahe auf dem Ball; er steht bescheiden abseits, meine Herrschaften; er handelt zwar aus eigenem Antrieb, befindet sich aber in diesem Augenblick nicht auf ganz geradem Wege; er steht jetzt – es ist sogar sonderbar zu sagen –, er steht jetzt im Flur, auf der Hintertreppe der Wohnung Olsufij Iwanowitschs. Das macht aber nichts, daß er hier steht: er ist ein Mann für sich. Er steht in einem Winkelchen, meine Herrschaften, und drückt sich in ein Eckchen, wo es zwar nicht wärmer ist, dafür aber dunkler, teilweise versteckt durch einen ungeheuren Schrank und einen alten Wandschirm, zwischen allerhand Gerümpel, Hausgerät und Schutt, bis zum richtigen Zeitpunkt verborgen und vorläufig als Beobachter des allgemeinen Ganges der Dinge und als unbeteiligter Zuschauer. Er beobachtet jetzt nur, meine Herrschaften; er kann ja auch hineingehen, meine Herrschaften ... warum sollte er nicht hineingehen? Es kostet nur einen Schritt, und er tritt

ein, tritt sogar sehr gewandt ein. Jetzt aber – er stand übrigens schon bald drei Stunden in der Kälte zwischen dem Schrank und dem Wandschirm, zwischen Hausgerät, Gerümpel und Schutt – zitierte er zu seiner eigenen Rechtfertigung einen Ausspruch des französischen Ministers Villeul seligen Angedenkens: Alles müsse zu seiner Zeit kommen, wenn man nur zu warten verstehe. Diesen Satz hatte Herr Goljadkin irgendeinmal in einem ganz gleichgültigen Buch gelesen, rief ihn sich aber in diesem sehr geeigneten Augenblick ins Gedächtnis zurück. Der Ausspruch paßte erstens sehr gut auf seine jetzige Lage, und zweitens – was kommt einem Menschen nicht alles in den Sinn, der die glückliche Entspannung seiner Lage geschlagene drei Stunden im Flur, in Kälte und Finsternis erwartet? Als er, wie schon gesagt, diesen Ausspruch des ehemaligen französischen Ministers Villeul im passendsten Moment zitierte, erinnerte sich Herr Goljadkin aus unbekannten Gründen auch des früheren türkischen Wesirs Marzimiris und ebenso der schönen Markgräfin Luise, deren Geschichte er auch einmal in irgendeinem Buch gelesen hatte. Dann fiel ihm ein, daß die Jesuiten es sich sogar zur Regel gemacht hatten, alle Mittel als erlaubt zu betrachten, sofern nur der Zweck erreicht würde. Nachdem Herr Goljadkin sich durch solche historische Tatsachen ein wenig Mut gemacht hatte, fragte er sich selber, was die Jesuiten denn eigentlich seien? Alle Jesuiten, vom ersten bis zum letzten, sind die größten Dummköpfe, er selber kann sie alle in seine Tasche stecken; und wenn das Büfettzimmer – der Raum, dessen Tür direkt in den Flur der Hintertreppe mündete, wo Herr Goljadkin sich jetzt befand – auch nur für eine Minute leer werden wollte, so würde er, ungeachtet aller Jesuiten, einfach hineingehen, zuerst aus dem Büfettzimmer ins Teezimmer, dann in das Zimmer, wo jetzt Karten gespielt wurde, und dann geradewegs in den Saal, wo man jetzt Polka tanzte. Und er würde hineingehen, unbedingt hineingehen, ohne auf etwas zu achten, hineingehen, hineinschlüpfen – wei-

ter nichts, und niemand würde es bemerken. Dort aber wußte er schon, was er zu tun hatte. Also in dieser Situation, meine Herrschaften, finden wir jetzt den Helden unserer durchaus wahrhaften Erzählung, obgleich es wirklich schwerhält zu erklären, was eigentlich im gegebenen Augenblick mit ihm vorgeht. Die Sache liegt so, daß er es wohl fertiggebracht hatte, bis in den Flur und das Treppenhaus vorzudringen – warum hätte er das auch nicht vermocht? Alle können das. Weiter vorzudringen wagte er aber nicht ... nicht weil es ihm an Mut gefehlt hätte, sondern weil er selber nicht mochte, weil er lieber im Verborgenen bleiben wollte. So wartet er denn im Verborgenen, meine Herrschaften, wartet volle zweieinhalb Stunden. Warum sollte er auch nicht warten? Selbst Villeul hat gewartet. Aber was soll hier Villeul? dachte Herr Goljadkin, was geht mich Villeul an? Wenn ich jetzt so – eben einfach eindringen würde? ... Ach du Hanswurst du! dachte Herr Goljadkin und zwickte sich mit der erstarrten Hand in die erstarrte Wange. Du Narr, du Goljadka* – schon dein Name sagt es! Übrigens erfolgte diese Liebkosung der eigenen Person im gegenwärtigen Moment nur so obenhin oder beiläufig, ohne sichtbaren Zweck. Jetzt drängte er sich vor; der Moment war gekommen; das Büfettzimmer war leer, niemand befand sich darin; Herr Goljadkin sah das alles durchs Fensterchen; mit zwei Schritten war er bei der Tür und schickte sich an, sie zu öffnen. Gehen oder nicht? Also geh oder nicht? Ich gehe ... weshalb sollte ich nicht gehen? Dem Kühnen steht jeder Weg offen ... Indem er sich auf diese Weise Mut zusprach, retirierte unser Held plötzlich ganz unerwartet hinter den Wandschirm. Nein, dachte er, wenn nun jemand eintritt? Richtig – schon ist jemand da. Warum habe ich es verpaßt, als niemand im Zimmer war? Da hätte ich einfach eindringen können ... Nein, wie denn eindringen, wenn der Mensch so einen Charakter hat! So eine

* Wörtlich: armer Teufel. [Anm. d. Übers.]

gemeine Tendenz! Ich war feige wie ein Hase! Feige sein ist unsere Sache; das ist's! Die Sache verderben ist immer unser Fall: danach fragt uns erst gar nicht. Nun steh da wie ein Klotz, weiter nichts! Wenn ich jetzt zu Hause ein Täßchen Tee trinken könnte ... Es wäre so angenehm, ein Täßchen zu trinken. Wenn ich später komme, wird Petruschka am Ende brummen. Sollte ich nicht nach Hause gehen? Die Teufel sollen das alles hier holen! Ich gehe, und damit basta! Nachdem er sich seine Lage in dieser Weise klargemacht hatte, trat Herr Goljadkin rasch vor, als ob jemand eine Feder in ihm aufgezogen hätte; mit zwei Schritten war er im Büfettzimmer, warf rasch den Mantel ab, nahm den Hut ab, verbarg das alles eiligst in einem Winkel, zupfte und strich sich zurecht, dann ... dann drang er in das Teezimmer vor, aus diesem huschte er in ein anderes Zimmer, schlüpfte fast unbemerkt zwischen den in Eifer geratenen Spielern hindurch; dann ... dann ... hier vergaß Herr Goljadkin alles, was mit ihm vorging ... und erschien plötzlich ganz unerwartet im Tanzsaal.

In diesem Augenblick wurde gerade wie absichtlich nicht getanzt. Die Damen ergingen sich in malerischen Gruppen im Saal. Die Herren standen in Zirkeln beisammen oder schlenderten durch das Zimmer, um die Damen für die nächsten Tänze zu engagieren. Herr Goljadkin bemerkte nichts von alledem. Er sah nur Klara Olsufjewna, neben ihr Andrej Filippowitsch, dann Wladimir Semjonowitsch, dann zwei oder drei Offiziere und noch zwei oder drei ebenfalls sehr interessante junge Leute, die – man sah es auf den ersten Blick – zu großen Hoffnungen berechtigten oder diese Hoffnungen schon erfüllt hatten. Er sah noch diesen und jenen. Oder nein: er sah niemanden mehr, blickte auf niemanden ... sondern schritt, bewegt durch dieselbe Feder, die ihn als ungebetenen Gast auf den Ball getrieben hatte, vorwärts und immer weiter vorwärts, stieß im Vorbeigehen irgendeinen Rat an und trat ihm auf den Fuß, trat auch gleich auf das Kleid einer

ehrenwerten alten Dame und riß ein kleines Loch hinein, stieß einen Diener mit einem Tablett an und noch jemanden, ohne dies alles zu bemerken, oder richtiger: er bemerkte es wohl, ließ es aber in einem hingehen; ohne jemanden anzusehen, drang er immer weiter vor und stand plötzlich vor Klara Olsufjewna selber. Er wäre jetzt ohne Zweifel mit dem allergrößten Vergnügen in die Erde gesunken, ohne mit der Wimper zu zucken. Aber was einmal geschehen, war nicht ungeschehen zu machen . . . auf keine Weise ungeschehen zu machen. Was war da zu tun? Gelingt's nicht – gib nicht nach, gelingt's aber – bleib fest. Herr Goljadkin war natürlich kein Intrigant und kein Meister auf dem glatten Parkett . . . Doch es war nun einmal geschehen. Zudem hatten sich noch die Jesuiten irgendwie eingemischt . . . aber Herrn Goljadkin stand jetzt nicht der Sinn danach! Alles, was da ging, lärmte, sich unterhielt, lachte – verstummte plötzlich wie auf einen Wink und scharte sich nach und nach um Herrn Goljadkin. Herr Goljadkin jedoch schien nichts zu sehen, nichts zu hören, er vermochte nicht aufzublicken . . . vermochte durchaus nicht aufzublicken. Er senkte die Augen zu Boden und stand so da, gab sich aber das Ehrenwort, sich auf irgendeine Art noch in dieser Nacht zu erschießen. Nachdem er sich dieses Ehrenwort gegeben hatte, sagte er in Gedanken zu sich selber: Ach was! Es ist doch alles ganz gleich! und fing plötzlich ganz unerwartet, selber höchst erstaunt darüber, zu reden an.

Er begann mit einem Kompliment und angemessenen Glückwünschen. Das Kompliment ging glatt vonstatten, aber bei den guten Wünschen stockte unser Held. Er fühlte, daß alles zum Teufel gehen müsse, wenn er steckenbliebe. Und so geschah es auch – er blieb stecken . . . blieb stecken und wurde rot; wurde rot und geriet in Verwirrung; geriet in Verwirrung und erhob die Augen; erhob die Augen und blickte um sich; blickte um sich und – erstarrte . . . Alles stand da, alles schwieg, alles wartete: ein wenig weiter begann man zu flüstern, ein wenig

näher zu lachen. Herr Goljadkin warf einen demütigen, verlorenen Blick auf Andrej Filippowitsch. Andrej Filippowitsch antwortete Herrn Goljadkin mit einem Blick, daß unser Held, wäre er nicht schon vollständig und restlos vernichtet gewesen, ihn unbedingt zum zweitenmal getötet hätte, falls das überhaupt möglich war. Das Schweigen hielt an.

»Das gehört mehr zu den häuslichen Umständen und zu meinem Privatleben, Andrej Filippowitsch«, sagte der halbtote Herr Goljadkin mit kaum hörbarer Stimme, »das ist kein offizielles Ereignis, Andrej Filippowitsch . . .«

»Schämen Sie sich, mein Herr, schämen Sie sich!« sagte Andrej Filippowitsch im Flüsterton und mit einer Miene voll unbeschreiblicher Entrüstung; sagte es, reichte Klara Olsufjewna den Arm und wandte sich von Herrn Goljadkin ab.

»Ich brauche mich nicht zu schämen, Andrej Filippowitsch«, erwiderte Herr Goljadkin ebenfalls flüsternd, blickte mit unglücklichen Augen um sich, wurde verlegen und suchte den Mittelpunkt der verblüfften Menge und seine eigene soziale Stellung zu finden.

»Ach, das hat nichts weiter zu sagen, gar nichts weiter, meine Herrschaften! Was ist's denn? Das kann doch jedem passieren«, murmelte Herr Goljadkin, allmählich von seinem Platz weichend und bemüht, sich aus der ihn umgebenden Menge herauszuwinden. Man machte ihm Platz. Unser Held schritt durch zwei Reihen neugieriger und erstaunter Beobachter hindurch. Das Verhängnis riß ihn fort. Herr Goljadkin fühlte selber, daß ihn das Verhängnis mit fortriß. Er hätte jetzt natürlich viel für die Möglichkeit gegeben, sich ohne Verletzung des Anstandes auf seinem früheren Standplatz im Flur auf der Hintertreppe zu befinden. Weil dies aber ganz unmöglich war, ging sein Bestreben dahin, in irgendein Winkelchen zu entschlüpfen und dort stehen zu bleiben – bescheiden, anständig, für sich, ohne jemanden zu belästigen, ohne die allgemeine Aufmerksamkeit auf sich zu lenken,

dabei aber bemüht, das Wohlwollen der Gäste und des Hausherrn zu erringen. Übrigens hatte Herr Goljadkin das Gefühl, als ob irgend etwas ihn aus dem Gleichgewicht bringen wollte, als ob er schwankte, fiele. Endlich erreichte er ein Winkelchen und blieb dort stehen – als unbeteiligter, ziemlich gleichgültiger Zuschauer, mit beiden Händen auf die Lehnen von zwei Stühlen gestützt, die er auf diese Art vollständig mit Beschlag belegte – und gab sich Mühe, mit möglichst unbefangener Miene die neben ihm gruppierten Gäste Olsufij Iwanowitschs zu betrachten. Ihm zunächst stand ein Offizier, ein großer hübscher Mensch, dem gegenüber sich Herr Goljadkin wie ein Würmchen vorkam.

»Diese Stühle sind reserviert, Herr Leutnant: einer für Klara Olsufjewna, der andere für die Fürstin Tschewtschechanowa, die auch hier tanzt; ich halte sie für die Damen frei, Herr Leutnant«, sagte Herr Goljadkin atemlos und heftete einen flehenden Blick auf den Herrn Leutnant. Der Leutnant wandte sich schweigend und mit einem eisigen Lächeln ab. Nachdem er an der einen Seite übel angefahren war, versuchte unser Held sein Glück auf einer andern Seite und wandte sich direkt an einen gewichtigen Rat, der einen bedeutenden Orden am Halse trug. Doch der Rat maß ihn mit einem so kalten Blick, daß Herr Goljadkin deutlich fühlte, wie man plötzlich einen ganzen Eimer kalten Wassers über ihn ausgoß. Herr Goljadkin verstummte. Er beschloß, lieber zu schweigen, niemanden anzureden und sich den Anschein zu geben, daß er so wie alle anderen und seine Lage durchaus angemessen sei. Zu diesem Zweck heftete er den Blick auf den Aufschlag seines Rocks, hob dann die Augen und ließ sie auf einem Herrn von sehr ehrenwertem Äußern ruhen. Dieser Herr trägt eine Perücke, dachte Herr Goljadkin, und wenn man diese Perücke abnimmt, so kommt ein kahler Kopf zum Vorschein, genauso kahl wie meine Handfläche. Nach dieser wichtigen Entdeckung erinnerte sich Herr Goljadkin der arabischen Emire, bei denen auch ein kahler,

unbehaarter Kopf zum Vorschein kam, wenn man ihnen den grünen Turban abnahm, den sie zum Zeichen ihrer Verwandtschaft mit dem Propheten Mohammed trugen. Durch eine seine Gedanken kreuzende eigenartige Ideenverbindung kam Herr Goljadkin schließlich auch auf türkische Pantoffeln, und dabei fiel ihm ein, daß Andrej Filippowitsch Stiefel trug, die eher Pantoffeln glichen als Stiefeln. Herr Goljadkin hatte sich offensichtlich ein wenig in seine Lage gefunden. Wenn dieser Kronleuchter, schoß es ihm durch den Kopf, wenn dieser Kronleuchter sich jetzt lockern und auf die Gesellschaft herabfallen würde, so würde ich sofort hinstürzen und Klara Olsufjewna retten. Nach der Rettung würde ich ihr sagen: Seien Sie unbesorgt, meine Gnädigste; das hat nichts zu bedeuten; aber Ihr Retter bin ich. Dann ... Hier wandte Herr Goljadkin seinen Blick zur Seite, um Klara Olsufjewna zu suchen, und entdeckte Gerassimowitsch, den alten Kammerdiener Olsufij Iwanowitschs. Gerassimowitsch steuerte mit höchst besorgter und offiziell-feierlicher Miene geradewegs auf Herrn Goljadkin zu. Herr Goljadkin erbebte und zog die Stirn kraus, da ihn ein Gefühl bewegte, über das er sich zwar nicht Rechenschaft geben konnte, das aber äußerst unangenehm war. Mechanisch blickte er um sich; es fiel ihm ein, irgendwie, hintenherum, ganz still dem Übel aus dem Weg zu schlüpfen – zu verschwinden, das heißt so zu tun, als wäre mit ihm gar nichts los, als handle es sich gar nicht um ihn; doch ehe unser Held einen Entschluß fassen konnte, stand Gerassimowitsch bereits vor ihm.

»Sehen Sie, Gerassimowitsch«, sagte unser Held, indem er sich lächelnd an den Kammerdiener wandte, »veranlassen Sie doch, sehen Sie, die Kerze dort in dem Kandelaber, Gerassimowitsch – sie wird gleich herunterfallen: befehlen Sie doch, daß sie festgesteckt wird. Sie wird wirklich gleich herunterfallen, Gerassimowitsch ...«

»Die Kerze? Nein, die Kerze steht gerade; aber nach Ihnen fragt draußen jemand.«

»Wer will mich denn sprechen, Gerassimowitsch?«
»Ich weiß wirklich nicht, wer es ist. Der Diener von irgend jemandem. ›Ist Jakow Petrowitsch Goljadkin hier?‹ fragte er. ›Rufen Sie ihn bitte, ich muß ihn in einer sehr wichtigen und eiligen Angelegenheit sprechen . . .‹ So ist's.«
»Nein, Gerassimowitsch, Sie irren; da irren Sie, Gerassimowitsch.«
»Das bezweifle ich.«
»Nein, Gerassimytsch, da ist nicht zu zweifeln; hier ist nichts zu zweifeln, Gerassimytsch . . . Niemand verlangt nach mir, Gerassimowitsch, niemand ist da, der nach mir verlangen könnte, und ich bin hier zu Hause, das heißt auf meinem Platz, Gerassimowitsch.«
Herr Goljadkin schöpfte Atem und sah sich um. Richtig! alles, was sich im Saal befand, blickte ihn an und horchte auf wie in feierlicher Erwartung. Die Männer drängten näher heran und horchten. Etwas entfernter flüsterten die Damen voller Unruhe. Der Hausherr selber tauchte in Herrn Goljadkins Nähe auf, und obwohl man ihm nicht ansehen konnte, daß er seinerseits ein unmittelbares Interesse an den Angelegenheiten Herrn Goljadkins hatte, da alles höchst rücksichtsvoll gehandhabt wurde, so mußte der Held unserer Erzählung dennoch merken, daß ein entscheidender Moment für ihn gekommen war. Herr Goljadkin sah deutlich, daß die Zeit für einen kühnen Streich da war, die Zeit, seine Feinde zu beschämen. Herr Goljadkin war erregt. Herrn Goljadkin überkam es wie Begeisterung, und er wandte sich wieder mit zitternder, feierlicher Stimme an Gerassimowitsch.
»Nein, mein Freund, niemand will mich sprechen. Du irrst. Ich sage noch mehr: Du hast auch heute morgen geirrt, als du mir versichertest . . . als du es wagtest, mir zu versichern, sage ich« – hier erhob Herr Goljadkin die Stimme –, »daß Olsufij Iwanowitsch, mein Wohltäter seit undenklichen Zeiten, der mir in gewissem Sinn den Vater ersetzt hat, mir seine Türe verschließe in einem Augen-

blick der höchsten Freude für sein väterliches Herz und seine Familie.« Herr Goljadkin sah selbstgefällig, aber mit bewegten Gefühlen im Kreis umher. An seinen Wimpern erglänzten Tränen. »Ich wiederhole, mein Freund«, schloß unser Held, »du hast geirrt, grausam, unverzeihlich geirrt . . .«

Es war ein feierlicher Moment. Herr Goljadkin fühlte, daß der Effekt nicht ausbleiben konnte. Er stand da, die Augen bescheiden zu Boden gesenkt, die Umarmung Olsufij Iwanowitschs erwartend. Die Gäste zeigten Erregung und Staunen, selbst der unerschütterliche und furchtbare Gerassimowitsch blieb bei dem Wort: »Ich bezweifle . . .« stecken, als das unerbittliche Orchester plötzlich mir nichts, dir nichts eine Polka erdröhnen ließ. Alles war verloren, alles verflog in dem Wind. Herr Goljadkin zuckte zusammen, Gerassimowitsch taumelte zurück, alles, was sich im Saal befand, kam in Bewegung, und Wladimir Semjonowitsch schwebte schon mit Klara Olsufjewna als erstes Paar dahin, gefolgt von dem hübschen Leutnant und der Fürstin Tschewtschechanowa. Die Zuschauer drängten sich neugierig und entzückt heran, um die Polka zu betrachten – der Tanz war damals neu, interessant, modern und verdrehte allen die Köpfe. Herr Goljadkin war für eine Zeitlang vergessen. Plötzlich aber geriet alles in Erregung, Verwirrung, Unruhe. Die Musik brach ab . . . es ereignete sich ein sonderbarer Zwischenfall. Erschöpft durch den Tanz und schwer atmend vor Ermüdung, war Klara Olsufjewna mit glühenden Wangen und wogender Brust kraftlos in einen Sessel gesunken . . . Alle Herzen flogen der Reizenden, Bezaubernden zu, alle beeilten sich um die Wette, ihr zu huldigen und ihr für das gewährte Vergnügen zu danken – da stand plötzlich Herr Goljadkin vor ihr. Herr Goljadkin war bleich und sehr erregt; auch er schien sich in einem Zustand äußerster Erschöpfung zu befinden und war kaum fähig, sich zu rühren. Er lächelte eigentümlich und streckte seine Hand bittend aus. Klara Olsufjewna hatte in

ihrer Bestürzung keine Zeit gefunden, ihre Hand zurückzuziehen; sie stand, der Aufforderung des Herrn Goljadkin Folge leistend, mechanisch auf. Herr Goljadkin schwankte nach vorn, einmal, zweimal, hob das Bein, machte eine Art Kratzfuß, stampfe dann auf und stolperte ... er wollte auch mit Klara Olsufjewna tanzen. Klara Olsufjewna schrie auf; alle stürzten herbei, um ihre Hand aus der Hand Herrn Goljadkins zu befreien, und unser Held wurde durch die Menge bald mindestens zehn Schritt weit weggedrängt. Auch um ihn bildete sich ein Kreis. Man hörte das Kreischen und Schreien zweier alter Damen, die Herr Goljadkin auf seinem Rückzug beinahe umgestoßen hätte. Die Verwirrung war furchtbar; alles fragte, alles schrie, alles besprach den Fall. Das Orchester war verstummt. Unser Held drehte sich in seinem Kreise herum und murmelte mechanisch, verloren lächelnd, etwas vor sich hin wie: warum er denn nicht auch dürfe und daß die Polka, sozusagen, wenigstens seiner Ansicht nach, ein neuer und überaus interessanter Tanz sei, zum Vergnügen der Damen geschaffen ... daß er aber, wenn die Sache so liege, bereit sei zuzustimmen. Niemand schien aber nach der Zustimmung Herrn Goljadkins zu verlangen. Unser Held fühlte, wie sich eine Hand plötzlich auf seine Hand herabsenkte, wie eine andere Hand sich gegen seinen Rücken stützte und wie er mit besonderer Sorgfalt nach einer bestimmten Richtung geschoben wurde. Endlich bemerkte er, daß er geradewegs zur Türe ging. Herr Goljadkin wollte etwas sagen, etwas tun ... Aber nein, er wollte nichts mehr. Er lachte nur ganz mechanisch, wie zur Abwehr. Endlich fühlte er, daß man ihm den Mantel anzog, daß man ihm den Hut über die Augen stülpte, daß er in den Hausflur kam, in Finsternis und Kälte, und endlich auf der Treppe stand. Dann stolperte er; er glaubte in einen Abgrund zu stürzen; er wollte aufschreien – da war er schon auf dem Hof. Die frische Luft wehte ihn an, er blieb einen Augenblick stehen; im selben Moment drangen die Klänge des von neuem

erschallenden Orchesters zu ihm heraus. Mit einemmal erinnerte sich Herr Goljadkin an alles; es schien, als ob alle seine geschwundenen Kräfte plötzlich wiederkehrten. Er riß sich von dem Platz los, auf dem er bis jetzt wie festgenagelt gestanden hatte, und stürzte blindlings davon, irgendwohin, in die Luft, in die Freiheit, nur fort, nur fort . . .

Fünftes Kapitel

Von allen Petersburger Türmen, welche die Stunden anzeigten und verkündeten, schlug es gerade Mitternacht, als Herr Goljadkin ganz außer sich auf den Kai der Fontanka zustürzte, dicht bei der Ismailowbrücke, auf der Flucht vor seinen Feinden, vor den Verfolgungen, dem Hagel der ihm zugedachten Nasenstüber, dem Geschrei der erschreckten alten Damen, dem Ächzen und Wehklagen der Frauen und den vernichtenden Blicken Andrej Filippowitschs. Herr Goljadkin war erschlagen – gänzlich erschlagen im vollen Sinn des Wortes, und wenn er sich im gegebenen Augenblick die Fähigkeit des Laufens noch bewahrt hatte, so war das wirklich und wahrhaftig ein Wunder, ein Wunder, an das er schließlich selber nicht mehr zu glauben vermochte. Es war eine furchtbare Nacht, eine Novembernacht – naß, neblig, mit Regen und Schnee durchsetzt, geschwängert mit Schnupfen, Bräunen, heftigen Fiebern aller Arten und Sorten, mit einem Wort, allen Gaben des Petersburger Novembers. Der Wind heulte durch die verödeten Straßen, peitschte das schwarze Wasser der Fontanka bis zu den Ringen empor und fing sich in den elenden Laternen des Kais, die sein Heulen mit einem dünnen, durchdringenden Knarren beantworteten, was ein endloses, piepsendes, zitterndes Konzert abgab, das jedem Petersburger zur Genüge bekannt ist. Es regnete und schneite zugleich. Die vom Wind gepeitschten Regenschwaden ergossen sich in bei-

nahe horizontaler Richtung wie aus einem Feuerwehrschlauch und stachen und schnitten den unglücklichen Herrn Goljadkin ins Gesicht wie tausend Nadeln. In der nächtlichen Stille, die nur durch das entfernte Geräusch rollender Wagen, das Heulen des Windes und das Knarren der Laternen unterbrochen wurde, hörte man das Plätschern und Murmeln des Wassers, das von allen Dächern, Portalen, Gesimsen und Regenrinnen auf das granitene Pflaster des Trottoirs herabfloß. Weit und breit war keine Menschenseele zu erblicken, und das erschien zu dieser Stunde und bei dem Wetter nur natürlich. Somit trabte um diese Zeit nur Herr Goljadkin, allein mit seiner Verzweiflung, auf dem Trottoir der Fontanka dahin und beeilte sich, mit seinem kurzen Schritt so schnell wie möglich die Schestilawotschnaja und seine Wohnung zu erreichen.

Obgleich Schnee, Regen und alles das, was man nicht einmal mit Namen nennen kann, wenn Sturm unter dem nebligen Petersburger Novemberhimmel losbricht, plötzlich und mit einemmal auf den durch seine Mißgeschicke ohnehin vernichteten Herrn Goljadkin einstürmten, ihn bis auf die Knochen durchnäßten, nach allen Richtungen durchbliesen, ihm die Augen verklebten und ihn die Richtung und den letzten Rest von Verstand verlieren ließen, obgleich das alles mit einemmal auf Herrn Goljadkin herabstürzte, als hätte es sich absichtlich mit seinen Feinden verbündet, um ihm den Tag, den Abend und die Nacht zu verschönen – ungeachtet alles dessen blieb Herr Goljadkin diesem letzten Beweis von Schicksalstücke gegenüber fast gleichgültig: so heftig hatte ihn das erschüttert und mitgenommen, was er vor einigen Minuten bei Herrn Staatsrat Berendejew erlebt hatte. Wenn irgendein unbeteiligter, uninteressierter Beobachter die traurige Flucht Herrn Goljadkins jetzt mitangesehen hätte, wäre auch er auf einmal von dem furchtbaren Grauen seiner Mißgeschicke erfaßt worden und hätte bestimmt gefunden, daß Herr Goljadkin jetzt so aussah

wie einer, der sich vor sich selber verstecken will, der sich selber entfliehen will. Ja! Es war tatsächlich so! Sagen wir noch mehr: Herr Goljadkin wollte nicht nur vor sich selber fliehen, er wollte sich ganz vernichten, aufhören zu sein, sich in Staub verwandeln. Im gegenwärtigen Augenblick hörte er nichts von allem, was ihn umgab, verstand nichts von dem, was um ihn vorging, und sah so aus, als ob für ihn tatsächlich weder die Widerwärtigkeiten der unwirtlichen Nacht vorhanden wären noch der weite Weg, der Schnee, Regen und Wind und das ganze heftige Unwetter. Der Gummischuh, der sich vom rechten Stiefel Herrn Goljadkins gelöst hatte, blieb in Schmutz und Schnee auf dem Trottoir der Fontanka stecken, und Herr Goljadkin dachte gar nicht daran umzukehren; er bemerkte den Verlust nicht einmal. Er war so bestürzt, daß er mehrmals plötzlich, ohne auf die Umgebung zu achten, ganz durchdrungen von dem Gedanken an seinen kürzlichen schrecklichen Fall, regungslos wie eine Säule mitten auf dem Trottoir stehenblieb; in diesem Moment erstarb er, verschwand er; dann riß er sich plötzlich wie ein Rasender von seinem Platz los und lief, lief, ohne sich umzusehen, als müßte er sich vor Verfolgung retten oder vor einem noch entsetzlicheren Ungemach ... Seine Lage war wirklich furchtbar ... Endlich blieb Herr Goljadkin entkräftet stehen und stützte sich auf das Geländer des Kais in der Stellung eines Menschen, der plötzlich ganz unerwartet Nasenbluten bekommen hat, und begann das trübe schwarze Wasser der Fontanka unverwandt zu betrachten. Wir wissen nicht, wie lange er in dieser Beschäftigung verharrte. Bekannt ist uns nur, daß Herr Goljadkin in diesem Augenblick so verzweifelt war, so zerrissen, so zerquält, so erschöpft, daß die letzten schwachen Reste seiner Geisteskraft so weit geschwunden waren, daß er alles vergaß – die Ismailowbrücke, die Schestilawotschnaja und seine ganze gegenwärtige Lage ... Was war es denn auch? Ihm war ja alles gleich: die Tat war geschehen, das Urteil gesprochen und unterschrieben;

was focht ihn noch an? ... Plötzlich ... plötzlich erzitterte er am ganzen Leib und sprang unwillkürlich zwei Schritte zur Seite. Mit unbeschreiblicher Unruhe begann er um sich zu blicken; aber niemand war da, es war nichts Besonderes geschehen, und trotzdem ... trotzdem hatte es ihm geschienen, als hätte eben jetzt, in diesem Augenblick, jemand neben ihm gestanden, gleichfalls auf das Geländer der Uferumfassung gestützt, und hätte ihm – merkwürdig – sogar etwas gesagt, schnell und hastig, etwas, was er nicht ganz verstand, was ihn aber doch nahe berührte und sich auf ihn bezog. »Ist mir das etwa nur so vorgekommen?« sagte Herr Goljadkin und blickte noch einmal um sich. »Ja, wo stehe ich denn eigentlich? ... Ach, ach!« schloß er kopfschüttelnd, fing aber an, mit einem unruhigen, schmerzlichen Gefühl, ja sogar mit Furcht in die trübe, feuchte Ferne zu blicken, indem er seine Sehkraft aufs äußerste anspannte und mit allen Kräften bemüht war, mit seinen kurzsichtigen Augen die nasse Weite zu durchdringen, die sich vor ihm ausbreitete. Doch da war nichts Neues, nichts Besonderes, das Herrn Goljadkin in die Augen gefallen wäre. Alles schien in Ordnung zu sein, wie es sich gehört, das heißt, der Schnee fiel noch dichter, in noch größeren Flocken herab; man konnte keine zwanzig Schritt weit sehen, die Laternen knarrten noch durchdringender als vorher, und der Wind schien sein wehmütiges Lied noch trauriger, noch kläglicher zu singen: wie ein zudringlicher Bettler, der um einen Groschen für Nahrung fleht. »Ach, ach, was ist denn mit mir?« wiederholte Herr Goljadkin, während er sich wieder auf den Weg machte, dabei aber ständig, flüchtig um sich blickte. Mittlerweile erfaßte ein neues Empfinden das ganze Wesen Herrn Goljadkins. Es war nicht Kummer, nicht Furcht ... Fieberschauer rannen durch seine Adern. Der Augenblick war unerträglich peinlich. »Ach was, es tut nichts«, sagte er, um sich Mut zu machen, »es tut nichts; vielleicht ist es wirklich nichts und befleckt niemandes Ehre. Vielleicht mußte es auch so sein«, fuhr er

fort, ohne selber zu verstehen, was er sagte; »vielleicht wird das alles zu seiner Zeit zum Guten ausgehen, man wird sich über nichts beschweren können, alle werden gerechtfertigt sein.« Indem sich Herr Goljadkin auf diese Weise durch Worte erleichterte, raffte er sich einigermaßen auf, schüttelte die Schneeflocken von sich ab, die als dicke Kruste auf seinem Hut, dem Kragen, dem Mantel, auf dem Halstuch, den Stiefeln und auf allem lagen – aber das seltsame Gefühl, diese seltsame dunkle Seelenangst konnte er noch immer nicht von sich stoßen, nicht abschütteln. In der Ferne ertönte ein Kanonenschuß.[2] So ein Wetterchen, dachte unser Held, oh! ob es vielleicht eine Überschwemmung gibt? Offenbar ist das Wasser schon zu hoch gestiegen. Kaum hatte Herr Goljadkin das gesagt oder gedacht, als er vor sich einen Fußgänger erblickte, der ihm entgegenkam und sich wohl ebenso wie er aus irgendeinem Grund verspätet hatte. Das war nur eine Bagatelle, ein Zufall; aber Herr Goljadkin wurde – Gott weiß warum – plötzlich verlegen, bekam sogar Angst und verlor die Fassung. Nicht, daß er etwa vor einem Bösewicht Furcht empfunden hätte, aber vielleicht... Ja, wer kann wissen, wer dieser Spätling ist, schoß es Herrn Goljadkin durch den Kopf. Vielleicht kommt er auch von da, vielleicht spielt er sogar die Hauptrolle und geht nicht unabsichtlich dieses Weges, sondern hat ein Ziel, kreuzt meinen Weg und sucht Händel mit mir. Es ist übrigens möglich, daß Herr Goljadkin das nicht eigentlich dachte, sondern im Augenblick nur etwas Ähnliches, sehr Unangenehmes empfand. Es war auch keine Zeit mehr, etwas zu fühlen oder zu empfinden; der Unbekannte war nur noch zwei Schritt von ihm entfernt. Herr Goljadkin beeilte sich, seiner Gewohnheit nach eine eigentümliche Miene aufzusetzen, eine Miene, die deutlich ausdrückte, daß er, Goljadkin, ein Mann für sich sei, daß er keinem zu nahe treten wolle, daß der Weg breit

2 Durch einen Kanonenschuß von der Peter-und-Pauls-Festung wurde vor Hochwasser der Newa gewarnt.

genug sei für alle und daß er, Goljadkin, von sich aus niemanden anrühre. Plötzlich blieb er wie angewurzelt, wie vom Blitz getroffen stehen, machte schleunigst kehrt und ging dem Unbekannten nach, der eben an ihm vorübergeschritten war. Er machte kehrt, als hätte ihn etwas von hinten herumgerissen, als hätte der Wind seine Flügel umgedreht. Der Unbekannte verschwand schnell in dem Schneetreiben; er schritt ebenfalls eilig aus, war ebenso wie Herr Goljadkin vom Kopf bis zu den Füßen vermummt und trippelte mit denselben hurtigen, ein wenig ängstlichen kleinen Schritten auf dem Trottoir der Fontanka dahin wie er selber, »Was, was ist das?« murmelte Herr Goljadkin, mißtrauisch lächelnd, erbebte aber am ganzen Leib. Eiseskälte rann ihm über den Rücken. Inzwischen war der Unbekannte völlig verschwunden; nicht einmal seine Schritte hörte man mehr, aber Herr Goljadkin stand noch immer da und sah ihm nach. Endlich kam er langsam zu sich. Was ist denn das, dachte er voller Verdruß, bin ich denn wirklich verrückt geworden? kehrte um und ging wieder seines Weges, indem er seine Schritte immer stärker beschleunigte und sich bemühte, lieber an gar nichts mehr zu denken. Schließlich machte er zu diesem Zweck sogar die Augen zu. Plötzlich drang durch das Heulen des Windes und den Lärm des Unwetters wiederum das Geräusch nicht allzu ferner Schritte an sein Ohr. Er zuckte zusammen und öffnete die Augen. Wiederum sah er in ungefähr zwanzig Schritt Entfernung ein Männlein vor sich, das rasch näher kam. Das Männlein eilte, trippelte, hastete; die Entfernung wurde schnell kleiner. Herr Goljadkin konnte seinen neuen verspäteten Gefährten schon ganz deutlich sehen; er musterte ihn und schrie vor Staunen und Schreck auf; seine Beine knickten ein. Es war derselbe ihm bekannte Fußgänger, den er vor zehn Minuten vorbeigelassen hatte und der jetzt plötzlich, ganz unerwartet wieder vor ihm auftauchte. Aber nicht dieses Wunder allein verblüffte Herrn Goljadkin, und zwar so, daß er stehenblieb, aufschrie, etwas sagen

wollte – und dann dem Unbekannten nachrannte, ihm sogar etwas zurief, um ihn anzuhalten. Der Unbekannte blieb tatsächlich ungefähr zehn Schritt vor Herrn Goljadkin stehen, und zwar so, daß der Schein einer nahen Laterne voll auf seine Gestalt fiel. Er blieb stehen, wandte sein Gesicht Herrn Goljadkin zu und erwartete mit ungeduldig besorgter Miene, was er sagen würde. »Entschuldigen Sie, ich habe mich vielleicht geirrt«, sagte unser Held mit zitternder Stimme. Der Unbekannte machte schweigend und verdrießlich kehrt und ging rasch seines Weges, als beeilte er sich, die zwei Sekunden, die er mit Herrn Goljadkin verloren hatte, wieder einzuholen. Was aber Herrn Goljadkin betrifft, so zitterten alle seine Muskeln, die Knie knickten ihm ein, wurden schwach, und er setzte sich aufstöhnend auf einen Prellstein. Es war aber auch tatsächlich aller Grund vorhanden, in solche Verwirrung zu geraten. Die Sache war die, daß der Unbekannte ihm jetzt merkwürdig bekannt vorkam. Das wäre noch nichts gewesen. Aber er hatte diesen Mann jetzt erkannt, genau erkannt. Er hatte ihn oft gesehen, diesen Mann, hatte ihn früher gesehen, sogar noch vor kurzer Zeit. Aber wo und wann? War es nicht gestern? Übrigens darauf kam es nicht an, daß Herr Goljadkin ihn oft gesehen hatte; es war auch gar nichts, fast gar nichts Besonderes an dem Mann; auf den ersten Blick hätte er kaum jemandes Aufmerksamkeit erregt. Es war ein Mensch wie alle anderen, natürlich ein sehr anständiger, wie alle anständigen Menschen; er besaß vielleicht sogar irgendwelche sehr bedeutende Vorzüge – mit einem Wort: es war ein Mensch für sich. Herr Goljadkin empfand für ihn weder Haß noch Feindschaft, nicht einmal die leiseste Abneigung, anscheinend sogar das Gegenteil; und doch – und das war der Kernpunkt der Sache – hätte er ihm für keine Schätze der Welt begegnen mögen, besonders so begegnen wie zum Beispiel in diesem Augenblick. Sagen wir noch mehr: Herr Goljadkin kannte diesen Mann ganz genau; er wußte sogar, wie er hieß, welchen Familiennamen er trug; trotzdem hätte er

ihn für nichts, für keine Schätze der Welt nennen mögen, sich eingestehen mögen, daß er so oder so hieß; daß sein Vatername so und sein Familienname so lautete. Ob diese Zweifel Herrn Goljadkins lange oder kurze Zeit währten, ob er lange auf dem Prellstein saß, kann ich nicht sagen. Als er aber endlich etwas zu sich gekommen war, fing er plötzlich an zu laufen, ohne sich umzusehen, zu laufen, was die Beine hergaben. Sein Atem flog, er stolperte zweimal, fiel beinahe hin, und bei dieser Gelegenheit verwaiste auch der zweite Stiefel Herrn Goljadkins, der ebenfalls seinen Gummischuh verlor. Endlich verlangsamte Herr Goljadkin seinen Schritt ein wenig, um Atem zu schöpfen, blickte hastig um sich und sah, daß er, ohne es zu bemerken, schon beinahe seinen ganzen Weg die Fontanka entlanggelaufen, die Anitschkowbrücke überschritten, einen Teil des Newskijprospekts durchmessen hatte und nun am Eingang zur Litejnaja stand. Herr Goljadkin bog in die Litejnaja ein. Seine Lage glich in diesem Augenblick derjenigen eines Menschen, der über einem furchtbaren Abgrund steht, wenn das Erdreich unter ihm abbröckelt, bereits gewankt hat, sich bewegt, zum letztenmal erbebt, stürzt, ihn in die Untiefe mitzureißen droht, der Unglückliche aber weder Kraft noch Willensstärke besitzt, um zurückzuspringen, die Augen von der gähnenden Untiefe abzuwenden; der Abgrund zieht ihn an, und er springt endlich hinein, indem er den Augenblick seiner Vernichtung selbst beschleunigt. Herr Goljadkin wußte, fühlte und war vollkommen überzeugt, daß ihm unterwegs bestimmt noch etwas Böses zustoßen, daß noch ein Ungemach über ihn hereinbrechen werde, zum Beispiel eine abermalige Begegnung mit seinem Unbekannten. Aber seltsam: er wünschte diese Begegnung sogar herbei, hielt sie für unvermeidlich und flehte nur, daß alles schneller enden, seine Lage irgendwie eine Lösung finden möge – nur schneller. Indessen lief er und lief, wie getrieben von irgendeiner fremden Kraft, denn er fühlte in seinem ganzen Körper eine Art Schwäche und

Dumpfheit: er konnte an nichts denken, obgleich seine Ideen wie ein Dornenstrauch an allem hängenblieben. Ein verlaufenes, ganz nasses und zitterndes Hündchen hatte sich ihm angeschlossen, lief neben ihm her, eilig, mit eingezogenem Schwanz und hängenden Ohren und blickte ihn ab und zu schüchtern und verständnisvoll an. Ein ferner, längst vergessener Gedanke – die Erinnerung an ein weit zurückliegendes Ereignis – kam ihm jetzt in den Sinn, klopfte wie mit einem Hämmerchen in seinem Kopf, belästigte ihn, ließ sich nicht verscheuchen. »Ach, dieser gräßliche Köter!« murmelte Herr Goljadkin, ohne sich selber zu verstehen. Endlich erblickte er seinen Unbekannten an der Mündung der Italjanskaja. Nur schritt der Unbekannte ihm jetzt nicht entgegen, sondern in derselben Richtung wie er und lief ebenfalls – ein paar Schritte vor ihm. So erreichte man die Schestilawotschnaja. Herrn Goljadkin stockte der Atem. Der Unbekannte blieb gerade vor dem Haus stehen, in dem Herr Goljadkin wohnte. Man hörte das Läuten der Klingel und fast gleichzeitig das Knarren des eisernen Riegels. Das Pförtchen ging auf, der Unbekannte bückte sich, war noch einen Augenblick sichtbar und verschwand. Fast gleichzeitig war auch Herr Goljadkin angelangt und schoß wie ein Pfeil durch das Tor. Ohne auf den brummenden Hausknecht zu hören, lief er atemlos in den Hof und entdeckte seinen interessanten, für eine Minute entschwundenen Gefährten sofort wieder. Der Unbekannte tauchte an demselben Treppenaufgang auf, der zu der Wohnung Herrn Goljadkins führte. Herr Goljadkin stürzte ihm nach. Die Treppe war finster, feucht und schmutzig. An allen Biegungen war eine Unmenge von allerhand Hausgerümpel aufgestapelt, so daß ein fremder, unkundiger Mensch, der im Dunkeln diese Treppe zu ersteigen hatte, gezwungen war, eine halbe Stunde lang zu klettern, immer in Gefahr, sich die Beine zu brechen, und mit der Treppe zugleich auch die Freunde verwünschte, die so unbequem wohnten. Der Gefährte Herrn Goljad-

kins aber schien mit der Örtlichkeit völlig vertraut zu sein wie ein Hausgenosse. Er lief leichtfüßig hinauf, ohne sich aufzuhalten, als wüßte er genau Bescheid. Herr Goljadkin war ihm dicht auf den Fersen. Der Mantelsaum des Unbekannten schlug ihm sogar zweimal gegen die Nase. Sein Herz begann zu versagen. Der geheimnisvolle Mann blieb genau an der Tür zur Wohnung Herrn Goldjadkins stehen, klopfte, und – was Herrn Goldjadkin zu jeder anderen Zeit gewundert hätte – Petruschka schien ihn erwartet zu haben. Er hatte sich offenbar noch nicht schlafen gelegt, öffnete sofort und folgte dem Eingetretenen mit dem Licht in der Hand. Ganz außer sich lief der Held unserer Erzählung in seine Wohnung; ohne Mantel und Hut abzunehmen, durchschritt er den Korridor und blieb wie vom Donner gerührt auf der Schwelle seines Zimmers stehen. Alle seine Ahnungen hatten sich vollauf erfüllt. Alles, was er befürchtet und vorausgefühlt hatte, war jetzt Wirklichkeit geworden. Sein Atem stockte, ihm wurde schwindlig. Der Unbekannte saß gleichfalls in Mantel und Hut vor ihm, auf seinem Bett, lächelte ein wenig und nickte ihm mit etwas zusammengekniffenen Augen freundschaftlich zu. Herr Goljadkin wollte schreien, brachte aber keinen Laut hervor. Er wollte auf irgendeine Weise Einspruch erheben, aber seine Kraft reichte nicht aus. Das Haar stand ihm zu Berg, er sank sinnlos vor Entsetzen auf einen Stuhl. Er hatte auch allen Grund dazu. Herr Goljadkin hatte seinen nächtlichen Freund nun erkannt. Dieser nächtliche Freund war kein anderer als er selber, ein zweiter Herr Goljadkin, der aber genauso aussah wie er selber – mit einem Wort das, was man einen Doppelgänger zu nennen pflegt . . .

Sechstes Kapitel

Am folgenden Tag erwachte Herr Goljadkin Punkt acht Uhr in seinem Bett. Sofort erstanden alle ungewöhnlichen Dinge des gestrigen Tages und die ganze unwahrscheinliche, wüste Nacht mit ihren fast unmöglichen Abenteuern in ihrer ganzen furchtbaren Fülle vor seiner Phantasie und in seinem Gedächtnis. Die grausame, höllische Bosheit seiner Feinde, besonders dieser letzte Beweis ihrer Tücke, hatten das Herz Herrn Goljadkins zu Eis erstarren lassen. Und dabei war alles so seltsam, so unbegreiflich, so toll und schien so unmöglich zu sein, daß man die ganze Sache wirklich schwer glauben konnte. Herr Goljadkin wäre sogar selber bereit gewesen, das ganze für einen unmöglichen Fiebertraum anzusehen, für eine momentane Geistesverwirrung, eine Umnachtung des Verstandes, wenn er zu seinem Glück nicht aus bitterer Lebenserfahrung gewußt hätte, bis wohin die Bosheit den Menschen zuweilen führen, wie weit die Grausamkeit eines Feindes gehen kann, der seine angegriffene Ehre und seinen Ehrgeiz rächt. Zudem waren die zerschlagenen Glieder Herrn Goljadkins, der benommene Kopf, das schmerzende Kreuz und ein bösartiger Schnupfen ein deutliches Zeugnis für die Wirklichkeit des nächtlichen Spaziergangs und bestätigten also auch alles andere, was sich während dieses Spaziergangs ereignet hatte. Schließlich wußte Herr Goljadkin auch schon lange, daß sich dort bei ihnen etwas vorbereitete, daß sie dort einen anderen hatten. Was aber tun? Nach reiflicher Überlegung entschloß sich Herr Goljadkin zu schweigen, sich zu fügen und vorderhand in dieser Sache keinen Einspruch zu erheben ... Vielleicht haben sie mich nur erschrecken wollen, und wenn sie sehen, daß ich mich still verhalte, nicht protestiere, mich vollständig darein ergebe, es mit Demut trage, werden sie von mir ablassen, sie werden von selber aufhören, wohl gar zuerst aufhören.

Solche Gedanken erfüllten den Kopf Herrn Goljadkins,

als er, sich in seinem Bett streckend und die zerschlagenen Glieder dehnend, auf das gewohnte Erscheinen Petruschkas in seinem Zimmer wartete. Er wartete bereits eine Viertelstunde, er hörte, wie der Faulpelz Petruschka sich hinter dem Verschlag mit dem Samowar zu schaffen machte, konnte sich aber durchaus nicht entschließen, ihn zu rufen. Sagen wir noch mehr: Herr Goljadkin fürchtete sich jetzt sogar ein wenig vor einer Begegnung mit Petruschka. Weiß Gott, dachte er, weiß Gott, wie dieser Schuft jetzt die Sache betrachtet. Er schweigt immer, aber er denkt sich sein Teil. Endlich knarrte die Tür, Petruschka erschien mit dem Tablett in der Hand. Herr Goljadkin schielte schüchtern nach ihm und erwartete mit Ungeduld, was nun kommen werde, ob er endlich etwas über ein gewisses Ereignis sagen werde. Aber Petruschka sagte nichts, sondern war im Gegenteil noch schweigsamer, düsterer und mürrischer als gewöhnlich und betrachtete alles mit krauser Stirn. Überhaupt schien er sehr unzufrieden zu sein; er sah seinen Herrn mit keinem Auge an, was – beiläufig erwähnt – Herrn Goljadkin sogar einen Stich gab. Er stellte alles, was er gebracht hatte, auf den Tisch, drehte sich um und verschwand schweigend hinter seinem Verschlag. »Er weiß es, er weiß es, er weiß alles, der Taugenichts!« brummte Herr Goljadkin und schickte sich an, seinen Tee zu trinken. Doch er stellte keinerlei Fragen an seinen Diener, obgleich Petruschka nachher wegen allerhand notwendiger Verrichtungen mehrmals in sein Zimmer kam. Herr Goljadkin befand sich in größter Unruhe. Ihm bangte davor, ins Amt zu gehen. Er hatte das sichere Vorgefühl, daß gerade dort irgend etwas nicht stimmen würde. Nun werde ich hingehen, dachte er, und stoße am Ende auf irgend etwas. Ob es nicht jetzt besser wäre auszuharren? Ob es jetzt nicht besser wäre zu warten? Die dort – mögen sie machen, was sie wollen; ich aber könnte heute hier abwarten, meine Kräfte sammeln, mich zurechtfinden, ich könnte die ganze Sache ordentlich durchdenken und dann einen

Moment abpassen und ganz unerwartet erscheinen. Sie würden alle verblüfft sein, ich aber behielte meine Fassung.

In solche Gedanken versunken, rauchte Herr Goljadkin eine Pfeife nach der anderen; die Zeit verflog; es war bereits halb zehn. Nun ist es schon halb zehn, dachte Herr Goljadkin, und es ist ohnehin zu spät, um ins Amt zu gehen. Zudem bin ich auch krank; natürlich bin ich krank; wer kann sagen, daß ich es nicht bin? Was ist denn dabei? Mögen sie es nachprüfen; mögen sie doch den Exekutor schicken; was ficht es mich an? Ich habe Schmerzen im Rücken, Husten, Schnupfen; und schließlich kann ich gar nicht gehen, ich kann nicht bei diesem Wetter, ich könnte krank werden und dann am Ende sterben; die Sterblichkeit ist heutzutage so groß ... Durch solche Gründe beruhigte Herr Goljadkin sein Gewissen völlig und rechtfertigte sich im voraus vor sich selber wegen des Rüffels, den er von Andrej Filippowitsch für seinen geringen Diensteifer zu erwarten hatte. Unser Held liebte es überhaupt sehr, sich in allen ähnlichen Fällen durch allerhand unwiderlegbare Gründe vor sich selber zu rechtfertigen. Nachdem er also sein Gewissen beruhigt hatte, nahm er seine Pfeife, stopfte sie und fing kräftig zu rauchen an; dann aber sprang er plötzlich vom Diwan auf, warf die Pfeife hin, wusch sich eiligst, rasierte und kämmte sich, zog die Uniform an, raffte ein paar Akten zusammen und flog ins Amt.

Herr Goljadkin betrat seine Abteilung schüchtern, in der zitternden Erwartung von etwas sehr Unangenehmem – einer zwar unbewußten, dunklen, aber zugleich sehr peinlichen Erwartung. Schüchtern setzte er sich an seinen gewohnten Platz neben dem Bürochef Anton Antonowitsch Setotschkin. Ohne sich umzusehen, ohne sich durch irgend etwas abhalten zu lassen, vertiefte er sich in den Inhalt der vor ihm liegenden Akten. Er war entschlossen und hatte sich sogar das Wort gegeben, möglichst allen Herausforderungen aus dem Weg zu gehen und allem,

was ihn stark kompromittieren konnte, wie zum Beispiel indiskreten Fragen, Späßchen und unanständigen Anspielungen auf alle Vorkommnisse des gestrigen Abends. Er war sogar entschlossen, die gewohnten Höflichkeitsformeln im Verkehr mit den Kollegen zu unterlassen, das heißt die Fragen nach dem Befinden und so weiter. Aber es leuchtete ihm doch ein, daß es so nicht bleiben konnte, unmöglich so bleiben konnte. Die Unruhe und die Ungewißheit über etwas, was ihn empfindlich berühren mußte, quälte ihn immer mehr als die Tatsache selbst. Und so begann Herr Goljadkin, obgleich er sich das Wort gegeben hatte, auf nichts einzugehen, was auch geschehen möge, und allem auszuweichen – so begann Herr Goljadkin doch ab und zu, ganz verstohlen, ganz langsam den Kopf zu heben und heimlich nach allen Seiten zu blicken, nach rechts und nach links. Er betrachtete die Physiognomien seiner Kollegen und gab sich Mühe, daraus zu erkennen, ob nicht etwas Neues und Besonderes geschehen sei, das ihn betraf und das man ihm zu irgendeinem unschönen Zweck verschwieg. Er vermutete unbedingt einen Zusammenhang zwischen seinen gestrigen Erlebnissen und allem, was ihn jetzt umgab. Endlich fing er in seiner Seelenangst an zu wünschen, daß alles eine Lösung finden möge, gleichviel welche; mochte selbst ein Unglück geschehen – einerlei! Und das Schicksal nahm Herrn Goljadkin alsbald beim Worte. Er hatte noch kaum Zeit gehabt, diesen Wunsch zu empfinden, als seine Zweifel plötzlich gelöst wurden, und zwar auf die allerseltsamste und unerwartetste Weise.

Die Tür des Nebenzimmers knarrte plötzlich leise und schüchtern, wie um damit anzukünden, daß die eintretende Person durchaus unbedeutend sei, und eine Gestalt, die Herrn Goljadkin übrigens gut bekannt war, erschien verlegen vor demselben Tisch, an dem unser Held saß. Unser Held hob den Kopf nicht – nein, er hatte die Gestalt nur so obenhin erspäht, mit einem ganz flüchtigen Blick, wußte aber bereits alles, verstand alles bis in die kleinsten

Einzelheiten. Er glühte vor Scham und vergrub seinen armen Kopf in die Akten, genau zu demselben Zweck wie der Vogel Strauß, wenn er, vom Jäger verfolgt, den seinen in den heißen Sand steckt. Der Neuangekommene verbeugte sich vor Andrej Filippowitsch, und gleich darauf ertönte jene formell-liebenswürdige Stimme, mit der die Vorgesetzten aller Behörden mit neueingetretenen Untergebenen sprechen. »Nehmen Sie hier Platz«, sagte Andrej Filippowitsch, indem er dem Neuling den Tisch Anton Antonowitschs anwies, »hier gegenüber von Herrn Goljadkin; Arbeit werden wir Ihnen gleich geben.« Andrej Filippowitsch schloß mit einer raschen, angemessen-vermahnenden Geste und vertiefte sich alsbald in den Inhalt von allerhand Akten, die bergehoch auf seinem Tisch lagen.

Herr Goljadkin blickte endlich auf, und wenn er dabei nicht in Ohnmacht fiel, so einzig und allein aus dem Grund, weil er die ganze Sache schon vorausgeahnt hatte, weil er schon von allem unterrichtet war und die Ankunft des Neuen in der Seele erraten hatte. Der erste Impuls Herrn Goljadkins war, sich rasch nach allen Seiten umzusehen – ob da nicht getuschelt wurde, ob kein Kanzleiwitz aus diesem Anlaß umherschwirrte, ob nicht irgend jemandes Antlitz sich vor Erstaunen verzerrte, ob nicht am Ende gar jemand vor Schreck unter den Tisch gefallen war. Aber zum größten Erstaunen Herrn Goljadkins war bei niemandem derartiges zu bemerken. Das Benehmen der Herren Kollegen und Mitarbeiter verblüffte Herrn Goljadkin. Es schien des gesunden Menschenverstandes zu ermangeln. Herr Goljadkin erschrak sogar über das ungewöhnliche Schweigen. Die Tatsache sprach doch für sich selbst; es war eine seltsame, absurde, wüste Sache. Man konnte deshalb schon in Bewegung geraten. Alles dies schoß Herrn Goljadkin natürlich nur durch den Kopf. Er selber loderte wie im Fegefeuer; und er hatte auch allen Grund dazu. Der Mann, der jetzt Herrn Goljadkin gegenübersaß, war das Entsetzen Herrn Goljad-

kins, war die Schmach Herrn Goljadkins, war der gestrige Albdruck Herrn Goljadkins, mit einem Wort, es war Herr Goljadkin selber – nicht jener Herr Goljadkin, der jetzt mit aufgerissenem Mund und trocken gewordener Feder in der Hand am Tisch saß; jener nicht, der als Gehilfe seines Bürochefs tätig war; nicht jener, der es liebte, in der Menge unterzutauchen und zu verschwinden, nicht jener endlich, dessen Gang deutlich besagte: Rührt mich nicht an, dann rühre ich euch auch nicht an, oder: Rührt mich nicht an, ich lege euch ja auch nichts in den Weg, nein! Das war ein anderer Herr Goljadkin, ein ganz anderer und doch einer, der dem ersten Herrn Goljadkin vollkommen ähnlich sah. Es war derselbe Wuchs, derselbe Körperbau, dieselbe Kleidung, dieselbe Glatze – mit einem Wort: nichts, rein gar nichts war vergessen, um die Ähnlichkeit vollkommen zu machen, so daß, wenn man sie beide nebeneinandergestellt hätte, niemand, aber auch niemand es übernommen hätte festzustellen, wer eigentlich der richtige Goljadkin war und wer der falsche, wer der alte und wer der neue, wer das Original war und wer die Kopie . . .

Unser Held befand sich jetzt in der Lage eines Menschen, mit dem sich – wenn dieser Vergleich zulässig ist – ein Schelm den Spaß erlaubt hat, unbemerkt ein Brennglas auf ihn zu richten. Was ist das? Ein Traum? dachte er. Wirklichkeit oder Fortsetzung des Gestrigen? Und wie denn? Mit welchem Recht geschieht dies alles? Wer hat einen solchen Beamten zugelassen, wer hat das Recht dazu verliehen? Schlafe ich, träume ich? Herr Goljadkin versuchte sich selber zu zwicken, dachte sogar daran, jemand anderen zu zwicken . . . Nein, es war kein Traum, sicher nicht. Herr Goljadkin fühlte, daß ihm der Schweiß in Strömen über den Körper rann, daß etwas nie Dagewesenes, bisher nie Gesehenes und – um das Unglück voll zu machen – höchst Unanständiges mit ihm geschah. Herr Goljadkin begriff nur zu gut, was es bedeutete, in einer so schmachvollen Sache als erstes Beispiel dazustehen. Er begann

schließlich an seiner eigenen Existenz zu zweifeln, und obgleich er von vornherein auf alles vorbereitet gewesen war und sogar selber gewünscht hatte, daß seine Zweifel auf irgendeine Weise eine Lösung finden möchten, so war doch die Erscheinung an sich schlimmer als alle Überraschungen. Seelenangst bedrückte und quälte ihn. Für Augenblicke verlor er die Denkfähigkeit und das Gedächtnis. Wenn er nach solchen Momenten wieder zu sich kam, bemerkte er, daß er mechanisch und unbewußt mit der Feder über das Papier fuhr. Da er sich selber nicht traute, versuchte er das Geschriebene nachzuprüfen – und verstand nichts. Endlich erhob sich der andere Herr Goljadkin, der bisher ruhig und manierlich dagesessen hatte, und verschwand in der Tür einer anderen Abteilung, um etwas zu holen. Herr Goljadkin blickte um sich – nichts, alles war ruhig; man hörte nur das Kratzen der Federn, das Geräusch der umgewendeten Blätter und das leise Sprechen in den Ecken, die von Andrej Filippowitschs Platz etwas weiter entfernt waren. Herr Goljadkin blickte auf Anton Antonowitsch, und da aller Wahrscheinlichkeit nach die Züge unseres Helden seinen augenblicklichen Seelenzustand vollkommen widerspiegelten und mit dem ganzen Sinn des Geschehnisses im Einklang standen, also auffallen mußten, so legte der gutmütige Anton Antonowitsch die Feder beiseite und erkundigte sich mit ungewöhnlicher Teilnahme nach dem Befinden Herrn Goljadkins.

»Gott sei Dank, Anton Antonowitsch, es geht mir gut«, sagte Herr Goljadkin stotternd. »Ich bin völlig gesund, Anton Antonowitsch. Ich fühle mich ganz wohl, Anton Antonowitsch«, setzte er zögernd hinzu, da er dem von ihm so oft genannten Anton Antonowitsch noch nicht ganz traute.

»Ah! Mir kam es so vor, als ob Sie krank seien; es wäre auch nicht verwunderlich, wahrhaftig nicht! Heutzutage gibt es ja so viele Epidemien. Wissen Sie . . .«

»Ja, Anton Antonowitsch, ich weiß, daß solche Epidemien existieren ... Es ist nicht deshalb, Anton Antonowitsch«, fuhr Herr Goljadkin fort und sah Anton Antonowitsch durchdringend an; »ich ... sehen Sie, Anton Antonowitsch, ich weiß nicht einmal, wie ich Ihnen, das heißt, ich will sagen, von welcher Seite ich an diese Sache herantreten soll, Anton Antonowitsch ...«
»Wie? Ich ... wissen Sie ... ich muß bekennen, daß ich Sie nicht ganz verstehe; Sie ... wissen Sie ... Sie müssen sich klarer ausdrücken, weswegen Sie Bedenken haben«, sagte Anton Antonowitsch, selber etwas verwirrt, da er sah, daß Herrn Goljadkin sogar die Tränen in die Augen getreten waren.
»Ich, wirklich ... hier, Anton Antonowitsch ... hier ist ein – Beamter, Anton Antonowitsch ...«
»Ich verstehe noch immer nicht.«
»Ich will sagen, Anton Antonowitsch, hier ist ein neuangestellter Beamter ...«
»Ja, der ist da; ein Namensvetter von Ihnen; auch ein Goljadkin. Ist's nicht vielleicht Ihr Bruder?«
»Nein, Anton Antonowitsch, ich ...«
»Hm! Was Sie sagen! Und ich glaubte, es müsse bestimmt ein naher Verwandter von Ihnen sein. Wissen Sie, diese – wenn ich so sagen darf – Familienähnlichkeit ...«
Herr Goljadkin war starr vor Bestürzung und vermochte eine Zeitlang kein Wort herauszubringen. Eine so ungeheuerliche, unerhörte Sache so leichthin zu behandeln, eine Sache, die in ihrer Art doch wirklich selten war, die den gleichgültigsten Beobachter verblüfft hätte; von Familienähnlichkeit zu reden, wenn der eine geradezu das Spiegelbild des anderen war ...!
»Wissen Sie, was ich Ihnen raten würde, Jakow Petrowitsch?« fuhr Anton Antonowitsch fort. »Gehen Sie doch zum Arzt, und sprechen Sie mit ihm. Wissen Sie, Sie sehen ganz krank aus. Besonders Ihre Augen ... wissen Sie, Ihre Augen haben einen ganz sonderbaren Ausdruck.«

»Nein, Anton Antonowitsch, ich fühle natürlich ... das heißt, ich möchte schon lange fragen, was ist es mit diesem Beamten?«
»Wieso?«
»Ich will sagen, haben Sie nicht etwas Besonderes an ihm bemerkt, Anton Antonowitsch? Etwas allzu Auffälliges?«
»Sie meinen?«
»Ich meine, Anton Antonowitsch, eine verblüffende Ähnlichkeit dieses Herrn mit irgend jemandem ... ich will sagen, mit mir. Sie haben eben von Familienähnlichkeit gesprochen, Anton Antonowitsch, Sie bemerkten das so beiläufig ... Wissen Sie, es gibt bisweilen Zwillinge, die sich so vollkommen gleichen wie zwei Tropfen Wasser, daß man sie nicht unterscheiden kann. Nun also, davon spreche ich.«
»Ja«, sagte Anton Antonowitsch nach einigem Nachdenken, als ginge ihm die Bedeutung dieses Umstandes jetzt erst auf, »ja! Es ist wahr, die Ähnlichkeit ist wirklich verblüffend, und Sie urteilen ganz richtig, man kann wirklich den einen für den anderen halten«, fuhr er fort, indem er die Augen immer weiter aufriß. »Und wissen Sie, Jakow Petrowitsch, es ist eine wunderbare Ähnlichkeit, eine phantastische Ähnlichkeit, wie man zu sagen pflegt, das heißt, er sieht genauso aus wie Sie ... Haben Sie das bemerkt, Jakow Petrowitsch? Ich wollte Sie schon selber um eine Erklärung bitten, habe aber, ich muß gestehen, die Sache anfänglich nicht genügend beachtet. Ein Wunder, wirklich ein Wunder. Aber sagen Sie, Jakow Petrowitsch, Sie sind doch kein Hiesiger?«
»Nein.«
»Er ist auch kein Hiesiger. Vielleicht aus derselben Gegend wie Sie. Wo hat Ihre Frau Mutter, wenn ich fragen darf, größtenteils gelebt?«
»Sie sagten ... Sie sagten, Anton Antonowitsch, daß er kein Hiesiger ist?«

»Ja, er stammt nicht aus der hiesigen Gegend. Und wie wunderbar ist das in der Tat«, fuhr der redselige Anton Antonowitsch fort, dem es eine wahre Festesfreude war, über irgend etwas zu schwatzen; »es ist tatsächlich dazu angetan, Neugierde zu erregen! Und wie oft geht man an dergleichen vorbei, kommt damit in Berührung, stößt darauf und bemerkt es nicht. Beunruhigen Sie sich aber nicht. Das kommt vor. Dasselbe ist, wissen Sie, ich will es Ihnen erzählen, dasselbe ist meiner Tante mütterlicherseits passiert: sie hat sich vor ihrem Tod auch doppelt gesehen . . .«

»Nein, Anton Antonowitsch, ich – entschuldigen Sie, daß ich Sie unterbreche –, ich möchte wissen, Anton Antonowitsch, wie denn dieser Beamte . . . aus welchem Anlaß er hier ist?«

»Nun, als Nachfolger des verstorbenen Semjon Iwanowitsch; die Stelle war frei geworden, die hat man nun besetzt. War doch wirklich eine gute Seele, der verstorbene Semjon Iwanowitsch; er soll drei Kinder hinterlassen haben, eines immer kleiner als das andere. Die Witwe ist Seiner Exzellenz zu Füßen gefallen. Übrigens sagt man, daß sie hinter dem Berge hält: sie hat Geld, aber sie verheimlicht es . . .«

»Nein, Anton Antonowitsch, ich meine jene andere Erscheinung . . .«

»Das heißt? Nun ja! Aber warum interessieren Sie sich so dafür? Ich sage Ihnen: Machen Sie sich keine Sorgen. Das ist alles nur vorübergehend. Was ist schon weiter dabei? Sie sind doch unbeteiligt, das hat unser Herrgott selber so eingerichtet, es war sein Wille; und es ist sündhaft, dawider zu murren. Darin offenbart sich seine höchste Weisheit. Und Sie haben doch, soviel ich verstehe, hier nicht die geringste Schuld, Jakow Petrowitsch. Gibt es denn nicht genug Wunder auf der Welt? Mutter Natur ist freigebig, von Ihnen aber wird niemand Rechenschaft verlangen, Sie haben sich dafür nicht zu verantworten. Sie haben

doch, um ein Beispiel anzuführen, von den – na, wie heißen sie denn? – ja, von den siamesischen Zwillingen gehört, die mit den Schultern aneinandergewachsen sind und so leben, so essen, zusammen schlafen. Sie nehmen viel Geld ein, sagt man.«

»Erlauben Sie, Anton Antonowitsch . . .«

»Ich verstehe, ich verstehe Sie. Ja. Nun, was ist's schließlich? Nichts! Ich sage nach meinem besten Wissen, daß da kein Grund zur Beunruhigung vorliegt. Was denn? Er ist ein Beamter wie alle Beamten, scheint sehr tüchtig. Er sagt, er heiße Goljadkin, stamme nicht von hier und sei Titularrat. Er hat sich mit Exzellenz persönlich ausgesprochen.«

»Und Exzellenz?«

»Hatten nichts einzuwenden. Er soll genügende Aufklärungen gegeben, triftige Gründe angeführt haben; er sagte: ‚So steht es, Exzellenz, ich habe kein Vermögen und möchte mich gern im Staatsdienst betätigen, besonders unter Ihrer rühmlichen Leitung . . .' na, und so weiter, wie man so zu reden pflegt, wissen Sie; er hat alles sehr geschickt vorgebracht; scheint ein kluger Mensch zu sein. Selbstverständlich hat er auch Empfehlungen mitgebracht; ohne die geht es ja nicht . . .«

»Ah, von wem denn . . . das heißt, ich will sagen, wer hat eigentlich seine Hand in dieser schmachvollen Angelegenheit?«

»Ja. Er hat eine gute Empfehlung; Exzellenz sollen mit Andrej Filippowitsch gelacht haben, sagt man.«

»Mit Andrej Filippowitsch gelacht?«

»Ja. Exzellenz haben gelächelt und gesagt, es sei gut; er wäre seinerseits nicht abgeneigt, wenn der Herr nur treu seine Pflichten erfülle . . .«

»Na, weiter! Sie lassen mich wieder etwas aufleben, Anton Antonowitsch, ich flehe Sie an – weiter.«

»Erlauben Sie, ich kann Sie wieder nicht ganz . . . Nun ja, weiter nichts; es ist ja nicht viel dran; ich sage Ihnen,

beunruhigen Sie sich nicht; man kann nichts Anstößiges darin finden ...«

»Nein. Ich ... das heißt, ich möchte Sie fragen, Anton Antonowitsch, ob Exzellenz nicht noch etwas hinzugefügt ... in bezug auf mich, zum Beispiel?«

»Ei freilich! Jawohl ... Nein, nicht doch! Gar nichts! Sie können ganz ruhig sein. Wissen Sie, es ist selbstverständlich ein recht auffallender Umstand, und anfänglich ... ja, anfänglich habe ich zum Beispiel kaum etwas bemerkt. Ich weiß wirklich nicht, warum ich nicht eher etwas bemerkt habe, als bis Sie mich aufmerksam machten. Im übrigen aber können Sie ganz ruhig sein. Exzellenz hat nichts Besonderes, rein gar nichts gesagt«, setzte der gutmütige Anton Antonowitsch hinzu und erhob sich von seinem Stuhl.

»Also ich, Anton Antonowitsch ...«

»Ach, entschuldigen Sie mich. Ich habe mich ohnehin verplaudert, und da ist eine dringende wichtige Sache. Ich muß Erkundigungen einziehen.«

»Anton Antonowitsch!« erklang die höflich rufende Stimme Andrej Filippowitschs, »Exzellenz verlangt nach Ihnen.«

»Sofort, sofort, Andrej Filippowitsch, ich gehe sofort.« Und Anton Antonowitsch nahm ein Bündel Akten in die Hand, flog erst zu Andrej Filippowitsch und dann ins Arbeitszimmer Seiner Exzellenz.

Also wie ist denn das? dachte Herr Goljadkin bei sich. »So steht unser Spiel jetzt? Solch ein Wind weht jetzt bei uns ... Das ist nicht ungünstig. Da haben die Dinge also die allerangenehmste Wendung genommen«, sagte unser Held vor sich hin, rieb sich die Hände und spürte vor Freude kaum noch den Stuhl unter sich. »Unsere Sache ist also eine ganz gewöhnliche Sache. So endet alles in kleinen Nichtigkeiten, löst sich in nichts auf. In der Tat, niemand sagt ein Wort; sie mucksen nicht, die Gauner, sitzen da und treiben ihre Geschäfte. Ausgezeichnet, ausgezeichnet! Ich liebe gute Menschen, habe sie immer geliebt und

bin stets bereit, sie zu achten ... Es war übrigens ja nicht so ohne, wenn man bedenkt, daß dieser Anton Antonowitsch ... Es ist doch gefährlich, sich ihm anzuvertrauen; er ist schon allzu grauköpfig und vom Alter gehörig mitgenommen. Aber das beste und tollste dabei ist, daß Exzellenz nichts gesagt und es so durchgelassen hat. Das ist gut! Ich billige es! Aber weshalb mischt sich Andrej Filippowitsch mit seinem Lächeln ein? Was geht es ihn an? Der alte Schleicher! Immer ist er mir im Weg, immer versucht er, einem als schwarze Katze über den Weg zu laufen, immer einem zum Tort und in die Quere; in die Quere und zum Tort ...«

Herr Goljadkin blickte abermals um sich und wurde wieder von Hoffnung belebt. Aber trotzdem fühlte er, daß ihn ein ferner Gedanke beunruhigte, ein böser Gedanke. Es kam ihm sogar in den Sinn, sich selber irgendwie an die Beamten heranzumachen, das Prävenire zu spielen, ja sogar selber – vielleicht beim Verlassen des Dienstes oder durch Herantreten unter dem Vorwand irgendeines Geschäftes – gesprächsweise darauf anzuspielen: So und so ist es, meine Herren; die Ähnlichkeit ist verblüffend, eine merkwürdige Geschichte, eine schändliche Komödie – das heißt, selber über das alles spötteln und sich auf diese Weise über die Größe der Gefahr unterrichten. Denn – stille Wasser sind tief, schloß unser Held in Gedanken. Übrigens dachte Herr Goljadkin dies alles nur; er besann sich auch zur rechten Zeit. Er begriff, daß er damit zu weit gehen würde. So ist nun mal deine Natur! sagte er zu sich selber und klopfte sich leicht mit der Hand gegen die Stirn. Gleich fängst du an zu zappeln – wohl vor Freude? Du wahrhafte Seele! Nein, Jakow Petrowitsch, lieber wollen wir ausharren, abwarten und ausharren! Trotzdem wurde Herr Goljadkin, wie schon erwähnt, voller Hoffnung wie neubelebt, als wäre er von den Toten auferstanden. Tut nichts, dachte er, es ist, als wären mir fünfhundert Zentner von der Seele gefallen! So eine Sache! Das Kästchen war eben ganz einfach aufzumachen ...

Krylow* hat recht . . . Krylow hat recht, er ist ein Meister, ein kluger Kopf, dieser Krylow, und ein großer Fabeldichter. Und was den Mann anbelangt, mag er hier bleiben, mag er sein Amt ausüben und gesund sein, wenn er nur niemanden stört und keinem zu nahe tritt; mag er – ich bin einverstanden und billige es!

Mittlerweile aber gingen, flogen die Stunden dahin, und es wurde unvermerkt vier Uhr. Das Amt wurde geschlossen, Andrej Filippowitsch griff nach seinem Hut, und alle folgten wie üblich seinem Beispiel. Herr Goljadkin zögerte ein wenig, gerade soviel als nötig war, und ging absichtlich nach allen anderen hinaus, ganz zuletzt, als sich die anderen schon in die verschiedenen Richtungen verloren hatten. Als er die Straße betrat, fühlte er sich wie im Paradies, so daß er sogar das Verlangen verspürte, über den Newskijprospekt zu schlendern, obwohl das ein Umweg war. »So ist das Schicksal!« sagte unser Held. »Eine unerwartete Wendung der ganzen Sache. Und das Wetterchen hat sich aufgeklärt, es friert, und überall sieht man Schlitten. Der Frost ist dem Russen genehm; er findet sich ausgezeichnet mit dem Frost ab. Ich liebe den Russen. Es schneit, und der erste Spurschnee liegt, wie ein Jäger sagen würde, nun könnte man Hasen auf dem ersten Spurschnee schießen! Heidi! Es muß gehen!«

So äußerte sich das Entzücken Herrn Goljadkins, aber trotzdem kitzelte ihn immer noch etwas im Kopf. Es war nicht gerade Schwermut, aber dennoch wurde ihm ab und zu das Herz so schwer, daß er nicht wußte, womit er sich trösten sollte. »Wollen wir den Tag abwarten, dann können wir uns freuen. Was ist denn überhaupt? Überlegen wir einmal und sehen wir zu. Nun also, überlegen wir, mein junger Freund, überlegen wir! Also, erstens ist er genauso ein Mensch wie du, ganz genauso einer. Was ist

* Berühmter Fabeldichter (1768–1841). In einer seiner Fabeln wird von einem Kästchen erzählt, das keiner öffnen konnte, weil alle glaubten, es hätte ein ungemein kompliziertes Schloß. Dabei ging der Deckel ganz leicht auf. [Anm. d. Übers.]

denn dabei? Wenn es ein gewöhnlicher Mensch ist, soll ich mich da grämen? Was geht es mich an? Ich stehe abseits; ich pfeife mir eins, und weiter nichts! Ich lasse es darauf ankommen, und weiter nichts. Mag er doch ins Amt gehen. Sie sagen, es sei eine Seltenheit und ein Wunder – die siamesischen Zwillinge ... Was brauche ich sie, die siamesischen? Nun gut, es sind Zwillinge, aber große Leute sind bisweilen auch Sonderlinge gewesen. Man weiß sogar aus der Geschichte, daß der berühmte Suworow wie ein Hahn krähte ... Nun, das war alles Politik bei ihm, und große Heerführer ... übrigens, was sind Heerführer? Ich bin ein Mann für mich, ich will mit niemandem etwas zu tun haben und verachte den Feind in meiner Unschuld. Ich bin kein Intrigant und bin stolz darauf. Ich bin rein, offenherzig, sauber, angenehm, harmlos ...«

Plötzlich verstummte Herr Goljadkin, zuckte zusammen und fing an zu zittern wie ein Blatt; er schloß sogar für einen Augenblick die Augen. In der Hoffnung, daß der Gegenstand seines Schrecks nur eine Illusion war, öffnete er die Augen endlich wieder und schielte schüchtern nach rechts. Nein, es war keine Illusion! ... Neben ihm trippelte sein Bekannter vom Vormittag, lächelte, sah ihm ins Gesicht und wartete anscheinend auf die Gelegenheit, ein Gespräch zu beginnen. Aber es kam zu keinem Gespräch. So gingen sie ungefähr fünfzig Schritte weiter. Das ganze Bemühen Herrn Goljadkins ging dahin, sich so tief wie möglich in seinen Mantel zu vergraben und zu verhüllen, den Hut so tief als irgend möglich über die Augen zu ziehen. Um die Kränkung voll zu machen, waren sogar Mantel und Hut seines Freundes genauso, als hätte man sie Herrn Goljadkin abgenommen.

»Verehrtester«, sagte unser Held endlich, bemüht, beinahe im Flüsterton zu sprechen, und ohne seinen Freund anzusehen, »wir haben, wie mir scheint, verschiedene Wege ... Ich bin sogar überzeugt davon«, fügte er nach kurzem Schweigen hinzu. »Und schließlich bin ich über-

zeugt davon, daß Sie mich restlos verstanden haben«, schloß er ziemlich streng.

»Ich möchte«, sagte endlich der Freund Herrn Goljadkins, »ich möchte ... ich weiß nicht, an wen ich mich hier wenden soll ... meine Verhältnisse ... Ich hoffe, daß Sie mir meine Kühnheit verzeihen werden ... Es ist mir sogar so vorgekommen, als ob Sie, von Mitleid getrieben, heute früh Teilnahme für mich gezeigt hätten. Ich meinerseits habe mich vom ersten Augenblick an zu Ihnen hingezogen gefühlt, ich ...«

Hier wünschte Herr Goljadkin seinem neuen Kollegen in Gedanken, daß er in die Erde versinken möge.

»Wenn ich hoffen dürfte, Jakow Petrowitsch, daß Sie die Güte haben könnten, mich freundlichst anzuhören ...«

»Wir ... wir können hier ... wir ... gehen wir lieber gleich in meine Wohnung«, antwortete Herr Goljadkin. »Wir wollen jetzt auf die andere Seite des Newskij gehen, dort wird es bequemer für uns sein, und dann durch das Seitengäßchen ... wollen wir lieber durch das Seitengäßchen gehen.«

»Gut. Gehen wir meinethalben durch das Seitengäßchen«, sagte der demütige Begleiter Herrn Goljadkins schüchtern, als wollte er durch den Ton seiner Antwort andeuten, daß es nicht seine Sache sei zu wählen und daß er in seiner Lage bereit sei, sich mit dem Seitengäßchen zu begnügen. Was Herrn Goljadkin anbetrifft, so begriff er gar nicht, was mit ihm vorging. Er glaubte sich selber nicht. Er hatte sich von seiner Bestürzung noch nicht erholt.

Siebentes Kapitel

Auf der Treppe, am Eingang in seine Wohnung, kam er etwas zur Besinnung. Ach, ich Schafskopf! beschimpfte er sich in Gedanken, wohin führe ich ihn denn? Ich stecke ja selber den Kopf in die Schlinge. Was wird Petruschka denken, wenn er uns zusammen sieht? Was wird dieser Schuft jetzt zu denken wagen? Und er ist mißtrauisch ... Aber es war schon zu spät zu bereuen; Herr Goljadkin klopfte, die Tür öffnete sich, und Petruschka schickte sich an, dem Gast und seinem Herrn die Mäntel abzunehmen. Herr Goljadkin sah flüchtig auf, warf nur einen kurzen Blick auf Petruschka, bemüht, dessen Physiognomie zu ergründen und Gedanken zu erraten. Aber zu seiner größten Verwunderung sah er, daß sein Diener gar nicht daran dachte, erstaunt zu sein; er schien im Gegenteil etwas Derartiges erwartet zu haben. Natürlich sah er auch jetzt wie ein Wolf drein und schielte zur Seite, als wenn er mit dem Gedanken umginge, jemanden zu fressen. Ob heute nicht am Ende alle behext worden sind, dachte unser Held; irgendein Teufel hat sie heimgesucht! Ganz bestimmt ist heute mit allen Leuten etwas Sonderbares vorgefallen. Hol's der Teufel, ist das eine Qual! In solchen Gedanken befangen, führte Herr Goljadkin seinen Gast ins Zimmer und bat ihn höflich, Platz zu nehmen. Der Gast war offenbar in äußerster Verlegenheit und sehr schüchtern; er verfolgte demütig alle Bewegungen seines Wirts, fing dessen Blicke auf und schien bemüht zu sein, aus ihnen dessen Gedanken zu erraten. Etwas Gedemütigtes, Eingeschüchtertes, Verängstigtes lag in allen seinen Bewegungen, so daß er, wenn ein solcher Vergleich erlaubt ist, in diesem Moment dem Mann glich, der in Ermangelung eigener Kleider fremde angezogen hat: die Ärmel kriechen in die Höhe, die Taille sitzt beinahe im Nacken, er zupft jeden Augenblick das zu kurze Westchen zurecht, dreht sich bald nach links, bald nach rechts, versucht sich bald zu verbergen, bald wieder sieht er allen

in die Augen, horcht, ob die Leute nicht vielleicht über seine Verhältnisse reden, nicht über ihn lachen, sich seiner schämen – und er wird rot, er wird verlegen, und der Ehrgeiz leidet ... Herr Goljadkin legte seinen Hut ans Fenster; durch eine unvorsichtige Bewegung fiel er zu Boden. Der Gast stürzte sofort herbei, um ihn aufzuheben, putzte allen Staub ab und legte ihn sorgsam auf den früheren Platz, den seinen aber auf den Fußboden neben dem Stuhl, auf dessen Eckchen er sich demütig niederließ. Dieses kleine Vorkommnis öffnete Herrn Goljadkin teilweise die Augen; er begriff, daß der andere in großer Not war, und war daher nicht mehr in Verlegenheit, was er mit seinem Gast beginnen solle, sondern stellte alles, wie es sich gehört, diesem selber anheim. Der Gast fing aber seinerseits auch nicht an. War er zu schüchtern, schämte er sich, oder wartete er aus Höflichkeit, daß der Hausherr anfangen solle? Das steht dahin, es ist schwer, das zu ergründen. In diesem Augenblick trat Petruschka ein, blieb an der Tür stehen und heftete seine Blicke auf eine Stelle, die derjenigen, wo sich der Gast und sein Herr befanden, gerade entgegengesetzt war.

»Befehlen Sie zwei Portionen Mittagessen zu holen?« fragte er nachlässig und mit heiserer Stimme.

»Ich ... ich weiß nicht ... Sie ... ja, bring zwei Portionen.«

Petruschka ging. Herr Goljadkin blickte auf seinen Gast. Dieser errötete bis über die Ohren. Herr Goljadkin war ein guter Mensch, und daher legte er sich in seiner Herzensgüte gleich eine Theorie zurecht. Ein armer Mann, dachte er; er ist auch erst einen Tag im Dienst, hat wahrscheinlich zu seiner Zeit gelitten, und die anständige Kleidung ist vielleicht sein einziges Gut, aber zu essen hat er nichts. Und wie verschüchtert er ist! Nun, das tut nichts. Das ist zum Teil sogar besser ... »Entschuldigen Sie mich, daß ich ...« fing Herr Goljadkin an. »Übrigens gestatten Sie zu fragen, wie darf ich Sie anreden?«

»Ich ... ich heiße Jakow Petrowitsch«, sagte der Gast

beinahe flüsternd, als schämte er sich und als wollte er gleichsam um Verzeihung bitten, daß er auch Jakow Petrowitsch heiße.

»Jakow Petrowitsch«, wiederholte unser Held, unfähig, seine Verwirrung zu verbergen.

»Jawohl, so ist es . . . ich bin Ihr Namensvetter«, antwortete der demütige Gast und wagte sogar zu lächeln und einen scherzhaften Ton anzuschlagen. Aber er wurde sofort wieder kleinlaut und nahm die allerernsthafteste Miene an; es hatte ihn etwas verlegen gemacht, als er sah, daß sein Gastgeber jetzt nicht zum Scherzen aufgelegt war.

»Sie . . . gestatten Sie mir doch zu fragen, aus welchem Anlaß ich die Ehre habe . . .«

»Da Ihre Großmut und Ihre Wohltaten mir bekannt sind«, unterbrach ihn der Gast schnell, aber mit schüchterner Stimme und erhob sich ein wenig von seinem Stuhl, »so habe ich es gewagt, mich an Sie zu wenden und um Ihre . . . Bekanntschaft und Protektion zu bitten«, schloß er, offenbar nach Ausdrücken suchend und solche Worte wählend, die nicht allzu kriecherisch und würdelos klangen, um sein Ansehen nicht zu schädigen, aber auch nicht allzu kühn eine unangebrachte Gleichheit betonten. Man kann überhaupt sagen, daß der Gast Herrn Goljadkins sich wie ein adliger Bettler in ausgebessertem Frack benahm, der, sein Adelsdiplom in der Tasche, das Ausstrecken der Hand noch nicht genügend geübt hat.

»Sie setzen mich in Verlegenheit«, antwortete Herr Goljadkin, indem er sich selber, seine Wände und seinen Gast betrachtete; »wodurch könnte ich denn . . . das heißt, ich will sagen, in welcher Beziehung kann ich Ihnen nützlich sein?«

»Ich habe mich vom ersten Augenblick an zu Ihnen hingezogen gefühlt, Jakow Petrowitsch, und habe, verzeihen Sie mir das großmütig, meine Hoffnung auf Sie gesetzt. Ich habe es gewagt zu hoffen, Jakow Petrowitsch, ich . . . ich bin hier wie verloren, ich bin ein armer Mann, Jakow

Petrowitsch, ich habe viel gelitten und bin erst seit kurzem hier. Als ich erfuhr, daß Sie mit den Ihnen angeborenen Eigenschaften Ihrer schönen Seele mein Namensvetter sind . . .«

Herr Goljadkin zog die Augenbrauen zusammen.

»Weil Sie mein Namensvetter und aus derselben Gegend gebürtig sind, habe ich mich entschlossen, mich an Sie zu wenden und Ihnen meine schwierige Lage darzulegen.«

»Gut, gut, ich weiß wirklich nicht, was ich Ihnen sagen soll«, erwiderte Herr Goljadkin mit verlegener Stimme. »Nach Tisch wollen wir uns aussprechen . . .«

Der Gast verneigte sich. Das Essen wurde gebracht. Petruschka deckte den Tisch, der Gast und sein Wirt schickten sich an, sich zu sättigen. Die Mahlzeit dauerte nicht lange, da sich beide beeilten – der Gastgeber, weil er verstimmt war und sich auch wegen des schlechten Essens schämte, zum Teil deshalb, weil er den Gast gern gut bewirtet hätte und andererseits zeigen wollte, daß er nicht wie ein Bettler lebte. Auch der Gast befand sich in äußerster Verlegenheit. Nachdem er einmal Brot genommen und sein Stück aufgegessen hatte, fürchtete er, seine Hand nach einem zweiten Stück auszustrecken, genierte sich, die besseren Bissen zu nehmen, und versicherte jeden Augenblick, daß er durchaus nicht hungrig sei, daß ihm das Essen ausgezeichnet schmecke, daß er für seinen Teil vollständig befriedigt sei und bis zum Grabe dankbar sein werde. Als das Essen vorüber war, setzte Herr Goljadkin sein Pfeifchen in Brand und bot dem Gast ein zweites an, das für seine Freunde bestimmt war. Sie setzten sich einander gegenüber, und der Gast fing an, seine Abenteuer zu erzählen.

Die Erzählung Herrn Goljadkins junior dauerte drei oder vier Stunden. Die Geschichte seiner Abenteuer war übrigens aus den allernichtigsten und – wenn man so sagen darf – allerelendesten Umständen zusammengesetzt. Er berichtete von seiner amtlichen Tätigkeit irgendwo bei einer Gerichtsbehörde in der Provinz, den Staatsanwälten

und Präsidenten, von Kanzleiintrigen, von der Sittenverderbnis eines Beamten, von einem Revisor, von einem plötzlichen Wechsel des Vorgesetzten, von den unschuldigen Leiden Herrn Goljadkins junior, von einer steinalten Tante Pelageja Semjonowna; wie er durch verschiedentliche Intrigen seine Stellung verloren habe und zu Fuß nach Petersburg gekommen sei; wie er sich hier in Petersburg geplagt und herumgeschlagen, wie er lange Zeit vergeblich eine Stelle gesucht, sich ganz verausgabt, beinahe auf der Straße gelebt, trockenes Brot gegessen und es mit seinen Tränen begossen habe, wie er auf dem nackten Fußboden geschlafen habe, bis endlich ein guter Mensch sich für ihn verwendet, ihm Empfehlungen verschafft und ihm aus Großmut eine neue Stelle verschafft habe. Der Gast Herrn Goljadkins weinte bei seiner Erzählung und trocknete seine Tränen mit einem blaukarierten Tuch, das ganz wie ein Wachstuch aussah. Er schloß damit, daß er sich Herrn Goljadkin vollständig anvertraute und eingestand, daß er nicht nur nichts besitze, um vorderhand zu leben und sich anständig einzurichten, sondern daß er auch nichts habe, um sich, wie es sich gehöre, zu equipieren, daß er nicht einmal das Geld für Schuhe aufbringen könne und daß er den Uniformfrack bei irgend jemandem für kurze Zeit entliehen habe.
Herr Goljadkin war gerührt, aufrichtig gerührt. Und obgleich die Geschichte seines Gastes eine ganz unbedeutende Geschichte war, fiel jedes Wort wie himmlisches Manna in sein Herz. Herr Goljadkin vergaß seine letzten Zweifel, öffnete sein Herz der Freude und Freiheit und nannte sich schließlich selber in Gedanken einen Narren. Alles war so natürlich! War es nötig gewesen, sich so zu grämen, solchen Alarm zu schlagen? Da war allerdings ein heikler Punkt, aber das war ja kein Unglück; es konnte einen Menschen nicht besudeln, seinen Ruf nicht beflekken, seine Karriere nicht vernichten, wenn er selber nicht schuld war, wenn die Natur selbst ihre Hand dabei im Spiel hatte. Zudem bat der Gast um Protektion, der Gast

weinte, der Gast haderte mit dem Schicksal, er zeigte sich so harmlos, ohne Bosheit und Hinterlist, so elend und nichtig und schien es jetzt selber, wenn auch vielleicht in anderer Weise, als peinlich zu empfinden, daß sein Antlitz dem seines Wirtes in so seltsamer Weise glich. Er benahm sich äußerst sittsam, war erpicht darauf, dem Hausherrn gefällig zu sein, und schaute drein wie ein Mensch, der von Gewissensbissen gequält wird und sich dem anderen gegenüber schuldig fühlt. Wenn die Rede zum Beispiel auf irgendeinen zweifelhaften Punkt kam, so pflichtete der Gast sofort der Meinung Herrn Goljadkins bei. Hatte er aber versehentlich eine Herrn Goljadkin gegenteilige Meinung geäußert und dann gemerkt, daß er vom Weg abgekommen war, so verbesserte er seine Rede sofort, machte Erklärungen und gab zu verstehen, daß er alles genauso auffasse wie sein Wirt, ebenso denke wie er und alles mit denselben Augen betrachte. Mit einem Wort, der Gast machte alle Anstrengungen, um Herrn Goljadkin für sich zu gewinnen, so daß dieser endlich zu dem Schluß kam, daß sein Gast ein in jeder Beziehung liebenswürdiger Mensch sein müsse. Inzwischen wurde der Tee serviert; es fehlte nicht mehr viel bis neun Uhr. Herr Goljadkin fühlte sich in ausgezeichneter Stimmung, wurde lustig, angeregt, ging allmählich aus sich heraus und geriet endlich in das allerlebhafteste und unterhaltendste Gespräch mit seinem Gast. Herr Goljadkin liebte es bisweilen, zur guten Stunde etwas Interessantes zu erzählen. So auch jetzt. Er erzählte dem Gast viel von der Residenz, ihren Vergnügungen und Schönheiten, von den Theatern und Klubs, von dem Gemälde Brüllows; erzählte, wie zwei Engländer eigens aus England nach Petersburg gekommen waren, um das Gitter des Sommergartens zu sehen, und gleich wieder abgereist waren, sprach vom Amt, von Olsufij Iwanowitsch und von Andrej Filippowitsch, davon, daß Rußland von Stunde zu Stunde weiter der Vollkommenheit entgegengehe und daß hier »die schönen Künste üppig blühen«, erzählte eine Anekdote, die er

kürzlich in der »Nordischen Biene« gelesen hatte, berichtete, daß es in Indien eine Riesenschlange von ungewöhnlicher Kraft gebe, kam endlich auf den Baron Brambäus[3] zu sprechen, und so weiter, und so weiter. Mit einem Wort, Herr Goljadkin war völlig zufrieden, erstens weil er ganz ruhig war; zweitens, weil er seine Feinde nicht nur nicht mehr fürchtete, sondern jetzt sogar bereit war, sie zum letzten entscheidenden Kampf herauszufordern; und drittens, weil er mit seiner eigenen Person andere beschützte und schließlich ein gutes Werk tat. Er gestand sich aber in innerster Seele, daß er in diesem Augenblick noch nicht ganz glücklich war, daß noch ein kleiner Wurm in ihm saß, ein ganz kleiner, der sogar jetzt an seinem Herzen nagte. Die Erinnerung an den gestrigen Abend bei Olsufij Iwanowitsch quälte ihn aufs äußerste. Er hätte jetzt viel darum gegeben, wenn sich einiges von dem, was gestern vorgefallen war, hätte ungeschehen machen lassen. Übrigens tut es nichts, entschied unser Held schließlich und gab sich das feste Versprechen, sich in Zukunft richtig zu benehmen und nicht mehr in solche Fehler zu verfallen.

Da Herr Goljadkin jetzt ganz auftaute und plötzlich beinahe vollständig glücklich war, kam es ihm sogar in den Sinn, etwas über die Stränge zu schlagen. Petruschka brachte Rum, und es wurde ein Punsch gebraut. Der Gast und sein Wirt leerten ein Glas, dann ein zweites. Der Gast gab sich noch liebenswürdiger als vorhin und lieferte seinerseits mehr als einen Beweis seiner Offenherzigkeit und seines glücklichen Charakters, nahm lebhaften Anteil an den Vergnügungen Herrn Goljadkins, freute sich einzig und allein an seiner Freude und betrachtete ihn als seinen einzigen und wahren Wohltäter. Er nahm eine Feder und ein Stückchen Papier und bat Herrn Goljadkin, das, was

3 »Baron Brambäus« war das Pseudonym von O. I. Senkowskij (1800–58), Redakteur der Zeitschrift *Lesebibliothek*. Seine Artikel und Erzählungen trafen den Geschmack eines breiten, literarisch wenig gebildeten Lesepublikums.

er schrieb, nicht anzusehen; als er fertig war, zeigte er dem Hausherrn das Geschriebene. Es erwies sich als Vierzeiler, der recht gefühlvoll abgefaßt war, in ausgezeichnetem Stil und schöner Handschrift, sichtlich eine Dichtung des liebenswürdigen Gastes selber. Die Verschen lauteten wie folgt:

Wenn du mich vergessen solltest,
Allezeit gedenk ich dein;
Vieles kann das Leben bringen!
Lieber Freund, gedenke mein!

Herr Goljadkin umarmte seinen Gast mit Tränen in den Augen, wurde schließlich ganz von Rührung übermannt und weihte ihn in einige seiner Geheimnisse ein, wobei es sich in der Hauptsache um Andrej Filippowitsch und Klara Olsufjewna handelte. »Nun, wir beide, Jakow Petrowitsch, werden ganz einig werden«, sagte unser Held zu seinem Gast, »wir werden zusammen leben, Jakow Petrowitsch, wie der Fisch mit dem Wasser, wie leibliche Brüder, wir werden zusammen Listen anwenden, Freundchen, zusammen Ränke schmieden; wir werden nun unsererseits eine Intrige einfädeln – jenen zum Trotz! Jawohl, der ganzen Bande zum Trotz! Vertraue dich keinem von ihnen an. Ich kenne dich doch, Jakow Petrowitsch, und verstehe deinen Charakter: du bist bereit, gleich alles zu erzählen, du offenherzige Seele. Geh ihnen allen aus dem Weg, Bruderherz!« Der Gast sagte zu allem ja, dankte Herrn Goljadkin, und schließlich traten ihm auch Tränen in die Augen. »Weißt du, Jascha«, fuhr Herr Goljadkin mit zitternder schwacher Stimme fort, »zieh für eine Zeitlang zu mir, Jascha, oder für immer. Wir werden gut zueinander passen. Was ist's weiter, Bruder? Und laß es dich nicht anfechten, und hadere nicht, weil ein so seltsamer Umstand uns verbindet. Es ist Sünde, zu hadern, Bruder. Die Natur hat das so gefügt! Und Mutter Natur ist freigebig, so ist's, Bruder Jascha. Ich sage das aus Liebe, aus brüderlicher Liebe zu dir sage

ich's! Und wir werden uns verstehen, Jascha, und werden unsererseits Minen legen und ihnen die Nasen putzen.«
Schließlich war jeder von ihnen schon beim dritten und vierten Glas Punsch angelangt, und da begann Herr Goljadkin zweierlei zu empfinden: erstens, daß er ungewöhnlich glücklich war, und zweitens – daß er nicht mehr auf den Füßen stehen konnte. Natürlich wurde der Gast aufgefordert, über Nacht dazubleiben. Man stellte irgendwo ein Lager aus zwei Reihen Stühlen zusammen. Herr Goljadkin junior erklärte, daß unter dem Dach eines Freundes auch der bloße Fußboden eine weiche Lagerstätte sei, daß er für seinen Teil voller Ergebenheit und Dankbarkeit einschlafen würde, wo es auch sei, daß er sich jetzt im Paradies befinde, daß er schließlich in seinem Leben viel Schmerz und Unglück ertragen, alles gesehen, alles gelitten habe und – wer kennt die Zukunft? – vielleicht noch leiden werde. Herr Goljadkin senior protestierte und fing an zu beweisen, daß man die ganze Hoffnung auf Gott setzen müsse. Der Gast war durchaus einverstanden und sagte, daß selbstverständlich keiner gegen Gott aufkomme. Hier bemerkte Herr Goljadkin senior, daß die Türken, die sogar im Schlaf den Namen Gottes anriefen, in einiger Hinsicht recht hätten. Im übrigen könne er sich mit einigen Gelehrten nicht einverstanden erklären, die gegen den türkischen Propheten Mohammed allerlei Verleumdungen ausgesprochen hätten; er sehe in ihm einen in seiner Art großen Politiker – und dann ging er zu einer überaus interessanten Beschreibung einer algerischen Barbierstube über, die er in irgendeiner Zeitschrift unter »Vermischtes« gelesen hatte. Der Gast und sein Wirt lachten viel über die Einfalt der Türken, konnten aber nicht umhin, ihrem durch das Opium erregten Fanatismus die gebührende Bewunderung zu zollen . . .
Endlich fing der Gast an sich zu entkleiden, Herr Goljadkin aber trat hinter den Verschlag, zum Teil aus Herzensgüte, da der Gast sozusagen kein anständiges Hemd haben

konnte und er den ohnehin geprüften Mann nicht in Verlegenheit bringen wollte, zum Teil, um sich nach Möglichkeit Petruschkas zu versichern, ihn auszuforschen, wenn möglich zu erheitern, ihm Liebes zu erweisen, damit alle glücklich wären und kein verschüttetes Salz auf dem Tisch liegen bliebe. Man muß nämlich feststellen, daß Petruschka Herrn Goljadkin noch immer etwas beunruhigte.

»Geh jetzt schlafen, Pjotr«, sagte Herr Goljadkin sanft, das Gelaß seines Dieners betretend, »geh jetzt schlafen, und wecke mich morgen früh um acht. Verstehst du, Petruschka?«

Herr Goljadkin sprach ungewöhnlich weich und liebevoll. Doch Petruschka schwieg. Er machte sich gerade mit seinem Bett zu schaffen und drehte sich nicht einmal nach seinem Herrn um, was er doch schon aus Achtung hätte tun müssen.

»Hast du mich gehört, Pjotr?« fuhr Herr Goljadkin fort. »Du sollst dich jetzt schlafen legen, und morgen früh weckst du mich um acht Uhr. Petruschka, verstehst du?«

»Ach, ich weiß ja, was ist da zu reden«, brummte Petruschka vor sich hin.

»Nun also, Petruschka, ich sage das nur so, damit auch du ruhig und glücklich bist. Wir sind jetzt alle glücklich, da sollst auch du ruhig und glücklich sein. Und nun wünsche ich dir eine gute Nacht. Schlaf nur, Petruschka, schlaf ein ... Wir müssen uns alle plagen ... Und weißt du, mein Lieber, denke nicht etwa ...«

Herr Goljadkin wollte noch etwas sagen, hielt aber gleich inne. Ist's nicht am Ende zuviel? dachte er. Bin ich nicht zu weit gegangen? So ist es immer; immer tu ich des Guten zuviel. Unser Held verließ Petruschka äußerst unzufrieden mit sich selber. Außerdem hatten ihn die Grobheit und Unzugänglichkeit Petruschkas etwas gekränkt. Da bändelt man mit dem Schelm an, der Herr erweist dem

Schelm die Ehre, und er fühlt es nicht, dachte Herr Goljadkin. Aber diese ganze Sippschaft hat nun einmal so eine gemeine Tendenz. Halb schwankend kehrte er ins Zimmer zurück; als er sah, daß der Gast sich bereits hingelegt hatte, setzte er sich für einen Augenblick an sein Lager. »Gesteh es nur, Jascha«, begann er flüsternd und mit dem Kopf wackelnd, »du bist mir gegenüber doch schuldig, du Gauner. Du weißt doch, du Namensvetter ...« fuhr er fort, wobei er seinen Gast ziemlich familiär behandelte. Schließlich verabschiedete sich Herr Goljadkin freundschaftlich von ihm und ging schlafen. Der Gast fing mittlerweile an zu schnarchen. Herr Goljadkin schickte sich nun auch an, sich ins Bett zu legen, wobei er, vor sich hinlachend, flüsterte: »Du bist ja heute betrunken, mein lieber Jakow Petrowitsch! du Schuft, du Goljadka, schon dein Name sagt es! Worüber freust du dich denn so? Morgen wirst du wieder zu weinen anfangen, du Heulpeter. Was soll ich nur tun mit dir?« Hier ergriff den ganzen Herrn Goljadkin ein seltsames Gefühl: etwas wie Zweifel oder Reue. Da habe ich mich gehenlassen, dachte er, nun brummt mir der Kopf, und ich bin betrunken. Konntest nicht an dich halten, Schafskopf du! Drei Hucken voll Blödsinn hat du geschwatzt und willst auch noch intrigieren, du Schuft. Vergeben und Vergessen der Kränkungen ist die erste Tugend, und doch ist's schlecht. So ist es! Hier stand Herr Goljadkin auf, nahm das Licht und trat auf den Zehenspitzen an das Lager seines schlafenden Freundes heran, um ihn noch einmal zu betrachten. Lange Zeit stand er in tiefes Nachdenken versunken vor ihm. »Ein unangenehmes Bild. Ein Pasquill, das reine Pasquill, weiter nichts.«

Schließlich legte sich Herr Goljadkin endgültig nieder. In seinem Kopf dröhnte, hämmerte und sang es. Er fing an zu versinken, zu versinken ... bemühte sich, an etwas zu denken, sich an etwas sehr Interessantes zu erinnern, etwas sehr Wichtiges zu entscheiden, irgendeine heikle Sache – vermochte es aber nicht. Der Schlummer senkte

sich auf sein armes Haupt, und er schlief so ein, wie Menschen schlafen, die gegen ihre Gewohnheit bei irgendeinem geselligen Beisammensein fünf Glas Punsch getrunken haben.

Achtes Kapitel

Herr Goljadkin erwachte am nächsten Morgen wie gewöhnlich um acht Uhr. Sofort erinnerte er sich aller Geschehnisse des gestrigen Abends und runzelte die Stirn. Was habe ich da gestern für einen Narren gespielt, dachte er, sich vom Bett erhebend und nach dem Lager seines Gastes spähend. Aber wie groß war sein Erstaunen, als er weder den Gast noch das Lager, auf dem dieser geschlafen hatte, im Zimmer erblickte. »Was ist denn das?« rief Herr Goljadkin beinahe schreiend, »was kann das sein? was soll dieser neue Umstand jetzt bedeuten?« Während Herr Goljadkin in seiner Verblüffung mit offenem Mund auf die leere Stelle starrte, knarrte die Tür, und Petruschka kam mit dem Tablett herein. »Wo ist er denn? Wo denn?« murmelte unser Held mit kaum hörbarer Stimme und zeigte mit dem Finger auf den Platz, der dem Gast gestern eingeräumt worden war. Petruschka antwortete erst gar nicht, sah seinen Herrn nicht einmal an, sondern richtete seinen Blick nach der rechten Ecke, so daß Herr Goljadkin gezwungen war, auch in die rechte Ecke zu schauen. Nach einigem Schweigen jedoch antwortete Petruschka mit rauher und grober Stimme, daß der Herr nicht zu Hause sei.

»Du Schafskopf, ich bin doch dein Herr, Petruschka«, sagte Herr Goljadkin mit gebrochener Stimme, seinen Diener unverwandt anstarrend.

Petruschka antwortete nicht, blickte aber Herrn Goljadkin so an, daß dieser bis über die Ohren errötete; in dem Blick lag ein beleidigender Vorwurf, der fast wie ein Schimpfwort wirkte. Herr Goljadkin ließ die Arme sin-

ken, wie man so sagt. Endlich erklärte Petruschka, daß der *andere* vor anderthalb Stunden weggegangen sei und nicht habe warten wollen. Gewiß war diese Antwort wahrscheinlich und glaubwürdig; Petruschka log ganz sicher nicht; der kränkende Blick und das Wort vom *anderen* waren die Folge jenes bekannten schmählichen Umstandes; dennoch begriff er, wenn auch unklar, daß da nicht alles stimme und das Schicksal ihm eine neue und nicht gerade angenehme Überraschung bereite. Gut, wir wollen sehen, dachte er bei sich; wir werden dies alles zu seiner Zeit schon durchschauen ... »Ach, du mein Herrgott!« stöhnte er bereits mit ganz anderer Stimme, »wozu habe ich ihn eingeladen, zu welchem Zweck habe ich das alles getan? Ich stecke meinen Kopf selber in ihre Diebesschlingen und ziehe sie mit eigener Hand zu! ... Oh, mein Kopf, mein dummer Kopf! Mußt plappern wie ein grüner Junge, wie irgendein Kanzlist, wie irgendein Lump ohne Amt und Würden, du Lappen, du verfaulter Fetzen, du Klatschmaul, du altes Weib ... Oh, ihr Heiligen! Verslein hat er geschrieben, der Schelm, und mir seine Liebe gestanden! Als ob so ... Wie kann ich dem Schelm nur am anständigsten die Tür weisen, wenn er wiederkommt? Natürlich gibt es da verschiedene Wendungen und Arten. So und so, bei meinem beschränkten Gehalt ... Oder man macht ihm Angst. Ich habe dies und das in Betracht gezogen und sehe mich gezwungen zu erklären ... Die Wohnung und die Kost muß zur Hälfte, das Geld im voraus bezahlt werden. Hm! nein, hol's der Teufel, nein! Das kann meinem Ruf schaden. Es wäre taktlos. Vielleicht kann man es so machen: Petruschka einweihen, ihm beibringen, daß er dem Kerl Unannehmlichkeiten macht, ihn vernachlässigt, grob gegen ihn wird – so könnte man ihn vielleicht hinausekeln? Wenn man sie so aufeinanderhetzte ... Nein, hol's der Teufel, nein! Das ist gefährlich, und wiederum, wenn man's von dem Gesichtspunkt aus ansieht – da ist's durchaus nicht schön! Gar nicht schön! Wenn er aber nicht wiederkommt? Das

wäre schlimm! Ich habe ihm gestern zu viel vorgeflunkert ... Schlimm, schlimm! Unsere Sache steht recht faul. Ach mein Kopf, mein verfluchter Kopf! Kannst du dir denn nicht einbleuen, was nottut, kannst du dir keine Vernunft beibringen! Wie aber, wenn er kommt und Verzicht leistet? Oh, gebe Gott, daß er käme! Ich wäre sehr froh, wenn er käme ... So überlegte Herr Goljadkin, während er seinen Tee schlürfte und unausgesetzt auf die Wanduhr schaute. Jetzt ist es dreiviertel neun; es ist ja schon Zeit zum Gehen. Aber was wird sein? Was wird sein? Ich möchte wohl wissen, was sich da eigentlich Besonderes verbirgt – das Ziel, die Richtung, all die Ränke. Es wäre gut zu erfahren, worauf dieses Volk eigentlich hinzielt und welches der erste Schritt sein wird ... Herr Goljadkin konnte es nicht länger aushalten; er warf die noch nicht ausgerauchte Pfeife hin, kleidete sich an und lief ins Amt mit dem Wunsch, die Gefahr wenn möglich abzuwenden und sich durch seine persönliche Anwesenheit von allem zu vergewissern. Und eine Gefahr bestand, das wußte er, daß eine Gefahr bestand. »Nun so wollen wir ihr ... zu Leibe gehen«, sagte Herr Goljadkin, während er Mantel und Gummischuhe im Vorzimmer ablegte; »wir dringen gleich in alle diese Dinge ein.« Nachdem er sich auf diese Weise zum Handeln entschlossen hatte, machte sich unser Held zurecht, setzte eine angemessene und formelle Miene auf und schickte sich eben an, das Nebenzimmer zu betreten, als er plötzlich in der Tür mit seinem gestrigen Freund und Bekannten zusammenstieß. Herr Goljadkin junior hatte Herrn Goljadkin senior anscheinend nicht bemerkt, obwohl sie fast mit der Nase aneinandergestoßen waren. Herr Goljadkin junior schien sehr beschäftigt zu sein, eilte irgendwohin, war außer Atem; seine Miene war so offiziell, so amtlich, daß ihm ein jeder vom Gesicht ablesen konnte: In besonderem Auftrag abkommandiert ...

»Ach, da sind Sie, Jakow Petrowitsch«, sagte unser Held, seinen gestrigen Gast am Arm fassend.
»Später, später, entschuldigen Sie mich, erzählen Sie mir es später«, schrie Herr Goljadkin junior und stürmte vorwärts.
»Aber erlauben Sie doch; Sie wollten doch, Jakow Petrowitsch ...«
»Was? Reden Sie schnell.«
Hier blieb der gestrige Gast Herrn Goljadkins wie gezwungen und wider seinen Willen stehen und hielt sein Ohr gerade unter die Nase Herrn Goljadkins.
»Ich muß Ihnen sagen, Jakow Petrowitsch, daß ich mich über dieses Verhalten wundere ... ein Verhalten, das ich keineswegs erwarten konnte.«
»Alles hat seine bestimmte Form. Melden Sie sich beim Sekretär Seiner Exzellenz, und setzen Sie sich mit dem Herrn Kanzleichef in Verbindung. Haben Sie ein Gesuch?«
»Ich verstehe Sie nicht, Jakow Petrowitsch! Sie setzen mich wirklich in Erstaunen, Jakow Petrowitsch! Sie erkennen mich wohl nicht, oder Sie scherzen in der angeborenen Heiterkeit Ihres Charakters?«
»Ach, das sind Sie!« sagte Herr Goljadkin junior, als hätte er Herrn Goljadkin senior eben erst richtig angesehen. »Das sind Sie? Nun, wie steht's, haben Sie gut geruht?«
Hier lächelte Herr Goljadkin junior ein wenig, lächelte offiziell und förmlich, aber nicht so, wie es hätte sein müssen – da er doch in jedem Fall Herrn Goljadkin Dank schuldig war. Also, er lächelte offiziell und förmlich und fügte hinzu, daß er seinerseits sehr froh sei, daß Herr Goljadkin gut geruht habe; dann beugte er sich ein wenig vor, zauderte noch ein Weilchen, sah nach rechts, nach links, senkte den Blick zur Erde, faßte eine Seitentür ins Auge, murmelte in hastigen Worten, daß er in besonderem Auftrag beschäftigt sei, und schlüpfte in das benachbarte Zimmer. Weg war er!
»Da haben wir's ...« murmelte unser Held und stand

einen Augenblick wie erstarrt da, »ist das eine Geschichte! Also so liegen die Verhältnisse jetzt . . .« Herr Goljadkin fühlte, daß es ihn kalt überrieselte. »Übrigens«, fuhr er in seinem Selbstgespräch fort und wandte sich seiner Arbeitsstätte zu, »übrigens habe ich diesen Umstand längst in Betracht gezogen, ich habe längst vorausgefühlt, daß er in besonderem Auftrage da ist! Ich sagte es erst gestern abend, daß der Mensch unbedingt von irgend jemandem mit einer besonderen Aufgabe betraut ist.«

»Haben Sie Ihr gestriges Aktenstück fertiggestellt?« fragte Anton Antonowitsch Stotschkin Herrn Goljadkin, der sich neben ihn gesetzt hatte, »haben Sie es hier?«

»Es ist hier«, murmelte Herr Goljadkin, indem er seinen Chef mit verlorenem Blick anstaunte.

»Na also! Ich sage es deshalb, weil Andrej Filippowitsch schon zweimal danach gefragt hat. Ehe man sich versieht, kann Seine Exzellenz es verlangen . . .«

»Es ist fertig . . .«

»Dann ist es gut.«

»Ich glaube, Anton Antonowitsch, meine Pflichten immer erfüllt zu haben, wie es sich gehört, und habe die mir von der Obrigkeit überwiesenen Sachen stets mit größtem Eifer erledigt; ich beschäftige mich eingehend damit.«

»Was wollen Sie damit sagen?«

»Nichts, Anton Antonowitsch. Ich will nur erklären, Anton Antonowitsch, daß ich . . . das heißt, ich wollte zum Ausdruck bringen, daß mitunter Übelwollen und Neid auf der Suche nach ihrer täglichen ekelhaften Nahrung keinen Menschen verschonen.«

»Entschuldigen Sie, ich verstehe Sie nicht ganz. Auf wen spielen Sie jetzt an?«

»Ich wollte nur sagen, Anton Antonowitsch, daß ich den geraden Weg gehe, die Seitenwege aber verachte, daß ich kein Intrigant bin und daß ich darauf, wenn man mir gestattet, mich so auszudrücken, mit voller Berechtigung stolz sein kann . . .«

»Ja, das stimmt alles, und nach meinem besten Ermessen kann ich Ihrem Urteil nur volle Gerechtigkeit widerfahren lassen; aber gestatten Sie auch mir zu bemerken, Jakow Petrowitsch, daß persönliche Anzüglichkeiten in guter Gesellschaft nicht ganz statthaft sind, daß ich bereit bin zu dulden, wenn man hinter meinem Rücken über mich redet – denn wer wird hinter seinem Rücken nicht gescholten? Aber auch ich, mein Herr, kann es zum Beispiel nicht erlauben, daß man mir Frechheiten ins Gesicht sagt. Ich bin im Staatsdienst ergraut, mein Herr, und gestatte nicht, daß man mir auf meine alten Tage Frechheiten sagt . . .«
»Nein, Anton Antonowitsch, ich . . . sehen Sie, Anton Antonowitsch . . . Sie haben mich anscheinend nicht verstanden, Anton Antonowitsch, denn ich, ich bitte Sie, Anton Antonowitsch, ich kann es mir meinerseits nur zur Ehre anrechnen . . .«
»Ich bitte aber auch uns zu entschuldigen! Wir sind von der alten Schule. Für uns ist es zu spät, nach Ihrer Art umzulernen. Bisher hat unser Verstand, wie es scheint, für den Dienst des Vaterlandes ausgereicht. Ich besitze, wie Sie selber wissen, mein Herr, eine Auszeichnung für fünfundzwanzigjährigen makellosen Dienst . . .«
»Ich fühle es, Anton Antonowitsch, ich fühle das alles vollständig. Aber ich sprach nicht davon, ich sprach von der Maske, Anton Antonowitsch . . .«
»Von der Maske?«
»Sie wollen wieder . . . Ich fürchte, daß Sie auch hier den Sinn anders auffassen werden, das heißt den Sinn meiner Reden, wie Sie selber sagen, Anton Antonowitsch. Ich entwickle nur ein Thema, das heißt, ich erläutere die Idee, Anton Antonowitsch, daß die Leute, welche eine Maske tragen, sehr zahlreich geworden sind, und daß es jetzt schwerhält, den Menschen unter der Maske zu erkennen.«
»Nun, wissen Sie, gar so schwer ist das nicht. Es ist mitun-

ter recht leicht; man braucht mitunter nicht weit zu suchen.«

»Nein, wissen Sie, Anton Antonowitsch, ich sage von mir, daß ich zum Beispiel nur dann eine Maske trage, wenn die Notwendigkeit es erfordert, das heißt einzig und allein im Karneval oder in fröhlicher Gesellschaft, um das Wort im eigentlichen Sinn zu nehmen ... daß ich mich aber nicht, im anderen, übertragenen Sinn, tagtäglich vor den Leuten maskiere. Das ist es, was ich sagen wollte, Anton Antonowitsch.«

»Nun, lassen wir das alles vorläufig sein, ich habe auch keine Zeit«, sagte Anton Antonowitsch, sich von seinem Platz erhebend und einige Akten zur Vorlage für Seine Exzellenz zusammenraffend. »Ihre Angelegenheit aber wird sich, wie ich voraussetze, zu ihrer Zeit aufklären. Dann werden Sie selber sehen, wem Sie die Schuld zuschreiben müssen, jetzt aber bitte ich Sie ergebenst, mich mit weiteren privaten Erklärungen und Meinungen zu verschonen, die dem Dienst nur schaden ...«

»Nein, Anton Antonowitsch«, wollte der etwas blaß gewordene Herr Goljadkin dem sich entfernenden Anton Antonowitsch noch sagen, »ich habe nicht daran gedacht, Anton Antonowitsch ... Was ist denn das?« fuhr unser Held, allein geblieben, fort, »was weht denn da jetzt für ein Wind, und was bedeutet dieser neue Haken?« Im selben Augenblick, als unser fassungsloser und halbvernichteter Held sich anschickte, diese Frage zu lösen, hörte man im Nebenzimmer Lärm; eine gewisse Bewegung machte sich bemerkbar, die Tür öffnete sich, und Andrej Filippowitsch, der sich eben erst in Geschäften in das Arbeitszimmer Seiner Exzellenz begeben hatte, erschien atemlos auf der Schwelle und rief nach Herrn Goljadkin. Da dieser wußte, worum es sich handelte und Andrej Filippowitsch nicht warten lassen wollte, sprang er von seinem Platz auf, entwickelte eine außerordentliche Beweglichkeit, um das verlangte Aktenstück, wie es sich ge-

hört, zurechtzumachen, und schickte sich selber an, dem Aktenheft und Andrej Filippowitsch zu folgen und sich in das Zimmer Seiner Exzellenz zu begeben. Plötzlich schoß Herr Goljadkin junior fast unter dem Arm Andrej Filippowitschs, der in der Tür stand, hindurch ins Zimmer – geschäftig, atemlos, im Dienst abgehetzt, mit entschlossen-förmlicher Miene; er flog direkt auf Herrn Goljadkin zu, der einen solchen Überfall am wenigsten erwartete ...

»Die Akten, Jakow Petrowitsch, die Akten ... Exzellenz haben geruht danach zu fragen, haben Sie sie fertig?« zwitscherte der Freund Herrn Goljadkins senior hastig und halblaut. »Andrej Filippowitsch erwartet Sie ...«

»Ich weiß auch ohne Sie, daß er mich erwartet«, sagte Herr Goljadkin senior ebenfalls hastig und im Flüsterton.

»Nein, Jakow Petrowitsch, ich meine es nicht so; ich will gar nicht das sagen, ich bin ganz auf Ihrer Seite, Jakow Petrowitsch, und von herzlichem Mitgefühl bewegt.«

»Mit dem ich Sie ergebenst bitte mich zu verschonen. Gestatten, gestatten Sie doch ...«

»Sie werden sie natürlich in einen Umschlag stecken, Jakow Petrowitsch, zwischen Seite zwei und drei aber legen Sie ein Zeichen; erlauben Sie, Jakow Petrowitsch ...«

»Ja, so erlauben Sie doch endlich ...«

»Aber da ist ja ein Tintenfleck, Jakow Petrowitsch, haben Sie den Tintenfleck nicht gesehen?«

Hier rief Andrej Filippowitsch Herrn Goljadkin zum zweitenmal.

»Sofort, Andrej Filippowitsch, ich habe nur ein wenig ... verstehen Sie eigentlich russisch, mein werter Herr?«

»Es wäre am besten, ihn mit dem Messerchen zu entfernen, Jakow Petrowitsch. Verlassen Sie sich lieber auf mich. Rühren Sie ihn lieber gar nicht an, Jakow Petrowitsch, sondern verlassen Sie sich auf mich. Ich werde gleich selber mit dem Messerchen ...«

Andrej Filippowitsch rief Herrn Goljadkin zum drittenmal.

»Aber ich bitte Sie, wo ist denn hier ein Fleck? Mir scheint, hier ist doch gar kein Fleck?«

»Ein riesiger Fleck, hier ist er! Hier, erlauben Sie, ich habe ihn hier gesehen, hier, erlauben Sie ... erlauben Sie mir nur, Jakow Petrowitsch, ich will hier ein wenig mit dem Messerchen, ich tue es aus Teilnahme, Jakow Petrowitsch, mit dem Messerchen, aus aufrichtigem Herzen ... sehen Sie, so, so ist die Sache erledigt ...«

Hier entspann sich plötzlich und ganz unerwartet wegen nichts und wieder nichts ein kurzer Kampf zwischen Herrn Goljadkin senior und Herrn Goljadkin junior, in dem letzterer den Älteren überwältigte und sich sehr gegen dessen Willen des von dem Vorgesetzten verlangten Aktenheftes bemächtigte; statt es »aus aufrichtigem Herzen« mit dem Messerchen zu bearbeiten, wie er Herrn Goljadkin senior treulos versichert hatte, rollte er es zusammen, schob es unter den Arm, war in zwei Sprüngen neben Andrej Filippowitsch, der nichts von seinen Machenschaften bemerkt hatte, und eilte mit ihm in das Zimmer des Chefs. Herr Goljadkin senior blieb wie angeschmiedet an seinem Platz stehen, das Messerchen in der Hand, als schicke er sich an, etwas damit wegzukratzen ...

Unser Held, konnte seine neue Lage noch immer nicht begreifen. Er war noch nicht zu sich gekommen. Er empfand einen Schlag, dachte aber, daß es nichts weiter auf sich habe. Von furchtbarer, unbeschreiblicher Seelenangst getrieben, riß er sich endlich von seinem Platz los und stürzte ohne weiteres in das Zimmer des Direktors, wobei er aber unterwegs den Himmel anflehte, daß das alles gut abgehen und nichts weiter auf sich haben möge ... Im letzten Raum vor dem Direktorialzimmer prallte er beinahe mit Andrej Filippowitsch und seinem Namensvetter zusammen. Beide kamen schon zurück; Herr Goljadkin trat zur Seite. Andrej Filippowitsch

sprach lächelnd und heiter. Der Namensvetter Herrn Goljadkins senior lächelte auch, scharwenzelte und schwänzelte in respektvoller Entfernung von Andrej Filippowitsch und flüsterte ihm mit begeisterter Miene etwas ins Ohr, worauf Andrej Filippowitsch in der allerwohlwollendsten Weise mit dem Kopf nickte. Unser Held begriff den Zusammenhang der Dinge sofort. Die Sache lag so, daß seine Arbeit, wie er später erfuhr, die Erwartungen Seiner Exzellenz weit übertroffen hatte und gerade rechtzeitig und zum Termin fertig geworden war. Seine Exzellenz waren äußerst zufrieden. Es hieß sogar, daß Exzellenz Herrn Goljadkin junior seinen Dank ausgesprochen hätten, seinen wärmsten Dank; sie würden sich bei Gelegenheit daran erinnern und es keinesfalls vergessen ... Selbstverständlich war es Herrn Goljadkins erster Impuls zu protestieren, mit allen Kräften, bis zur letzten Möglichkeit zu protestieren. Schier ohnmächtig und bleich wie der Tod stürzte er zu Andrej Filippowitsch. Als dieser aber hörte, daß die Angelegenheit Herrn Goljadkins eine Privatsache war, weigerte er sich, ihn anzuhören und bemerkte sehr entschieden, daß er für dessen Privatangelegenheiten keine freie Minute übrig habe.
Der kalte Ton und die Schroffheit der Weigerung machten Herrn Goljadkin ganz bestürzt. Ich will doch irgendwie von der anderen Seite ... ich will lieber zu Anton Antonowitsch. Zu Herrn Goljadkins Unglück war auch Anton Antonowitsch nicht zu finden: er war auch anderweitig beschäftigt. Er hat mich ja nicht ohne Absicht gebeten, ihn mit Erklärungen und Meinungen zu verschonen! dachte unser Held. Darauf ging es also hinaus – dieser alte Fuchsschwanz! In diesem Fall werde ich es einfach wagen, Seine Exzellenz anzuflehen.
Noch immer bleich und mit dem Gefühl eines vollständigen Wirrwarrs im Kopf war Herr Goljadkin in starkem Zweifel, wofür er sich eigentlich entschließen sollte; er setzte sich auf einen Stuhl. Es wäre viel besser, wenn alles

nur ein Schein wäre, dachte er unaufhörlich bei sich; eine solche dunkle Sache ist tatsächlich ganz unwahrscheinlich. Erstens ist es ein Unsinn; und zweitens kann so etwas gar nicht vorkommen. Wahrscheinlich hat mir das nur so geschienen – oder es ist etwas ganz anderes herausgekommen, nur nicht das, was wirklich geschehen ist; oder ich bin wirklich selber dort gewesen ... und habe mich irgendwie für einen ganz anderen gehalten ... mit einem Wort, es ist eine vollständig unmögliche Sache.
Kaum hatte Herr Goljadkin beschlossen, daß es eine ganz unmögliche Sache sei, als Herr Goljadkin junior plötzlich mit Akten in beiden Händen und unter dem Arm ins Zimmer schoß. Er sagte im Vorübergehen Andrej Filippowitsch ein paar nötige Worte, wechselte mit dem einen ein paar Redensarten, sagte dem anderen eine Liebenswürdigkeit, machte einem dritten gegenüber eine familiäre Bemerkung und schickte sich wieder an, das Zimmer zu verlassen – wie einer, der keine Zeit zu verlieren hat: aber zum Glück für Herrn Goljadkin senior blieb er in der Tür stehen und sprach im Vorbeigehen ein paar Worte mit zwei oder drei jungen Beamten, die zufällig dort standen. Herr Goljadkin senior stürzte geradewegs auf ihn zu. Kaum hatte Herr Goljadkin junior die Bewegung Herrn Goljadkins senior bemerkt, als er sofort anfing, in großer Unruhe um sich zu blicken, ob er nicht schnell irgendwohin entschlüpfen könnte. Aber unser Held hielt seinen gestrigen Gast bereits am Ärmel fest. Die Beamten, welche die beiden Titularräte umgaben, traten zurück und warteten voller Neugierde, was jetzt kommen würde. Der ältere Titularrat begriff sehr gut, daß die Gunst der Menge nicht auf seiner Seite war; er begriff sehr gut, daß man gegen ihn intrigierte; um so standhafter mußte er jetzt sein. Es war ein entscheidender Augenblick.
»Nun?« begann Herr Goljadkin junior und sah Herrn Goljadkin senior unverschämt an.
Herr Goljadkin senior war kaum fähig zu atmen.
»Ich weiß nicht, sehr geehrter Herr«, begann er, »wie ich

die Seltsamkeit Ihres Betragens mir gegenüber erklären soll.«
»Sehr schön. Fahren Sie fort.« Hier sah Herr Goljadkin junior im Kreis umher und winkte den herumstehenden Beamten mit den Augen zu, als wollte er zu verstehen geben, daß die Komödie gleich beginnen werde.
»Die Frechheit und Schamlosigkeit Ihres Benehmens im vorliegenden Fall verurteilen Sie mehr, mein verehrter Herr . . . als alle meine Worte. Hoffen Sie nicht, Ihr Spiel zu gewinnen: es ist schlecht . . .«
»Nun, Jakow Petrowitsch, sagen Sie mir doch, wie Sie geschlafen haben«, antwortete Herr Goljadkin junior und sah Herrn Goljadkin senior in die Augen.
»Sie vergessen sich, mein Herr«, sagte der vollständig fassungslose Titularrat, der den Boden unter seinen Füßen kaum noch spürte. »Ich hoffe, Sie werden Ihren Ton ändern . . .«
»Mein Herzchen!« sagte Herr Goljadkin junior zu Herrn Goljadkin senior und schnitt ihm eine ziemlich unanständige Grimasse, dann zwickte er ihn ganz unerwartet, wie um ihn zu liebkosen, mit zwei Fingern in die ziemlich volle rechte Backe. Unser Held loderte auf . . . Kaum hatte der Freund Herrn Goljadkins senior bemerkt, daß sein Gegner, an allen Gliedern zitternd, stumm vor Wut, rot wie ein Krebs und bis aufs äußerste gereizt, sich zu einem förmlichen Überfall entschließen könnte, kam er ihm auch schon zuvor, und zwar in der allerschamlosesten Weise. Er kniff ihn noch zweimal in die Wange, kitzelte ihn noch zweimal, hänselte den unbeweglich und fast wahnsinnig vor Wut Dastehenden noch ein paar Sekunden in dieser Weise zum nicht geringen Vergnügen der jungen Leute; endlich klopfte Herr Goljadkin junior mit einer die Seele empörenden Schamlosigkeit Herrn Goljadkin auf das feiste Bäuchlein und sagte mit dem allergiftigsten und anzüglichsten Lächeln: »Du machst Dummheiten, Brüderchen Jakow Petrowitsch, du machst Dumm-

heiten. Wir werden zusammen Ränke schmieden, Jakow Petrowitsch, wir werden zusammen intrigieren.»

Ehe unser Held Zeit gefunden hatte, nach diesem letzten Angriff auch nur ein wenig zu sich zu kommen, setzte Herr Goljadkin junior plötzlich, nachdem er den umherstehenden Zuschauern zugelächelt hatte, eine sehr beschäftigte, sehr amtliche, sehr förmliche Miene auf, senkte den Blick, schrumpfte in sich zusammen, sagte hastig: »In besonderem Auftrage«, schlug mit seinen kurzen Beinchen aus und huschte in das Nebenzimmer.

Unser Held traute seinen Augen nicht und war noch immer nicht imstande, sich zu fassen . . .

Endlich kam er zu sich. Er begriff sofort, daß er verloren war, in gewissem Sinn vernichtet, daß er sich besudelt und seinen Ruf befleckt hatte, daß er in Gegenwart dritter Personen verlacht und bespuckt worden war, in verräterischer Weise beschimpft von dem, den er noch gestern für seinen ersten und zuverlässigsten Freund gehalten, daß er sich über alle Maßen blamiert hatte. Herr Goljadkin stürzte seinem Feind nach; im gegebenen Augenblick wollte er nicht einmal mehr an die Zeugen seiner Schande denken. Sie sind alle in heimlichem Einverständnis miteinander, sagte er sich, einer steht für den anderen ein, und immer hetzt einer den anderen auf mich. Aber schon nach zehn Schritten wurde es unserem Helden klar, daß jede Verfolgung vergebens und nutzlos sein würde, deshalb kehrte er um. Du kannst nicht entrinnen, dachte er, du kommst zur rechten Zeit noch unters Joch. Alle Schuld rächt sich auf Erden.

Mit grimmiger Kaltblütigkeit und mit der energischsten Entschlossenheit schritt Herr Goljadkin bis zu seinem Stuhl und ließ sich darauf nieder. »Du kannst nicht entrinnen«, sagte er wieder. Jetzt handelte es sich nicht mehr um passive Gegenwehr: Entscheidendes, Angriffslustiges lag in der Luft, und wer Herrn Goljadkin in diesem Augenblick sah, wie er mit rotem Kopf und kaum gemeisterter Erregung seine Feder in das Tintenfaß stieß, mit welchem

Grimm er die Zeilen aufs Papier warf, der konnte von vornherein feststellen, daß die Sache nicht so verlaufen und wie ein Weiberzank zum Abschluß gelangen würde. In seiner innersten Seele hatte er sich einen Entschluß zurechtgelegt und hatte sich im innersten Herzen geschworen, ihn auszuführen. In Wahrheit wußte er aber noch nicht genau, wie er handeln sollte, richtiger: er wußte es überhaupt nicht, doch das war gleichgültig, das machte nichts. »Durch Usurpation und Schamlosigkeit erreicht man in unserer Zeit nichts, mein Herr! Usurpation und Schamlosigkeit führen zu nichts Gutem, mein Herr, sie führen an den Galgen. Nur Grischka Otrepjew[4] hat durch Usurpation etwas erreicht, mein Herr, indem er das blinde Volk betrog, und auch das hat nicht lange gewährt.« Trotz diesem letzten Umstand beschloß Herr Goljadkin, so lange zu warten, bis die Maske von einigen Personen gefallen sein und sich dies und jenes offenbart haben würde. Dazu war es in erster Linie nötig, daß die Dienstzeit so schnell wie möglich ablief; bis dahin beschloß unser Held nichts zu unternehmen. Dann aber, nach Beendigung der Dienstzeit, wollte er seine Maßregeln ergreifen. Hatte er diese Maßregeln ergriffen, so wußte er schon, was er weiter zu tun hatte, wie der Plan seiner Handlung anzulegen war, um die Macht des Hochmutes zu brechen und die Schlange zu zertreten, die in ihrer verächtlichen Schwäche Staub fraß. Er konnte es nicht dulden, daß man ihn mit Füßen trat wie einen alten Lappen, an dem man sich die schmutzigen Stiefel abwischt. Das konnte er sich nicht gefallen lassen, besonders nicht im vorliegenden Fall. Wäre die letzte Beschimpfung nicht gewesen, so hätte unser Held sich vielleicht entschlossen, seinen Ärger zu verbeißen, vielleicht hätte er sich entschlossen, zu schweigen, sich zu

4 Der »falsche Demetrius«, Usurpator, der sich für den 1591 ermordeten russischen Thronfolger Dimitrij ausgab, mit polnischer Unterstützung 1605 in Moskau einzog und schon im Jahr darauf bei einem Aufstand ums Leben kam.

fügen und nicht allzu hartnäckig zu protestieren, er hätte ein wenig gestritten, sich ein wenig beklagt, hätte bewiesen, daß er im Recht war, hätte ein wenig nachgegeben, dann noch ein bißchen mehr nachgegeben, wäre dann ganz einverstanden gewesen, und wenn die gegnerische Seite feierlich zugestanden hätte, daß er im Recht war, so hätte er sich sogar versöhnt, hätte sogar etwas Rührung verspürt, und – wer kann es wissen – vielleicht wäre eine neue Freundschaft entstanden, eine feste heiße Freundschaft, eine viel innigere Freundschaft als die gestrige, eine Freundschaft, die imstande war, die Unannehmlichkeit der ziemlich anstößigen Ähnlichkeit zweier Gesichter so weit in den Schatten zu stellen, daß beide Titularräte höchst zufrieden gewesen wären, schließlich hundert Jahre lang gelebt hätten, und so weiter. Sagen wir endlich alles: Herr Goljadkin fing bereits an ein wenig zu bereuen, daß er für sich und sein Recht eingetreten war und sich auf der Stelle eine Unannehmlichkeit zugezogen hatte. Wenn er sich ergeben hätte, dachte Herr Goljadkin, nur gesagt hätte, daß er gescherzt habe – ich hätte ihm verziehen, ich hätte ihm noch mehr verziehen, nur hätte er es laut zugestehen müssen. Aber ich erlaube nicht, daß man mich wie einen alten Lappen beschmutzt. Ich würde es auch ganz anderen Leuten nicht erlauben, mich anzutasten, um so weniger kann ich zugeben, daß ein sittlich verderbter Mensch es versucht. Ich bin kein Lappen; ich bin kein Lappen, mein Herr. Mit einem Wort, unser Held war entschlossen. »Sie sind selbst schuld, mein Herr.« Er war entschlossen, zu protestieren, mit allen Kräften bis zur letzten Möglichkeit zu protestieren. So ein Mensch war er nun einmal! Er konnte nun und nimmermehr dulden, daß man ihn kränkte; um so weniger konnte er dulden, daß man ihn wie einen alten Lappen beschmutzte, ganz besonders konnte er nicht zulassen, daß ein sittlich verderbter Mensch dies tat! Wir streiten nicht, wir wollen nicht streiten. Vielleicht, wenn jemand gewollt hätte, wenn jemand zum Beispiel durchaus gewollt hätte, Herrn Goljadkin in

einen Lappen zu verwandeln, so hätte er es tun können, hätte ihn ohne Widerstand und ungestraft in einen Lappen verwandelt. Herr Goljadkin empfand das mitunter selber, und es wäre eben ein Lappen übriggeblieben und kein Goljadkin – ein gemeiner schmutziger Lappen; aber es wäre kein einfacher Lappen gewesen, es wäre ein Lappen mit Ehrgeiz gewesen, es wäre ein Lappen mit Leidenschaft und Gefühl gewesen, wenn auch mit wortlosem Ehrgeiz und wortlosen Gefühlen, die tief in den schmutzigen Falten dieses Lappens verborgen wären, immerhin aber doch mit Gefühlen . . .

Die Stunden schlichen unglaublich langsam dahin; endlich schlug es vier. Bald darauf standen alle auf und schritten, dem Beispiel des Vorgesetzten folgend, ihren Behausungen zu. Herr Goljadkin mischte sich unter die Menge; sein Blick wachte und ließ jenen, auf den es ankam, nicht aus den Augen. Endlich sah unser Held, daß sein Freund auf die Kanzleidiener zulief, welche die Mäntel verabreichten, und seiner gemeinen Gewohnheit gemäß in Erwartung des seinen vor ihnen herumschwänzelte. Der Augenblick war entscheidend. Herr Goljadkin drängte sich irgendwie durch die Menge und bemühte sich, um nicht zurückzubleiben, ebenfalls um seinen Mantel. Aber sein Freund erhielt den seinen doch zuerst, weil er auch hier verstanden hatte, sich auf seine Art heranzudrängen, einzuschmeicheln, etwas zuzuflüstern und Gemeinheiten zu begehen.

Nachdem er seinen Mantel umgeworfen hatte, sah Herr Goljadkin junior Herrn Goljadkin senior mit ironischen Blicken an, handelte also offen und frech ihm zum Trotz, sah sich dann mit der ihm eigenen Unverschämtheit um, machte – wahrscheinlich um einen günstigen Eindruck zu hinterlassen – einen letzten Kratzfuß vor den Beamten, sagte dem einen ein Wort, flüsterte mit einem zweiten und verbeugte sich vor einem dritten, lächelte einem vierten zu, gab einem fünften die Hand und sprang fröhlich die Treppe hinunter. Herr Goljadkin senior eilte ihm nach.

Zu seiner unbeschreiblichen Freude holte er ihn auf der letzten Stufe noch ein und packte ihn am Kragen seines Mantels. Es schien, daß Herr Goljadkin junior etwas aus der Fassung kam und mit verlorenen Blicken um sich sah.

»Wie soll ich Sie verstehen?« flüsterte er Herrn Goljadkin mit schwacher Stimme zu.

»Mein Herr, wenn Sie ein ehrenwerter Mann sind, so werden Sie sich, hoffe ich, unserer gestrigen freundschaftlichen Beziehungen erinnern«, sagte unser Held.

»Ach, ja. Nun, was gibt's denn? Haben Sie gut geschlafen?«

Die Wut ließ Herrn Goljadkin für einen Augenblick verstummen.

»Ich habe gut geschlafen . . . aber gestatten Sie mir, Ihnen zu sagen, mein werter Herr, daß Ihr Spiel sehr verwickelt ist . . .«

»Wer sagt das? Das sagen meine Feinde«, entgegnete derjenige, der sich Herr Goljadkin nannte, und befreite sich bei diesen Worten unerwartet aus den schwachen Händen des echten Herrn Goljadkin. Frei geworden, stürzte er die Treppe hinab, blickte um sich, entdeckte eine Droschke, lief auf sie zu, setzte sich in den Wagen und war im Nu den Blicken Herrn Goljadkins senior entschwunden. Der verzweifelte und von allen verlassene Titularrat sah sich um, aber es war keine zweite Droschke vorhanden. Er versuchte zu laufen, doch die Beine versagten den Dienst. Mit verstörtem Gesicht und offenem Mund lehnte er sich verzweifelt, zusammengesunken und kraftlos an einen Laternenpfahl und verharrte in dieser Stellung mehrere Minuten mitten auf dem Trottoir. Es schien, daß für Herrn Goljadkin alles verloren war . . .

Neuntes Kapitel

Alles, sogar die Natur selbst schien sich gegen Herrn Goljadkin verschworen zu haben; aber er war noch auf den Füßen und noch nicht besiegt; er fühlte, daß er nicht besiegt war. Er war bereit zu kämpfen. Als er sich von seiner ersten Bestürzung erholt hatte, rieb er sich die Hände mit so viel Gefühl und Energie, daß man schon aus seiner Miene schließen konnte, daß er nicht nachgeben würde. Die Gefahr aber saß ihm im Nacken, sie war offensichtlich; Herr Goljadkin empfand dies auch; aber wie sollte er ihr beikommen, dieser Gefahr? Das war die Frage. Für einen Augenblick schoß ihm sogar der Gedanke durch den Kopf: Wäre es am Ende nicht besser, alles so zu lassen, sollte ich nicht einfach zurücktreten? Nun, und warum nicht? Das wäre ja nichts Besonderes! Ich gehe meiner Wege, als wäre ich gar nicht vorhanden, dachte Herr Goljadkin, und lasse alles an mir vorüberziehen; ich bin's nicht, und damit abgemacht! Er mag auch seines Weges gehen, da wird er wohl von der Sache ablassen; er wird herumschwänzeln, der Schelm, sich herumdrehen und es endlich aufgeben. So ist es! Ich werde durch Demut siegen. Und wo ist denn die Gefahr? Was heißt überhaupt Gefahr? Ich wünschte wohl, daß mir jemand in dieser Sache eine Gefahr zeigte! Eine Bagatelle! Eine ganz gewöhnliche Sache! . . . Hier stockte Herr Goljadkin. Die Worte erstarben ihm auf der Zunge; er beschimpfte sich sogar für diesen Gedanken; er beschuldigte sich sofort der Niedrigkeit und Feigheit für diesen Gedanken; aber seine Angelegenheit kam trotzdem nicht vom Fleck. Er fühlte, daß es dringend notwendig für ihn war, sich in diesem Augenblick irgendwie zu entscheiden; ja, er fühlte, daß er viel dafür gegeben hätte, wenn ihm jemand gesagt hätte, wofür er sich eigentlich entscheiden solle. Aber wie sollte er das erraten? Es war auch gar keine Zeit zum Raten. Für alle Fälle und um keine Zeit zu verlieren, nahm er eine Droschke und flog nach Hause. Nun? wie fühlst du dich

jetzt? dachte er. Wie ist Ihnen jetzt zumute, Jakow Petrowitsch? Was gedenkst du zu tun? Was wirst du jetzt tun, du Schuft, du Schelm! Du hast es bis zum äußersten getrieben, und nun weinst du, nun flennst du! So spöttelte Herr Goljadkin über sich selber, während er in seiner rüttelnden Droschke auf und nieder hüpfte. Sich selber zu verspotten und seine Wunden aufzureißen gewährte Herrn Goljadkin einen tiefgehenden Genuß, der schon an Wollust grenzte. Wenn jetzt irgendein Zauberer käme, dachte er, oder man würde mir in offizieller Weise sagen: Goljadkin, gib uns einen Finger deiner rechten Hand – und wir sind quitt; der andere Goljadkin wird verschwinden, und du wirst glücklich sein, nur den Finger wirst du nicht mehr haben – ich gäbe den Finger her, ganz bestimmt gäbe ich ihn her! »Der Teufel soll das alles holen!« schrie der verzweifelte Titularrat endlich auf. »Ach, wozu das alles? Mußte denn das alles sein? Gerade das? Ausgerechnet das, als ob es nichts anderes hätte sein können! Und alles war anfänglich gut, alle waren zufrieden und glücklich; aber da mußte das kommen! Übrigens läßt sich mit Worten nichts erreichen. Man muß handeln!«

Nachdem Herr Goljadkin also beinahe einen Entschluß gefaßt hatte, betrat er seine Wohnung, griff unverzüglich nach seiner Pfeife, sog aus allen Kräften daran, schleuderte Rauchwolken nach rechts und links und fing an, in äußerster Erregung im Zimmer auf und ab zu rennen. Inzwischen deckte Petruschka den Tisch. Endlich hatte Herr Goljadkin sich endgültig entschlossen, schleuderte die Pfeife plötzlich weg, warf den Mantel um, sagte, daß er nicht zu Hause essen werde, und verließ die Wohnung im Laufschritt. Auf der Treppe holte Petruschka ihn atemlos ein, seinen vergessenen Hut in der Hand. Herr Goljadkin nahm den Hut, wollte sich in Petruschkas Augen ein wenig rechtfertigen, damit dieser sich nichts Besonderes denke . . . die Lage habe sich eben so zugespitzt, daß er den Hut vergessen habe, und so weiter.

Doch da Petruschka ihn nicht einmal ansah und gleich fortging, setzte Herr Goljadkin seinen Hut ohne weitere Erklärungen auf und lief die Treppe hinab, wobei er sich einredete, daß vielleicht alles gut ausgehen, die Sache sich irgendwie einrenken werde. Trotzdem verspürte er sogar in den Fersen ein Frösteln. Auf der Straße angelangt, nahm er eine Droschke und flog zu Andrej Filippowitsch. Wäre es nicht besser gewesen, morgen zu kommen? dachte Herr Goljadkin, als er vor Andrej Filippowitschs Tür die Klingelschnur in die Hand nahm. Was werde ich ihm auch Besonderes sagen? Es liegt ja gar nichts Besonderes vor. Es ist eine so elende Angelegenheit, eine so lumpige, das heißt beinahe lumpige Sache . . . so liegen die Dinge, so steht es . . . Plötzlich zog Herr Goljadkin an der Schnur; die Klingel ertönte, und von innen wurden Schritte hörbar . . . Jetzt verfluchte Herr Goljadkin sich sogar wegen seiner Eilfertigkeit und Unverschämtheit. Die vor kurzem vorgefallenen Unannehmlichkeiten, die er im Drang der Geschäfte beinahe vergessen hatte, und der Zusammenstoß mit Andrej Filippowitsch erstanden plötzlich in seinem Gedächtnis. Aber es war bereits zu spät zum Fliehen: die Tür ging auf. Zum Glück für Herrn Goljadkin wurde ihm der Bescheid, daß Andrej Filippowitsch gar nicht aus dem Amt nach Hause gekommen sei und auswärts gespeist habe. Ich weiß, wo er diniert hat, er speist an der Ismailowbrücke, dachte unser Held und empfand eine unbändige Freude. Auf die Frage des Dieners, wen er melden sollte, sagte er: »Es ist schon gut, mein Freund, ich komme später, mein Freund«, und lief einigermaßen ermutigt die Treppe hinab. Auf die Straße tretend, beschloß er, die Droschke zu entlassen und mit dem Kutscher abzurechnen. Als dieser um eine Zulage bat – »Ich habe doch lange gewartet, Herr, und den Traber für Euer Gnaden nicht geschont« –, gab er einen Fünfer zu, und sogar mit großem Vergnügen. Dann ging er zu Fuß weiter.

Die Angelegenheit ist allerdings so, dachte Herr Goljad-

kin, daß man sie nicht auf sich beruhen lassen kann. Wenn man sich's aber überlegt, mit gesundem Verstand überlegt – warum soll ich mich denn da im Grund genommen noch bemühen? Ach nein, ich werde immer danach fragen, warum ich mich bemühen soll. Warum soll ich mich plagen, mich quälen, mich härmen und grämen? Erstens ist die Sache geschehen und läßt sich nicht rückgängig machen ... sie läßt sich einmal nicht rückgängig machen! Überlegen wir so: Ein Mensch erscheint – ein Mensch erscheint mit genügenden Empfehlungen sozusagen, ein fähiger Beamter von gutem Benehmen, nur arm ist er, hat viel Ungemach erlitten, allerhand Hecheleien ... Nun, Armut ist ja keine Schande, ich bin also ganz unbeteiligt. Was ist das alles für ein Blödsinn? Nun ist aber dieser Mensch so geraten, so gemodelt, von der Natur selbst so gemodelt, daß er einem zweiten so ähnlich ist wie ein Tropfen Wasser dem andern, daß er eine vollkommene Kopie des zweiten ist; soll man ihm deshalb die Stelle nicht geben? Wenn das Schicksal, wenn einzig und allein das Schicksal, wenn nur die blind waltende Fortuna daran schuld ist – soll man ihn wegwerfen wie einen alten Lappen, soll man ihn vom Dienst ausschließen? Wo bliebe dann die Gerechtigkeit? Er ist doch ein armer verzagter, verängstigter Mensch; das Herz tut einem weh, das Mitleid gebietet, ihn zu versorgen! Ja! nichts zu sagen, das wären schöne Vorgesetzte, die so urteilen wollten, wie ich liederlicher Bursche! Habe ich einen Schädel! Bisweilen könnte die Dummheit für zehn ausreichen! Nein, nein! Sie haben richtig gehandelt, und sie seien bedankt dafür, daß sie den armen Hungerleider versorgt haben ... Nun ja, nehmen wir zum Beispiel an, daß wir Zwillinge seien, daß wir eben so geboren seien, als Zwillingsbrüder, weiter nichts. Was ist denn dabei? Gar nichts! Die Beamten könnte man alle daran gewöhnen ... und ein Fremder, der in unser Amt kommt, findet sicherlich nichts Unanständiges und Beleidigendes dabei; es liegt sogar etwas Rührendes darin; er denkt sich dann, Gottes Vorsehung

habe sozusagen zwei ganz gleiche Menschen geschaffen und die weise Obrigkeit habe diese Vorsehung Gottes erkannt und die beiden Zwillinge versorgt. »Selbstverständlich«, fuhr Herr Goljadkin atemholend und mit etwas gedämpfter Stimme fort, »selbstverständlich ... selbstverständlich wäre es besser, wenn das alles und auch das Rührende nicht vorhanden wäre und es auch gar keine Zwillinge gäbe ... Der Teufel hole das alles! Und wozu war es nötig? Was lag denn da für eine besondere, keinerlei Aufschub duldende Notwendigkeit vor? Oh, mein Herr und Gott! diesen Brei haben mir die Teufel angerührt! Und nun muß er auch noch den Charakter haben, diese spielerische, widerliche Gemütsart! Solch ein Schuft, solch ein windiger Kerl, ein Speichellecker, ein Schmarotzer, ein richtiger Goljadkin! Am Ende führt er sich noch schlecht auf und besudelt meinen Namen, der Elende! Paß jetzt auf ihn auf, und mach ihm den Hof! So eine Strafe! Was liegt übrigens daran? Es hat ja keine Not! Er ist ein Schuft – so mag er ein Schuft sein, dafür ist der andere ehrlich. So wird er eben der Schuft, und ich werde ehrlich sein – und man wird sagen: Dieser Goljadkin ist ein Schuft, seht ihn nicht an, und verwechselt ihn nicht mit dem anderen, denn dieser hier ist ein ehrlicher Mann, gutherzig, bescheiden, nicht bösartig, äußerst zuverlässig im Dienst und einer Rangerhöhung würdig. So ist es! Nun gut ... aber wenn ... aber wenn sie dort ... die beiden verwechseln! Ihm ist ja alles zuzutrauen! Ach du mein Herr und Gott! ... Er schiebt einen Menschen unter, er schiebt ihn unter, der Schuft – schiebt ihn unter wie einen alten Lappen, ohne zu überlegen, daß der Mensch kein Lappen ist. Ach du mein Herr und Gott! Ist das ein Unglück ...«

In dieser Weise räsonierend und wehklagend, lief Herr Goljadkin dahin, ohne auf den Weg zu achten und fast ohne zu wissen wohin. Auf dem Newskijprospekt erwachte er, aber auch nur deshalb, weil er mit einem Vorübergehenden so ungeschickt und heftig zusammen-

geprallt war, daß die Funken stoben. Ohne den Kopf zu heben, murmelte Herr Goljadkin eine Entschuldigung, und als der Passant, der etwas nicht allzu Schmeichelhaftes vor sich hinbrummte, sich reichlich weit entfernt hatte, hob er die Nase in die Höhe und sah sich um, wo er denn eigentlich sei. Um sich blickend entdeckte er, daß er sich just neben dem Restaurant befand, in dem er vor dem Gastmahl bei Olsufij Iwanowitsch Rast gemacht hatte. Er fühlte plötzlich ein Zwicken und Kneifen im Magen, erinnerte sich daran, daß er nicht zu Mittag gegessen hatte, daß ihn nirgends ein Gastmahl erwartete, und lief deshalb, ohne seine kostbare Zeit zu verlieren, die Treppe zum Restaurant hinauf, um schnell etwas zu genießen, in aller Eile, um nichts zu versäumen. Und obgleich in dem Restaurant alles recht teuer war, ließ sich Herr Goljadkin diesmal durch diesen geringfügigen Umstand nicht abschrecken; er hatte jetzt auch keine Zeit, sich wegen derartiger Bagatellen aufzuhalten. In dem hellerleuchteten Raum stand eine recht beträchtliche Anzahl von Besuchern vor der Tafel, auf der ein mannigfaltiger Berg aller jener Dinge aufgestapelt war, die anständige Leute zum Imbiß nehmen. Der Kellner konnte mit dem Einschenken und Verabfolgen der Speisen, dem Empfangen und Herausgeben des Geldes kaum fertig werden. Herr Goljadkin wartete, bis er an die Reihe kam, und streckte seine Hand dann bescheiden nach einem Pastetchen aus. Er stellte sich in ein Eckchen mit dem Rücken zu den Anwesenden, aß mit Appetit, wandte sich dann dem Kellner wieder zu und stellte das Tellerchen auf den Tisch. Da er den Preis kannte, nahm er ein silbernes Zehnkopekenstück, legte die Münze auf die Tafel und versuchte den Blick des Kellners zu erhaschen, um ihn darauf hinzuweisen: Hier liegt das Geld; ich habe ein Pastetchen und so weiter.

»Sie haben einen Rubel und zehn Kopeken zu zahlen«, brummte der Kellner zwischen den Zähnen.

Herr Goljadkin war rechtschaffen erstaunt.

»Sprechen Sie mit mir? Ich ... ich habe, wie mir scheint, nur ein Pastetchen genommen.«

»Sie haben elf genommen«, entgegnete der Kellner mit voller Bestimmtheit.

»Sie ... wie mir scheint ... Sie irren sich, wie mir scheint ... Ich habe, wie mir scheint, wirklich nur ein Pastetchen genommen.«

»Ich habe gezählt. Sie haben elf Stück genommen. Wenn Sie sie genommen haben, müssen Sie sie auch bezahlen; bei uns wird nichts umsonst verabfolgt.«

Herr Goljadkin war ganz betäubt. Was ist das, ist das ein Zauberspuk, der mit mir vorgeht? dachte er. Inzwischen wartete der Kellner auf die Entscheidung Herrn Goljadkins; man drängte sich um Herrn Goljadkin. Herr Goljadkin griff schon in die Tasche, um einen Silberrubel herauszunehmen, die Rechnung sofort zu begleichen und dem Unglück aus dem Weg zu gehen. Nun, wenn's elf sein sollen, sind's eben elf, dachte er und wurde rot wie ein Krebs. Was ist denn weiter dabei, daß elf Pastetchen verspeist worden sind? Wenn der Mensch hungrig ist, verspeist er eben elf Pastetchen; mögen sie ihm gut bekommen; da ist nichts zum Staunen und nichts zum Lachen ... Plötzlich fühlte Herr Goljadkin etwas wie einen Stich; er erhob die Augen – und begriff mit einemmal das Rätsel, begriff die ganze Zauberei; mit einemmal waren alle Zweifel gelöst ... In der Tür zum Nebenzimmer, fast unmittelbar hinter dem Rücken des Kellners, das Gesicht Herrn Goljadkin zugewandt – in dieser Tür, die unser Held übrigens bis jetzt für einen Spiegel gehalten hatte, stand ein Mann, stand er, stand Herr Goljadkin selber – nicht der alte Herr Goljadkin, nicht der Held unserer Erzählung, sondern der andere Herr Goljadkin, der neue Herr Goljadkin. Der andere Herr Goljadkin befand sich augenscheinlich in vorzüglicher Stimmung. Er lächelte Herrn Goljadkin den Ersten an, nickte ihm mit dem Kopf zu, zwinkerte mit den Augen, scharrte ein wenig mit den Füßen und blickte so drein, daß man sofort

begriff, beim geringsten Anlaß würde er verschwinden, ins Nebenzimmer entschlüpfen und von dort meinethalben über die Hintertreppe, und dann ... dann würden alle Verfolgungen nutzlos bleiben. In der Hand hielt er das letzte Stück des zehnten Pastetchens, das er vor den Augen Herrn Goljadkins in den Mund schob, und dabei schmatzte er vor Vergnügen. Er hat sich untergeschoben, der Schuft! dachte Herr Goljadkin und wurde feuerrot vor Scham. Er hat die Öffentlichkeit nicht gescheut! Ob man ihn sieht? Es scheint ihn niemand zu bemerken ... Herr Goljadkin warf den Silberrubel so hin, als hätte er sich alle Finger daran verbrannt, wand sich aus der Menge heraus und stürzte davon, ohne sich umzusehen und ohne das reichlich unverschämte Lächeln des Kellners, dieses Lächeln des Triumphs und der kaltblütigen Überlegenheit zu beachten. Ich muß ihm noch dankbar sein, daß er mich nicht endgültig kompromittiert hat! dachte Herr Goljadkin senior. Ich muß dem Räuber dankbar sein, ihm und dem Schicksal, daß alles noch gut abgelaufen ist. Nur der Kellner ist grob geworden. Aber was ist da weiter? er war ja im Recht. Er hatte einen Rubel zehn zu erhalten, also war er im Recht! Man verabfolgt bei uns eben nichts umsonst! Wenn er wenigstens etwas höflicher gewesen wäre, der Taugenichts ...

Dies alles sagte sich Herr Goljadkin, während er die Treppe hinabstieg. Aber auf der letzten Stufe blieb er wie angewurzelt stehen und errötete in einem Anfall gekränkten Ehrgeizes plötzlich so heftig, daß ihm sogar die Tränen in die Augen traten. Eine halbe Minute lang stand er wie eine Bildsäule da, dann stampfte er entschlossen mit dem Fuß auf, sprang mit einem Satz vom Treppenaufgang auf die Straße und rannte, ohne sich umzusehen oder Müdigkeit zu empfinden, atemlos nach Hause in die Schestilawotschnaja. Dort angelangt, behielt er – ganz gegen seine Gewohnheit, daheim im Hausgewand zu sitzen – sogar die Oberkleider an, ließ sich sofort auf dem Diwan nieder, ohne vorher nach der Pfeife zu greifen, rückte das

Tintenfaß heran, griff zur Feder, nahm einen Briefbogen und begann mit vor innerer Erregung zitternder Hand folgende Epistel aufs Papier zu werfen:

Sehr geehrter Herr,
Jakow Petrowitsch!

Niemals hätte ich die Feder ergriffen, wenn meine Lage und Sie selber, mein Herr, mich nicht dazu zwingen würden. Glauben Sie mir, daß nur die Notwendigkeit mich bewegen konnte, mich mit Ihnen in derartige Erklärungen einzulassen, und darum bitte ich Sie vor allem, diese Maßnahme nicht als vorbedachte Absicht, Sie zu beleidigen, aufzufassen, sondern als notwendige Folge der uns jetzt verbindenden Umstände.

Das ist, wie mir scheint, gut, anständig und höflich, und doch nicht ohne Kraft und Festigkeit ... Er kann sich dadurch nicht beleidigt fühlen, wie mir scheint. Zudem bin ich ja auch im Recht, dachte Herr Goljadkin, während er das Geschriebene überlas.

Ihr unerwartetes und seltsames Erscheinen in jener stürmischen Nacht, geehrter Herr, nach dem gegen mich gerichteten groben und unanständigen Angriff meiner Feinde, deren Namen ich aus Verachtung verschweige, hat den Keim zu all den Mißverständnissen gelegt, die jetzt zwischen uns bestehen. Ihr hartnäckiges Bestreben freilich, geehrter Herr, auf Ihrem Standpunkt zu verharren und sich gewaltsam in meinen Lebenskreis zu drängen, in alle meine Verhältnisse im praktischen Leben, überschreitet sogar die Grenzen der einfachen Höflichkeit und des Gemeinsinns. Ich erachte es hier für unnötig, den von Ihnen, geehrter Herr, verübten Raub des Aktenheftes und meines ehrlichen Namens zwecks Erlangung eines Lobes der Vorgesetzten zu erwähnen – eines Lobes, das Sie nicht verdient haben. Es ist auch unnötig, Ihr vorbedachtes und beleidigendes Vermeiden der aus diesem Anlaß notwendi-

gen Erklärungen zu erwähnen. Endlich, um alles zu sagen, erwähne ich hier auch nicht Ihr letztes, seltsames und ich darf wohl sagen unbegreifliches Auftreten gegen mich in dem Restaurant. Ich bin weit davon entfernt, den Verlust des zwecklos ausgegebenen Rubels zu beklagen, aber ich kann nicht umhin, all meinen Unwillen auszusprechen in der Erinnerung an Ihren offenkundigen Anschlag gegen meine Ehre, noch dazu in Gegenwart mehrerer Personen, die ich zwar nicht kenne, die aber zur guten Gesellschaft gehören . . .

Gehe ich auch nicht zu weit? dachte Herr Goljadkin. Wird es nicht zuviel? Ist das nicht allzu kränkend – diese Anspielung auf die gute Gesellschaft zum Beispiel? . . . Ach, es tut nichts! Man muß Charakter zeigen. Und dann kann man ihm ja, um die Wirkung abzuschwächen, zuletzt etwas Schmeichelhaftes sagen, ihn bestechen. Wollen sehen.

Trotzdem würde ich Sie, geehrter Herr, nicht durch diesen Brief belästigen, wenn ich nicht fest davon überzeugt wäre, daß der Adel Ihrer Gesinnung und Ihr offener und freimütiger Charakter Ihnen selber die Mittel zeigen werden, alle diese Unterlassungen wettzumachen und den früheren Zustand wiederherzustellen.
Ich wage es, mich voller Hoffnung der Überzeugung hinzugeben, daß Sie meinen Brief nicht als Kränkung auffassen, gleichzeitig aber nicht unterlassen werden, sich aus diesem Anlaß schriftlich hinreichend zu erklären, durch die Vermittlung meines Dieners.
In dieser Erwartung, geehrter Herr, habe ich die Ehre zu sein Ihr ergebenster Diener

J. Goljadkin.

So, nun ist alles gut, die Sache ist getan, ist bis zum Schriftlichen gediehen. Aber wer ist schuld daran? Er selber ist schuld daran: er selber treibt einen dazu, schrift-

liche Dokumente zu verlangen. Ich aber bin in meinem Recht . . .

Nachdem Herr Goljadkin den Brief ein letztes Mal überlesen hatte, faltete er ihn zusammen, siegelte ihn und rief Petruschka. Petruschka erschien, seiner Gewohnheit gemäß, mit verschlafenem und ärgerlichem Gesicht.

»Du wirst diesen Brief hier nehmen, mein Lieber . . . verstehst du?«

Petruschka schwieg.

»Wirst ihn nehmen und in mein Büro tragen. Dort suchst du den Herrn auf, der Jourdienst hat; es ist der Gouvernementssekretär Wachramejew. Verstehst du mich?«

»Jawohl.«

»Jawohl! Kannst du nicht sagen ‚zu Befehl'? Du fragst nach dem Beamten Wachramejew und sagst ihm, daß die Dinge so stehen, daß dein Herr ihn grüßen lasse und ihn ergebenst darum bitte, im Adreßbuch unseres Amtes nachzusehen, wo der Titularrat Goljadkin wohnt.«

Petruschka schwieg, und es schien Herrn Goljadkin, daß er lächelte.

»Du wirst ihn also um die Adresse bitten und erfahren, wo der neu angestellte Beamte Goljadkin wohnt.«

»Zu Befehl.«

»Du erfährst die Adresse, und trägst den Brief dorthin, verstehst du?«

»Zu Befehl.«

»Wenn dort . . . wo du den Brief hintragen wirst . . . der Herr, dem du den Brief geben wirst, Goljadkin . . . Was lachst du, Tölpel?«

»Warum sollte ich lachen? Was kümmert's mich? Ich lache nicht. Unsereiner hat nicht zu lachen . . .«

»Nun also . . . wenn jener Herr fragt, wie es deinem Herrn geht, wie er dort . . . ob er . . . nun, wenn er dich irgendwie ausfragt, so schweig und sag, daß es deinem Herrn gut geht und daß er eine eigenhändige Antwort erwartet. Verstehst du?«

»Zu Befehl.«

»Nun also, meinem Herrn, sagst du, geht es gut, er ist gesund, macht sich eben zurecht, um in Gesellschaft zu gehen; von Ihnen aber erbittet er eine schriftliche Antwort. Hast du verstanden?«

»Zu Befehl.«

»Nun, so geh!«

Was man für eine Arbeit mit diesem Tölpel hat! Er lacht sich eins, und damit gut. Worüber lacht er denn? So ist das Unheil also gekommen, so ist es gekommen! Aber vielleicht wendet sich noch alles zum besten ... Dieser Gauner wird bestimmt zwei Stunden lang herumlaufen, wird irgendwo stecken bleiben ... Man kann ihn wirklich nirgends hinschicken. So eine Plage ... So ein Unheil hat mich heimgesucht!

Während unser Held sein Mißgeschick dermaßen in seiner ganzen Schwere empfand, entschloß er sich zu einem zweistündigen passiven Verhalten, um auf Petruschka zu warten. Er ging ungefähr eine Stunde lang im Zimmer auf und ab, rauchte, warf dann die Pfeife hin und nahm ein Buch zur Hand, dann legte er sich auf den Diwan und griff wieder zur Pfeife; dann fing er von neuem an im Zimmer auf und ab zu laufen. Er versuchte zu überlegen, konnte aber seine Gedanken nicht zusammenhalten. Schließlich erreichte die Marter des passiven Zustandes ihren Höhepunkt, und Herr Goljadkin entschloß sich zu einer weiteren Maßnahme. Petruschka kommt erst in einer Stunde zurück, dachte er, ich kann dem Hausknecht den Schlüssel geben und selber inzwischen ... ich will die Sache untersuchen, von meiner Seite aus untersuchen. Ohne Zeit zu verlieren und von dem Drang gepeinigt, die Sache zu untersuchen, nahm Herr Goljadkin seinen Hut, verließ das Zimmer, schloß die Wohnung ab, ging zum Hausknecht, händigte ihm den Schlüssel nebst einem Zehnkopekenstück aus – Herr Goljadkin war sehr freigebig geworden – und begab sich dorthin, wohin er mußte. Herr Goljadkin ging zu Fuß, zuerst zur Ismailowbrücke. Dieser Weg nahm eine halbe Stunde in Anspruch. Am Ziel

seiner Wanderung angelangt, ging er geradewegs in den Hof des ihm bekannten Hauses und sah zu den Fenstern der Wohnung des Staatsrats Berendejew hinauf. Außer drei, mit roten Gardinen verhängten Fenstern waren alle anderen unerleuchtet. Olsufij Iwanowitsch hat heute sicher keine Gäste, dachte Herr Goljadkin, wahrscheinlich sitzen sie jetzt alle allein zu Hause ... Nachdem unser Held eine Zeitlang im Hof gestanden hatte, wollte er einen Entschluß fassen. Aber dieser sollte wohl nicht zustande kommen. Herr Goljadkin besann sich, ließ die Sache schwimmen und kehrte auf die Straße zurück. Nein, hierher durfte ich nicht gehen. Was sollte ich denn hier tun? ... ich will jetzt lieber ... und die Sache persönlich untersuchen. Nachdem er diesen Entschluß gefaßt hatte, trabte Herr Goljadkin in sein Büro. Es war ein weiter Weg, zudem waren die Straßen furchtbar schmutzig, und nasser Schnee fiel in ganz dichten Flocken herab. Für unseren Helden aber schien es im gegenwärtigen Augenblick keine Schwierigkeiten zu geben. Er wurde zwar vollständig durchnäßt, wurde auch recht schmutzig, das ist wahr – »aber das geht schon in einem hin, dafür ist das Ziel erreicht!« Herr Goljadkin näherte sich tatsächlich bereits seinem Ziel. Die schwarze Masse des riesigen Staatsgebäudes tauchte schon vor ihm auf. Halt! dachte er. Wohin gehe ich denn, und was soll ich hier machen? Ich kann allerdings erfahren, wo er wohnt; inzwischen aber ist Petruschka wahrscheinlich längst zurückgekehrt und hat mir eine Antwort gebracht. Ich verliere meine kostbare Zeit ganz umsonst. Na, das tut nichts! das läßt sich wiedergutmachen. Oder sollte ich am Ende doch bei Wachramejew vorsprechen? Ach nein, ich will lieber später ... Ach! ich hätte überhaupt nicht ausgehen sollen. Doch nein, so ist nun einmal mein Charakter! Ich bin so geschaffen, daß ich immer mit oder ohne Not den Ereignissen vorauslaufen möchte ... Hm ... wie spät ist's denn? Sicherlich schon neun. Petruschka kann heimkom-

men und mich nicht zu Hause finden. Es war eine große Dummheit auszugehen ... Ist das ein Getue!
Nachdem er sich ehrlich eingestanden hatte, eine große Dummheit gemacht zu haben, lief unser Held zurück in die Schestilawotschnaja. Er kam müde und erschöpft nach Hause. Vom Hausknecht erfuhr er, daß Petruschka noch gar nicht daran gedacht hatte zu erscheinen. Natürlich! das hatte ich ja vorausgesehen, dachte unser Held, und inzwischen ist es schon neun Uhr geworden. So ein Taugenichts! Ewig betrinkt er sich irgendwo! Oh, mein Herr und Gott! welch ein Unglückstag ist meinem armseligen Dasein heute beschieden gewesen! Mit solchen Gedanken und Klagen schloß Herr Goljadkin seine Wohnung auf, machte Licht, kleidete sich aus, rauchte ein Pfeifchen und legte sich ermattet, müde, zerschlagen und hungrig auf den Diwan, um Petruschka zu erwarten. Die Kerze brannte trübe, ihr Schein zitterte an den Wänden ... Herr Goljadkin schaute, schaute, dachte, dachte und schlief endlich wie ein Toter.
Er erwachte ziemlich spät. Die Kerze war fast ganz heruntergebrannt, qualmte und war im Begriff, vollständig zu erlöschen. Herr Goljadkin sprang auf, schüttelte sich und erinnerte sich an alles, aber auch an alles. Hinter dem Verschlag ertönte das laute Schnarchen Petruschkas. Herr Goljadkin stürzte ans Fenster – nirgends ein Licht; er öffnete das Klappfenster – alles still; die Stadt war wie ausgestorben, wie im Schlaf. Also mußte es zwei oder drei Uhr sein. Richtig! so war es. Die Uhr hinter dem Verschlag holte aus und schlug zwei. Herr Goljadkin stürzte hinter den Verschlag.
Nach langen Bemühungen gelang es ihm, Petruschka einigermaßen aufzurütteln und ihn dazu zu bringen, sich auf den Bettrand zu setzen. In diesem Augenblick erlosch das Licht. Es dauerte ungefähr zehn Minuten, bis Herr Goljadkin eine neue Kerze gefunden und angezündet hatte. Mittlerweile war Petruschka von neuem eingeschlafen.

»Du Schuft, du Taugenichts!« sagte Herr Goljadkin, ihn wiederum aufrüttelnd. »Wirst du wohl aufstehen, wirst du wohl erwachen?« Nach einer halbstündigen Anstrengung brachte er es endlich fertig, seinen Diener aufzumuntern und ihn hinter dem Verschlag hervorzuzerren. Jetzt erst entdeckte unser Held, daß Petruschka, wie man zu sagen pflegt, sternhagelbesoffen war und sich kaum auf den Füßen zu halten vermochte.

»Du Taugenichts!« schrie Herr Goljadkin, »du Räuber! Du hast mich ins Verderben gestürzt! Mein Gott, wo hat er den Brief hingetan? Ach, du mein Schöpfer, wenn er am Ende ... Und wozu habe ich ihn geschrieben? Mußte ich ihn denn schreiben? Hast dich vergaloppiert mit deinem Selbstgefühl, du Dummkopf! Mußtest auch auf dein Selbstgefühl pochen! Da hast du's nun, du Schuft, da hast du's! ... Nun, du! Wo hast du den Brief hingetan, du Räuber? Wem hast du ihn abgegeben?«

»Ich habe niemandem einen Brief abgegeben; ich habe überhaupt gar keinen Brief gehabt ... so ist's!«

Herr Goljadkin rang die Hände vor Verzweiflung.

»Du, Pjotr, höre ... hör mich an, hör zu ...«

»Ich höre ...«

»Wohin bist du gegangen? Antworte ...«

»Wohin ich gegangen bin ... zu guten Leuten bin ich gegangen. Wo sollte ich sonst hin?«

»Ach, du mein Herr und Gott! Wohin du zuerst gegangen bist? Warst du im Büro? ... Hör mal, Pjotr, bist du am Ende betrunken?«

»Ich betrunken? Da soll mich doch gleich ein Donnerschlag treffen! Betrunken ...«

»Nein, nein, es tut ja nichts, daß du betrunken bist ... Ich habe nur so gefragt; es ist gut, daß du betrunken bist ... Ich sage nichts, Petruschka, ich sage gar nichts ... Du hast es vielleicht nur momentan vergessen, erinnerst dich aber gleich wieder an alles. Nun besinne dich einmal, warst du bei dem Beamten Wachramejew? Ja oder nein?«

»Ich war nicht dort, so einen Beamten gibt es gar nicht. Da soll mich doch gleich ...«

»Nein, nein, Pjotr! Nun, Petruschka, ich sage ja nichts, du siehst ja, daß ich nichts sage ... Was ist denn auch dabei! Draußen ist's kalt, naß, da trinkt der Mensch eben ein bißchen, das tut ja nichts. Ich bin nicht böse. Ich habe heute selber einen getrunken, mein Lieber ... Gestehe es nur zu, besinne dich, mein Bester: warst du bei dem Beamten Wachramejew?«

»Ja, wenn Sie's so meinen, dann kann ich wohl sagen, ich war dort. Da soll mich doch gleich ...«

»Schon recht, Petruschka, es ist gut, daß du dort warst. Du siehst ja, daß ich nicht böse bin ... Nun, nun«, fuhr unser Held fort, seinen Diener immer weiter beschwichtigend, wobei er ihm zulächelte und ihn auf die Schulter klopfte, »hast ein bißchen gepichelt, du Gauner ... wohl für einen Zehner gepichelt? Ach, du Spitzbube! Na, es tut ja nichts; du siehst ja, daß ich nicht böse bin ... ich bin nicht böse, mein Lieber, ich bin gar nicht böse.«

»Nein, ich bin kein Spitzbube, wie Sie wollen ... ich habe nur bei guten Leuten vorgesprochen, aber ich bin kein Spitzbube und bin nie ein Spitzbube gewesen ...«

»Aber nein doch, nein, Petruschka! Hör einmal, Pjotr, ich beschimpfe dich doch nicht, wenn ich dich einen Spitzbuben nenne. Das sage ich dir doch, um Spaß zu machen, ich sage es in einem edlen Sinn. Das heißt doch einem Menschen schmeicheln, Petruschka, wenn man ihm sagt, daß er ein Spitzbube ist oder ein Galgenstrick, ein geriebener Kerl, ein beschlagener Junge, der sich von niemandem übers Ohr hauen läßt. Viele lieben das ... das macht doch weiter nichts. Also sage mir jetzt, Petruschka, ohne Hintergedanken, ganz aufrichtig, wie einem Freund ... warst du bei dem Beamten Wachramejew und hat er dir die Adresse gegeben?«

»Er hat mir die Adresse gegeben, die Adresse hat er mir auch gegeben ... Ein guter Beamter! Und dein Herr, sagt er, ist auch ein guter Mensch, ein sehr guter Mensch, sagt

er; grüß deinen Herrn von mir, sagt er, danke ihm, und sag ihm, daß ich ihn liebe, sagt er, daß ich ihn sehr achte, deinen Herrn! Weil dein Herr, Petruschka, ein guter Mensch ist, sagt er, und du auch ein guter Mensch bist, Petruschka, sagt er – so . . .«

»Ach du mein Gott! Aber die Adresse, die Adresse! Ach du Judas!« Die letzten Worte sagte Herr Goljadkin beinahe im Flüsterton.

»Die Adresse . . . die Adresse hat er mir auch gegeben.«

»Ja? Nun, wo wohnt er denn, dieser Goljadkin, dieser Beamte Goljadkin, der Titularrat?«

»Der Goljadkin, sagt er, der wohnt in der Schestilawotschnaja. Wenn du, sagt er, in die Schestilawotschnaja kommst, dann gehst du erst rechts, dann die Treppe hinauf, im dritten Stock. Dort, sagt er, wohnt dein Goljadkin . . .«

»Ach du Gauner!« schrie unser Held, dem endlich die Geduld platzte, »du Räuber! Das bin doch ich; das sprichst du doch von mir! Aber es gibt doch noch einen Goljadkin; ich meine den anderen, du Gauner!«

»Nun, wie Sie wollen! Was kümmert's mich! Wie Sie wollen . . .«

»Aber der Brief, der Brief . . .«

»Was für ein Brief? Es war gar kein Brief da, ich habe gar keinen Brief gesehen.«

»Wo hast du ihn denn hingetan, du Schuft, du?«

»Ich habe ihn abgegeben, ich habe den Brief abgegeben. Einen schönen Gruß und besten Dank, sagt er, du hast einen guten Herrn, sagt er. Grüß deinen Herrn, sagt er . . .«

»Ja, wer hat denn das gesagt? Hat Goljadkin das gesagt?«

Petruschka schwieg ein Weilchen und grinste dann über das ganze Gesicht, wobei er seinem Herrn gerade in die Augen blickte.

»Höre, du Räuber!« begann Herr Goljadkin keuchend und fassungslos vor Wut, »was hast du mit mir gemacht!

Sag mir, was hast du mit mir gemacht! Du hast mich vernichtet, du Bösewicht! Du hast mir den Kopf von den Schultern genommen, du Judas!«

»Wie Sie wollen! Was liegt mir daran!« sagte Petruschka in entschiedenem Ton und zog sich hinter den Verschlag zurück.

»Komm her, komm heraus, du Räuber!«

»Ich komme nicht mehr zu Ihnen, ich komme gar nicht mehr. Was kümmert's mich! Ich will zu guten Leuten gehen... Gute Leute leben ehrsam, gute Leute leben ohne Betrug und sind niemals doppelt...«

Herrn Goljadkins Hände und Füße erstarrten zu Eis, sein Atem stockte...

»Jawohl«, fuhr Petruschka fort, »sie sind niemals doppelt und erzürnen Gott und die ehrlichen Leute nicht...«

»Du bist ein Taugenichts, du bist betrunken! Geh jetzt schlafen, du Räuber! Aber morgen wirst du schon sehen«, sagte Herr Goljadkin mit kaum hörbarer Stimme. Doch Petruschka murmelte nur noch etwas vor sich hin, dann hörte man, wie er sich aufs Bett warf, daß es krachte, wie er ausgiebig gähnte, sich streckte und endlich zu schnarchen begann... er schlief den Schlaf des Gerechten, wie man zu sagen pflegt. Herr Goljadkin war mehr tot als lebendig. Petruschkas Benehmen, seine überaus sonderbaren, wenn auch unklaren Anspielungen, über die man sich also nicht ärgern durfte, um so mehr, als ein betrunkener Mensch sie ausgesprochen hatte, die ganze ungünstige Wendung der Angelegenheit – dies alles hatte Herrn Goljadkin bis ins Innerste erschüttert. Hat es mich gejuckt, ihn mitten in der Nacht auszuschelten, sagte sich unser Held, während ein krankhaftes Gefühl ihn am ganzen Körper erbeben ließ. Mußte ich mich mit einem Besoffenen einlassen! Konnte ich von einem Besoffenen etwas Vernünftiges erwarten! Er lügt, sooft er den Mund auftut. Worauf hat er eigentlich angespielt, der Räuber? Oh, mein Gott! Und warum habe ich alle diese Briefe geschrieben, ich Seelenmörder, ich Selbstmörder! Konnte

ich nicht schweigen? Mußte ich so einen Unsinn zusammenlügen? So weit wären wir nun! Ich komme um, werde einem alten Lappen immer ähnlicher, aber nein – da bäumt sich das Selbstgefühl auf, die Ehre leidet, du mußt deine Ehre retten! Ich Selbstmörder!

So redete Herr Goljadkin, während er auf seinem Diwan saß und aus Furcht sich nicht zu rühren wagte. Plötzlich blieben seine Augen an einem Gegenstand haften, der seine Aufmerksamkeit aufs höchste erregte. Voller Angst, ob es am Ende nicht eine Illusion, ob der Gegenstand, der seine Aufmerksamkeit erregt hatte, nicht eine Täuschung sei, streckte er die Hand schüchtern danach aus, voller Hoffnung und mit unbeschreiblicher Neugierde. Nein, es war keine Täuschung! Keine Illusion! Es war ein Brief, wirklich ein Brief, zweifellos ein Brief, und an ihn adressiert. Herr Goljadkin nahm den Brief vom Tisch. Sein Herz klopfte gewaltig. Den hat sicherlich dieser Gauner gebracht, dachte er, hierhergebracht und vergessen; sicherlich ist das so zugegangen; ganz gewiß war es so . . . Der Brief war von dem Beamten Wachramejew, einem jungen Kollegen und einstigen Freund Herrn Goljadkins. Ich habe das übrigens alles vorausgeahnt, dachte unser Held, und alles, was jetzt in dem Brief stehen wird, habe ich auch vorausgeahnt . . . Der Brief lautete wie folgt:

Geehrter Herr,

Jakow Petrowitsch!

Ihr Diener ist betrunken, und es läßt sich nichts Vernünftiges aus ihm herausbringen; aus diesem Grund ziehe ich es vor, Ihnen schriftlich zu antworten. Ich beeile mich, Ihnen mitzuteilen, daß ich bereit bin, den mir von Ihnen gewordenen Auftrag, der in der Weitergabe eines Briefes an eine Ihnen bekannte Person besteht, richtig und getreulich auszuführen. Diese Person, die Ihnen gut bekannt ist und mir jetzt einen Freund ersetzt und deren Namen ich verschweige, da ich nicht wünsche, den Ruf eines völlig unbescholtenen

Menschen anzutasten, wohnt augenblicklich mit uns zusammen bei Karolina Iwanowna, in demselben Zimmer, das – als Sie noch unser Hausgenosse waren – der aus Tambow zugereiste Infanterie-Offizier innehatte. Übrigens können Sie diese Person überall unter ehrlichen und von Herzen aufrichtigen Leuten finden, was man von manchem anderen nicht behaupten kann. Ich habe die Absicht, meine Beziehungen zu Ihnen mit dem heutigen Tag abzubrechen; auch können wir nicht länger bei dem freundschaftlichen Ton und in dem früheren kameradschaftlichen Einvernehmen bleiben; darum bitte ich Sie, geehrter Herr, mir sofort nach Erhalt dieses offenherzigen Briefes die mir geschuldeten zwei Rubel für die Rasiermesser ausländischer Arbeit zu übersenden, die ich Ihnen, wenn Sie sich zu erinnern belieben, vor sieben Monaten auf Kredit verkauft habe, noch während unseres Zusammenlebens bei Karolina Iwanowna, die ich aus ganzer Seele verehre. Daß ich so handle, geschieht deshalb, weil Sie nach Berichten kundiger Leute Ihren guten Ruf verloren haben und für die Moral unschuldiger und unverseuchter Menschen zur Gefahr geworden sind, denn einige Personen leben nicht nach der Wahrheit, ihre Worte sind Betrug, und ihre ehrbare Miene ist verdächtig. Es werden sich aber immer und überall Menschen finden, die fähig sind, für die beleidigte Karolina Iwanowna einzutreten, deren Benehmen stets untadelhaft war, die zweitens eine anständige Dame ist und zudem ein lediges Mädchen, zwar nicht mehr jung an Jahren, aber aus guter ausländischer Familie. Einige Personen haben mich gebeten, Sie in diesem Brief beiläufig und in ihrem Namen daran zu erinnern. In jedem Fall werden Sie alles rechtzeitig erfahren, wenn Sie es noch nicht wissen, obgleich Sie sich nach Berichten kluger Leute an allen Enden der Residenz ausgezeichnet haben und daher schon an vielen Stellen über sich selber, geehrter Herr, die gehörige Auskunft erhalten konnten. Zum Schluß meines Brie-

fes teile ich Ihnen, geehrter Herr, mit, daß die Ihnen bekannte Person, deren Namen ich hier aus naheliegenden Anstandsgründen nicht nenne, von allen rechtlich denkenden Menschen geachtet wird, außerdem von heiterem und gefälligem Charakter ist, im Dienst sowie bei allen vernünftigen Menschen gut angeschrieben, treu dem gegebenen Wort und treu in der Freundschaft ist und niemanden hinter dem Rücken beleidigt, mit dem sie vor der Welt in freundschaftlichen Beziehungen steht.

In jedem Fall verbleibe ich

Ihr ergebener Diener

N. Wachramejew.

P. S. Jagen Sie Ihren Diener fort, er ist ein Trunkenbold und macht Ihnen aller Wahrscheinlichkeit nach viel Scherereien; nehmen Sie statt seiner Jewstafij, der früher bei uns gedient hat und jetzt stellenlos ist. Ihr jetziger Diener ist nicht nur ein Trunkenbold, sondern auch noch ein Dieb, da er erst vorige Woche Karolina Iwanowna ein Pfund Zucker zu ermäßigtem Preis verkauft hat, in Form von einzelnen Stücken, was er meiner Ansicht nach nur machen konnte, indem er Sie in schlauer Weise nach und nach und zu verschiedenen Zeiten bestahl. Ich schreibe Ihnen dies, weil ich das Gute wünsche, obgleich manche Personen nichts anderes verstehen, als alle Menschen zu kränken und zu betrüben, besonders aber die ehrlichen und gutherzigen, die sie außerdem hinter ihrem Rücken noch schlecht machen und als das Gegenteil dessen hinstellen, was sie sind – einzig und allein aus Neid und weil sie sich selber nicht zu ihnen zählen können.

W.

Nachdem unser Held den Brief Wachramejews gelesen hatte, verharrte er noch lange Zeit unbeweglich auf seinem Diwan. Ein neues Licht schien das verworrene und rätselhafte Dunkel durchdringen zu wollen, das ihn nun schon

zwei Tage lang umhüllte. Er fing an, teilweise zu verstehen ... Er versuchte sich vom Diwan zu erheben und ein paarmal im Zimmer auf und ab zu gehen, um sich zu erfrischen, die zerflatterten Gedanken einigermaßen zu sammeln, sie auf einen bestimmten Gegenstand hinzulenken und dann, wenn er sich etwas erholt hätte, seine Lage reiflich zu überdenken. Doch kaum hatte er den Versuch gemacht, sich zu erheben, als er schwach und kraftlos auf seinen Sitz zurücksank. Ich habe das alles natürlich vorausgeahnt; aber was schreibt er denn und was ist der eigentliche Sinn dieser Worte? Das heißt, den Sinn verstehe ich ja; aber wohin soll das führen? Hätte er geradeheraus gesagt, so und so ist's und das und das ist erforderlich, so hätte ich's getan. Die Wendung, welche die Angelegenheit genommen hat, ist sehr unangenehm! Ach, wenn es doch schon morgen wäre, wenn man doch schon an die Sache herantreten könnte! Jetzt weiß ich ja, was ich tun muß. So und so, werde ich sagen, mit den Gründen bin ich einverstanden, meine Ehre verkaufe ich nicht, sonst aber ... meinetwegen. Wie hat sich übrigens diese gewisse Person, dieser unheilvolle Mensch, da hineingemischt? Und warum hat er sich hineingemischt? Ach, wenn es doch bald morgen wäre! Sie werden mich verlästern bis dahin, sie intrigieren, sie arbeiten mir zum Tort! Die Hauptsache ist – keine Zeit verlieren, jetzt etwa einen Brief schreiben und nur einflechten, daß die Dinge so und so stehen, daß ich mit dem und dem einverstanden bin. Und morgen schicke ich den Brief in aller Frühe ab und gehe selber früher ... Man muß eine Gegenmine legen und den lieben Freunden zuvorkommen ... sie werden mich verlästern, weiter nichts!

Herr Goljadkin legte sich einen Briefbogen zurecht, nahm die Feder und schrieb folgende Epistel als Antwort auf den Brief des Gouvernementssekretärs Wachramejew:

Geehrter Herr,

Nestor Ignatijewitsch!

Mit einem Gefühl der Verwunderung, das mir sehr weh tat, habe ich Ihren so kränkenden Brief gelesen, da ich deutlich sehe, daß Sie mich meinen, wenn Sie von einigen unvornehmen Personen reden und von anderen Leuten mit heuchlerischem Wohlwollen. Ich sehe mit aufrichtigem Schmerz, wie schnell und mit welchem Erfolg die Verleumdung Wurzeln gefaßt hat, zum Schaden meiner Wohlfahrt, meiner Ehre und meines guten Namens. Das ist um so trauriger und kränkender, als sogar ehrliche Menschen von wahrhaft vornehmer Denkungsweise, geradem und offenem Charakter sich von den Interessen anständiger Menschen abwenden und ihre besten Herzenseigenschaften an eine schlechte Sache hingeben, der sittlichen Zersetzung dienen – die unglücklicherweise in unserer schweren und sittenlosen Zeit außerordentlich weit um sich gegriffen hat und namenloses Unheil stiftet. Zum Schluß sage ich, daß ich es für meine heilige Pflicht erachten werde, Ihnen die bezeichnete Schuld von zwei Rubel in Silber in vollem Umfang zurückzuerstatten.

Was nun Ihre Anspielungen betreffs einer gewissen weiblichen Person anbelangt, geehrter Herr, betreffs der Absichten, Berechnungen und verschiedenen Pläne dieser Person, so muß ich Ihnen sagen, geehrter Herr, daß ich alle diese unklaren Anspielungen nicht ganz verstanden habe. Gestatten Sie mir, geehrter Herr, meine vornehme Denkungsart und meinen ehrlichen Namen unbefleckt zu erhalten. In jedem Fall aber bin ich bereit, eine persönliche Erklärung zu gewähren, da ich das Persönliche dem Schriftlichen vorziehe; außerdem bin ich bereit, auf alle friedlichen, selbstverständlich gegenseitigen Abmachungen einzugehen. Zu diesem Ende bitte ich Sie, geehrter Herr, der bewußten Person meine Bereitwilligkeit zu mündlichen Verhandlungen

kundzutun und sie außerdem zu bitten, Ort und Stunde für eine Zusammenkunft zu bestimmen. Es war mir schmerzlich, geehrter Herr, Ihre Anspielungen zu lesen, als hätte ich Sie gekränkt, als wäre ich unserer anfänglichen Freundschaft untreu geworden und hätte mich in ungünstigem Sinn über Sie geäußert. Ich schreibe das alles einem Mißverständnis zu, der abscheulichen Verleumdung, dem Neid und dem Übelwollen derjenigen, die ich mit Recht meine erbittertsten Feinde nennen kann. Sie wissen wahrscheinlich nicht, daß die Unschuld allein durch die Unschuld mächtig ist, daß die Schamlosigkeit, Frechheit und die empörende Ungeniertheit gewisser Personen früher oder später der allgemeinen Verachtung verfallen müssen und daß diese Personen nicht anders zugrunde gehen werden als durch ihre eigene Unanständigkeit und die Verderbtheit ihres Herzens. Zum Schluß bitte ich Sie, geehrter Herr, diesen Personen mitzuteilen, daß ihre seltsamen Ansprüche und ihr phantastischer Wunsch, andere aus den Gebieten zu verdrängen, die ihnen von der schöpferischen Natur zugewiesen wurden, und ihre Stelle einzunehmen, Empörung, Verachtung, Mitleid und außerdem das Irrenhaus verdienen; daß außerdem solche Beziehungen durch die Gesetze streng verboten sind, was meiner Ansicht nach vollauf gerecht ist, da ein jeder mit seinem eigenen Platz zufrieden sein muß. Alles hat seine Grenzen, und wenn das ein Scherz ist, so ist es ein unanständiger Scherz, mehr noch: ein durchaus unsittlicher Scherz, da, ich versichere Sie, geehrter Herr, meine oben entwickelten Ideen betreffs des einem jeden zugewiesenen Gebiets durchaus sittlicher Natur sind.

In jedem Fall habe ich die Ehre zu sein

Ihr ergebener Diener

J. Goljadkin.

Zehntes Kapitel

Man kann überhaupt sagen, daß die Ereignisse des gestrigen Tages Herrn Goljadkin bis ins Innerste erschüttert hatten. Unser Held verbrachte eine sehr schlechte Nacht, das heißt, er konnte nicht einmal für fünf Minuten richtig einschlafen; es war, als hätte irgendein Schelm ihm geschnittene Borsten ins Bett gestreut. Er verbrachte die ganze Nacht in einer Art Halbschlummer oder Halbwachen, wobei er sich von einer Seite auf die andere warf, stöhnte, ächzte, für ein Augenblickchen entschlummerte, in der nächsten Minute wieder erwachte. Und alles das war begleitet von seltsamer Seelenangst, unklaren Erinnerungen, widerwärtigen Visionen – mit einem Wort: von dem Unangenehmsten, was sich denken ließ. Bald erschien die Gestalt des Andrej Filippowitsch in einem merkwürdigen, rätselhaften Halbdunkel vor ihm, eine kalte, zornige Erscheinung, mit kaltem, hartem Blick und kalt-höflichem Tadel . . . Und kaum schickte Herr Goljadkin sich an, sich Andrej Filippowitsch zu nähern, um sich ihm gegenüber in irgendeiner Weise, so oder so zu rechtfertigen und ihm zu beweisen, daß er gar nicht so sei, wie seine Feinde ihn schilderten, daß er so oder so geartet sei und außer den gewöhnlichen, ihm angeborenen Eigenschaften noch diese und jene besitze, erschien plötzlich die durch ihre unanständige Gesinnung bekannte Person und zerstörte durch äußerst empörende Mittel mit einemmal alle Unternehmungen Herrn Goljadkins auf der Stelle, vor seinen Augen, befleckte seinen Ruf ganz und gar, trat sein Selbstgefühl in den Schmutz und nahm dann sofort seinen Platz im Amt und in der Gesellschaft ein. Bald juckte Herrn Goljadkin der Schädel von einem Katzenkopf, den er kürzlich erhalten und demütig hingenommen hatte, weil er ihm entweder im gesellschaftlichen Verkehr zuteil geworden war oder irgendwie amtlich – und gegen derartige Katzenköpfe ist schwer protestieren . . . Und während Herr Goljadkin sich das Hirn zer-

marterte, warum es eigentlich so schwer sei, gegen einen solchen Katzenkopf zu protestieren, ging dieser Gedanke an den Katzenkopf unbemerkt in eine andere Form über – in die Form irgendeiner bestimmten, kleinen oder ziemlich bedeutenden Gemeinheit, die er gesehen, gehört oder selbst kürzlich begangen hatte – nicht einmal auf einer gemeinen Grundlage, nicht aus einem gemeinen Instinkt heraus, sondern so recht, mitunter zum Beispiel aus Zartgefühl: ein andermal angesichts seiner völligen Wehrlosigkeit und schließlich, weil ... weil ... mit einem Wort, Herr Goljadkin wußte sehr gut *warum*. Hier räsonierte Herr Goljadkin im Traum und murmelte, sein Erröten unterdrückend, vor sich hin, daß man zum Beispiel hier Charakterfestigkeit zeigen könne, eine ganz bedeutende Charakterfestigkeit ... und schloß dann plötzlich: Was ist denn Charakterfestigkeit? Warum soll ich sie jetzt zeigen? Am meisten aber reizte und empörte ihn der Umstand, daß in solchen Augenblicken – gerufen oder ungerufen – die durch ihre Widerwärtigkeit und Schädlichkeit ihrer Gesinnung bekannte Person auftauchte und gleichfalls, obwohl die Sache doch scheinbar ganz bekannt war, mit zweideutigem Lächeln murmelte: »Was ist denn hier Charakterfestigkeit? Wie können wir beide denn von Charakterfestigkeit reden, Jakow Petrowitsch? ...« Bald träumte Herrn Goljadkin, daß er sich in einer vorzüglichen Gesellschaft befinde, die durch ihren Witz und den vornehmen Ton aller ihrer Mitglieder bekannt war; daß er sich selber durch Liebenswürdigkeit und Geist auszeichnete; daß alle ihn liebgewonnen hatten, sogar einige seiner Feinde, die auch anwesend waren, was Herr Goljadkin sehr angenehm empfand, daß alle ihm den Vorrang gaben und daß er selber schließlich mit Vergnügen hörte, wie der Hausherr einen seiner Gäste beiseite führte und Herrn Goljadkin lobte ... Und plötzlich erschien mir nichts, dir nichts jene gewisse Person mit ihrer üblen Gesinnung und ihren grausamen Gelüsten in der Gestalt Herrn Goljadkins junior und zerstörte sofort,

in einem Augenblick, durch ihr bloßes Erscheinen, den ganzen Triumph und den ganzen Ruhm Herrn Goljadkins senior, verdunkelte Herrn Goljadkin senior, trat Herrn Goljadkin senior in den Schmutz und bewies zu guter Letzt ganz klar, daß Herr Goljadkin senior, der echte, durchaus nicht der echte, sondern der falsche sei und daß *er* der echte sei, daß endlich Herr Goljadkin senior durchaus nicht das sei, als was er erscheine, sondern ein Dutzendmensch und folglich nicht das Recht besitze, zu einer Gesellschaft wohlgesinnter Leute von gutem Ton zu gehören. Und dies alles spielte sich so schnell ab, daß Herr Goljadkin senior nicht einmal Zeit hatte, den Mund aufzutun; und schon hatten sich alle mit Leib und Seele dem widerwärtigen und falschen Herrn Goljadkin hingegeben und hatten ihn, den echten und unschuldigen Herrn Goljadkin, mit tiefster Verachtung von sich gestoßen. Da war auch nicht einer, der seine Meinung unter dem Einfluß des widerwärtigen Herrn Goljadkin nicht in einem Augenblick geändert hätte. Da war auch nicht eine noch so unbedeutende Person in der ganzen Gesellschaft, an die sich der falsche und unnütze Herr Goljadkin nicht auf seine Art, in der allersüßesten Weise herangeschmeichelt hätte, die er nicht auf seine Weise gewonnen, der er nicht nach seiner Gewohnheit den angenehmsten und süßesten Weihrauch gestreut hätte, so daß die beweihräucherte Person zum Zeichen ihres höchsten Vergnügens bis zu Tränen niesen mußte. Und die Hauptsache: alles geschah im Handumdrehen; der widerwärtige und unnütze Herr Goljadkin handelte mit einer staunenswerten Schnelligkeit. Kaum hatte er sich zum Beispiel an den einen herangeschmeichelt und seine Huld errungen, so hatte man kaum Zeit, mit der Wimper zu zucken, da war er schon beim anderen. Er umschmeichelte ihn im stillen, entlockte ihm ein wohlwollendes Lächeln, schlug mit seinen kurzen, runden, übrigens ziemlich klotzigen Beinchen aus – und stand schon vor dem dritten, machte schon dem dritten den Hof

und küßte sich freundschaftlich mit ihm ab. Du hast noch keine Zeit gefunden, den Mund zu öffnen, in Erstaunen zu geraten, da ist er schon beim vierten und ist mit dem vierten bereits auf demselben Fuß – entsetzlich! Zauberspuk, weiter nichts! Und alle freuen sich über seine Anwesenheit, alle haben ihn gern, alle preisen ihn, alle verkünden im Chor, daß seine Liebenswürdigkeit und die satirische Richtung seines Geistes die Liebenswürdigkeit und die satirische Richtung des echten Herrn Goljadkin weit, weit übertreffen, und beschämen dadurch den echten und unschuldigen Herrn Goljadkin, verstoßen den wahrhaften Herrn Goljadkin, verjagen den wohlgesinnten Herrn Goljadkin mit Püffen und bedenken den durch seine Nächstenliebe wohlbekannten Herrn Goljadkin mit Nasenstübern! . . . In Seelenangst, Entsetzen und Wut lief der schmerzensreiche Herr Goljadkin auf die Straße hinaus und wollte eine Droschke nehmen, um sofort zu Seiner Exzellenz zu eilen oder wenigstens zu Andrej Filippowitsch, aber – o Schrecken! die Droschkenkutscher waren nicht dazu zu bewegen, Herrn Goljadkin zu fahren. »Man kann doch nicht zwei ganz gleiche Menschen fahren, gnädiger Herr; ein guter Mensch, Euer Wohlgeboren, ist darauf bedacht, ehrbar zu leben, aber nicht Gott weiß wie und niemals doppelt.« Außer sich vor Scham blickte der völlig ehrbare Herr Goljadkin um sich und überzeugte sich selber, mit seinen eigenen Augen, daß die Droschkenkutscher und Petruschka, der im geheimen Einverständnis mit ihnen stand, im Recht waren, denn der sittenlose Herr Goljadkin befand sich tatsächlich neben ihm, in nicht allzu weiter Entfernung und schickte sich seiner gemeinen Gepflogenheit gemäß an, auch hier in diesem kritischen Augenblick etwas Unanständiges zu verüben, etwas, was in keiner Weise von besonderer Vornehmheit des Charakters zeugte, die man gewöhnlich durch die Erziehung erwirbt und mit der sich der abscheuliche Herr Goljadkin junior bei jeder Gelegenheit brüstete. Halb bewußtlos vor Scham und Verzweiflung stürzte der ver-

nichtete und vollauf gerechte Herr Goljadkin davon, blindlings, sich dem Schicksal preisgebend, das ihn führen mochte, wohin es wollte. Aber bei jedem Schritt, bei jedem Aufsetzen des Fußes auf den Granit des Trottoirs sprang gleichsam aus der Erde ein ihm vollkommen ähnlicher, durch seine Herzensverderbtheit abstoßender Herr Goljadkin hervor. Und alle diese sich vollkommen Gleichenden schickten sich sofort nach ihrem Erscheinen an, einer hinter dem anderen herzulaufen, und hinkten in einer langen Kette wie eine Gänseschar Herrn Goljadkin senior nach, so daß sich dieser vor den vollkommen Gleichen nicht retten konnte, daß es dem in jeder Weise bemitleidenswerten Herrn Goljadkin den Atem benahm vor Entsetzen. Schließlich war eine ungeheure Menge vollkommen Gleicher aufgetaucht, die ganze Residenz war mit vollkommen Gleichen überschwemmt, und der Polizist sah sich beim Anblick einer solchen Verletzung des Anstandes genötigt, alle diese vollkommen Gleichen am Kragen zu packen und in das neben ihm befindliche Schilderhaus einzusperren ... Eisesstarr vor Entsetzen erwachte unser Held und empfand eisesstarr vor Entsetzen, daß die Zeit sich auch im Wachen nicht kurzweiliger verbringen ließ ... Es war qualvoll schwer ... Eine Seelenangst befiel ihn, als wollte ihm jemand das Herz aus der Brust fressen ...

Endlich konnte Herr Goljadkin es nicht länger aushalten. »Das darf nicht sein!« schrie er auf, indem er sich vom Bett erhob, und wurde nach diesem Ausruf vollständig wach.

Der Tag war anscheinend längst angebrochen. Das Zimmer war ungewöhnlich hell, die Sonnenstrahlen drangen durch die vom Frost bereiften Fensterscheiben und überfluteten den Raum, was Herrn Goljadkin in nicht geringes Erstaunen versetzte, da die Sonne sonst höchstens zur Mittagszeit in seine Stube guckte und früher, wenigstens soweit er sich erinnern konnte, solche Ausnahmen im Laufe des himmlischen Gestirns niemals vorgekommen

waren. Unser Held hatte eben erst Zeit gefunden, sich darüber zu wundern, als die Wanduhr hinter dem Verschlag zu summen begann und auf diese Weise zum Schlagen ausholte. Nun also! dachte Herr Goljadkin und machte sich in banger Erwartung bereit zu zählen ... Aber zur äußersten Bestürzung des Herrn Goljadkin schlug die Uhr trotz ihrer Anstrengung nur einmal. »Was ist das für eine Geschichte?« rief unser Held und sprang aus dem Bett. Ohne seinen Ohren zu trauen, stürzte er, so wie er war, hinter den Verschlag. Es war wirklich ein Uhr mittags. Herr Goljadkin blickte auf Petruschkas Bett, aber es roch nicht einmal mehr nach Petruschka: sein Lager war anscheinend schon vor längerer Zeit zurechtgemacht und verlassen worden, die Stiefel waren auch nirgends zu sehen – ein sicheres Zeichen, daß Petruschka tatsächlich nicht zu Hause war. Herr Goljadkin stürzte zur Tür: sie war verschlossen. »Wo ist denn Petruschka?« flüsterte er; er war in furchtbarer Erregung und fühlte ein ziemlich heftiges Zittern in allen Gliedern ... Plötzlich schoß ihm ein Gedanke durch den Kopf ... Herr Goljadkin stürzte zu seinem Tisch, suchte ihn mit den Augen ab, tastete darauf herum – natürlich: sein gestriger Brief an Wachramejew fehlte ... Petruschka war auch nicht hinter dem Verschlag, die Wanduhr zeigte eins, in dem gestrigen Brief Wachramejews aber waren einige neue Punkte eingeschaltet, die auf den ersten Blick sehr unklar erschienen, jetzt aber ihre vollständige Aufklärung gefunden hatten. Petruschka endlich – der offenkundig bestochene Petruschka! Ja, ja, so war es!

»Nun wäre also der Hauptknoten geschürzt!« rief Herr Goljadkin, sich vor die Stirn schlagend und die Augen immer mehr und mehr aufreißend. »Also in dem Nest dieser habgierigen Deutschen verbirgt sich der Hauptfeind! So hat sie also nur einen strategischen Ablenkungsangriff unternommen, indem sie mich auf die Ismailowbrücke hinwies – mir Sand in die Augen gestreut, mich verwirrt, die unnütze Hexe! Und so ihre Minen gegra-

ben!!! Ja, so ist es! Wenn man die Sache von dieser Seite betrachtet, ist es ganz bestimmt so! Und das Erscheinen des Schufts erklärt sich jetzt auch vollständig, da kommt immer eines zum anderen. Sie haben ihn schon lange Zeit bereit gehalten, haben ihn für den Notfall vorrätig gehabt und aufgespart. So stehen also die Dinge! Wie sich das alles gelöst hat! Ach was, es macht nichts! Noch ist keine Zeit verloren! ...« Hier erinnerte sich Herr Goljadkin mit Entsetzen daran, daß es schon auf zwei Uhr ging. »Wie aber, wenn sie bereits Zeit gefunden haben ...« Ein Seufzer entrang sich seiner Brust ... »Ach, nein doch, sie lügen, sie haben noch keine Zeit gefunden – wollen wir sehen ...« Er kleidete sich notdürftig an, griff zu Papier und Feder und schrieb folgende Epistel:

Sehr geehrter Herr,
Jakow Petrowitsch!

Entweder Sie oder ich, aber beide – das ist unmöglich! Und darum tue ich Ihnen kund, daß Ihr seltsamer, lächerlicher und zugleich unmöglicher Wunsch, als mein Zwillingsbruder zu erscheinen und sich dafür auszugeben, zu nichts anderem führen kann als zu Ihrer vollständigen Entehrung und Niederlage. Und darum bitte ich Sie um Ihres eigenen Vorteils willen, Platz zu machen und wahrhaft vornehmen Menschen mit ehrenhaften Zielen freie Bahn zu lassen. Im entgegengesetzten Fall bin ich entschlossen, die alleräußersten Maßnahmen zu ergreifen. Ich lege die Feder hin und warte ... Im übrigen stehe ich zu Ihrer Verfügung, auch mit Pistolen!

J. Goljadkin.

Unser Held rieb sich energisch die Hände, als er dieses Schreiben fertiggestellt hatte. Dann zog er den Mantel an, setzte den Hut auf, schloß die Tür mit einem Reserveschlüssel auf und eilte ins Amt. Bis zur Tür gelangte er wohl, konnte sich aber nicht entschließen einzutreten; es

war in der Tat schon zu spät, die Uhr Herrn Goljadkins zeigte halb drei. Plötzlich zerstreute ein anscheinend durchaus unbedeutender Umstand die Zweifel Herrn Goljadkins: um die Ecke des Amtsgebäudes huschte plötzlich eine kleine Gestalt, atemlos, mit gerötetem Gesicht, schlüpfte heimlich wie eine Ratte auf den Treppenaufgang und von da sofort in den Flur. Es war der Schreiber Ostafjew, ein Herrn Goljadkin sehr bekannter Mann, ein Mann, der sehr brauchbar und für zehn Kopeken zu allem fähig war. Da unser Held die schwache Seite Ostafjews kannte und sofort begriff, daß er nach dem Ausgang, welcher dem »Allernotwendigsten« gegolten hatte, wahrscheinlich mehr denn je auf Zehner erpicht sein würde, beschloß er, nicht damit zu sparen, und schlüpfte sofort auf den Treppenaufgang und in den Flur hinter Ostafjew her, rief ihn an und forderte ihn mit geheimnisvoller Miene auf, mit ihm zur Seite zu treten: in ein verborgenes Eckchen, hinter einen mächtigen Ofen. Dort fing unser Held an ihn auszufragen.

»Nun, mein Freund, wie steht es dort ... verstehst du mich?«

»Zu Befehl, Euer Wohlgeboren, ich wünsche Euer Wohlgeboren guten Tag.«

»Schön, mein Freund, sehr schön. Ich werde mich dankbar erweisen, lieber Freund. Also sag nun, wie steht es, mein Freund?«

»Wonach belieben Sie zu fragen?« Hier hielt Ostafjew seine Hand vor den zufällig geöffneten Mund.

»Ich ... siehst du, mein Freund, ich ... du mußt aber nicht etwa denken ... also: ist Andrej Filippowitsch da?«

»Allerdings.«

»Und die Beamten sind auch alle da?«

»Die Herren Beamten sind auch alle da, wie es sich gehört.«

»Und Seine Exzellenz auch?«

»Seine Exzellenz ebenfalls.« Hier hielt der Schreiber zum

zweitenmal die Hand vor den wieder offenen Mund und sah Herrn Goljadkin sonderbar und neugierig an. Wenigstens kam es unserem Helden so vor.
»Und es gibt da gar nichts Besonderes, mein Freund?«
»Nicht daß ich wüßte.«
»So über mich, lieber Freund, ist da nicht irgend etwas ... wie? Nur so, mein Freund, verstehst du?«
»Nein, vorläufig ist noch nichts zu hören.« Hier hielt sich der Schreiber wieder den Mund zu und sah Herrn Goljadkin wiederum ganz seltsam an. Unser Held gab sich jetzt nämlich Mühe, Ostafjews Physiognomie zu ergründen, herauszulesen, ob sich da nicht etwas verberge. Und es schien sich tatsächlich etwas zu verbergen: die Sache lag so, daß Ostafjew immer schroffer und kälter wurde und nicht mehr mit derselben Teilnahme auf Herrn Goljadkins Interessen einging wie zu Anfang des Gesprächs. Er hat zum Teil recht, dachte Herr Goljadkin, was bin ich ihm denn? Er hat vielleicht schon von anderer Seite etwas bekommen und war schon fort, um das »Allernotwendigste« zu besorgen, da will ich ihm doch ... Herr Goljadkin begriff, daß die Zeit für die Zehner gekommen war.
»Hier hast du, lieber Freund ...«
»Ich bin Euer Wohlgeboren außerordentlich dankbar.«
»Ich will dir noch mehr geben.«
»Zu Befehl, Euer Wohlgeboren.«
»Ich gebe dir jetzt gleich noch etws, und wenn die Sache zu Ende ist, bekommst du noch einmal soviel. Verstehst du?«
Der Schreiber schwieg, stand stramm und sah Herrn Goljadkin unverwandt an.
»Also sprich jetzt: Ist über mich nichts zu hören?«
»Es scheint, daß vorläufig noch ... so ... daß vorläufig noch nichts los ist.« Ostafjew sprach langsam und feierlich wie auch Herr Goljadkin, indem er eine etwas geheimnisvolle Miene aufsteckte, mit den Augenbrauen zuckte, den Blick gesenkt und bemüht, den richtigen Ton zu finden; mit einem Wort, er gab sich nach Kräften

Mühe, das Versprochene zu verdienen, denn das Erhaltene betrachtete er bereits als Eigentum und als rechtmäßig erworben.

»Und es ist auch nichts bekannt?«

»Vorläufig noch nichts.«

»Aber höre einmal ... es wird vielleicht bekannt werden?«

»Später, natürlich, kann es bekannt werden.«

Faul! dachte unser Held. »Höre, hier hast du noch etwas, mein Lieber.«

»Ich bin Euer Wohlgeboren von Herzen dankbar.«

»War Wachramejew gestern hier?«

»Jawohl.«

»Und war vielleicht sonst noch jemand hier? ... Denk einmal nach, meiner Lieber.«

Der Schreiber stöberte wohl eine Minute lang in seinen Erinnerungen, konnte aber nichts finden.

»Nein, sonst war niemand da.«

»Hm!«

Es folgte ein kurzes Schweigen.

»Höre, Brüderchen, da hast du noch mehr; sage nur alles, die ganze Wahrheit.«

»Zu Befehl!« Ostafjew war jetzt geschmeidig wie Seide: so wollte es Herr Goljadkin haben.

»Erkläre mir jetzt, mein Lieber, wie steht er sich jetzt?«

»Es geht an, gut«, antwortete der Schreiber, wobei er Herrn Goljadkin anstarrte.

»Das heißt, in welchem Sinne gut?«

»Nun eben so.« Hier zuckte Ostafjew bedeutungsvoll mit den Augenbrauen. Im übrigen fühlte er sich in die Enge getrieben und wußte nicht, was er noch sagen sollte. Faul! dachte Herr Goljadkin.

»Hatten sie da nicht noch irgend etwas mit Wachramejew?«

»Es ist so, wie es immer war.«

»Denk einmal nach.«

»Man sagt wohl, da sei was im Gang.«

»Na also, was denn?«
Ostafjew hielt sich mit der Hand den Mund zu.
»Ist nicht vielleicht ein Brief für mich da?«
»Der Hausdiener Michejew ist heute zu Wachramejew in die Wohnung gegangen, dorthin, zu seiner Deutschen, ich kann ja gehen und fragen, wenn es nötig ist.«
»Tu mir den Gefallen, mein Bester, um des Himmels willen! ... Ich sage das nur so ... du darfst nicht etwa denken ... ich sage das nur so. Frag sie ordentlich aus, mein Lieber, erfahre, ob dort nicht etwas gegen mich im Gang ist. Und wie er sich dazu verhält. Das ist's, was ich brauche; such das zu erfahren, lieber Freund. Ich werde mich schon dankbar erweisen, lieber Freund ...«
»Zu Befehl, Euer Wohlgeboren! Auf Ihren Platz hat sich heute Iwan Semjonowitsch gesetzt.«
»Iwan Semjonowitsch? Ah! Ja! In – der – Tat?«
»Andrej Filippowitsch hat ihm den Platz angewiesen.«
»In – der – Tat? Aus welchem Anlaß denn? Bring das auch in Erfahrung, mein Lieber, um des Himmels willen! Bring alles in Erfahrung, ich will's dir danken, mein Lieber. Das ist's gerade, was ich brauche ... du darfst dir aber dabei nichts denken, meiner Lieber ...«
»Zu Befehl! Ich komme gleich wieder herunter. Aber wollen Sie denn heute nicht hineingehen, Euer Wohlgeboren?«
»Nein, mein Freund, ich kam nur so vorbei; ich kam nur her, mir die Sache mal anzusehen, lieber Freund. Und mein Dank ist dir gewiß, mein Lieber.«
»Zu Befehl!« Der Schreiber lief schnell und eifrig die Treppe hinauf, und Herr Goljadkin blieb allein.
Faul! dachte er. Sehr, sehr faul! Ach, unsere Sache ... wie faul steht sie jetzt! Was soll das alles bedeuten? Was bedeuten zum Beispiel die Anspielungen dieses Trunkenboldes? Und wer hat das ausgeheckt? Ah! Ich weiß jetzt, wer es ausgeheckt hat! Die Sache ist so. Sie haben wahrscheinlich etwas erfahren und haben ihn hingesetzt ... Ja, wieso haben sie ihn denn hingesetzt? Andrej Filippo-

witsch hat ihn hingesetzt, diesen Iwan Semjonowitsch! Aber warum hat er ihn hingesetzt und zu welchem Zweck? Wahrscheinlich haben sie erfahren ... Da ist Wachramejew an der Arbeit, das heißt, nicht Wachramejew! Wachramejew ist dumm wie Bohnenstroh; aber sie arbeiten alle für ihn, und den Schelm haben sie deshalb auch hierhergesetzt. Und die Deutsche hat ihre Klagen vorgebracht, die Einäugige! Ich habe immer geahnt, daß diese ganze Intrige nicht so ohne ist und daß hinter diesem ganzen Altweiberklatsch bestimmt etwas steckt. Das habe ich ja auch Christian Iwanowitsch gesagt, daß sie sich verschworen haben, einen Menschen umzubringen, im bildlichen Sinn gesprochen, und daß sie sich an Karolina Iwanowna herangemacht haben. Nein, hier sind richtige Meister an der Arbeit! Hier ist eine Meisterhand am Werk, mein Herr, nicht Wachramejew. Es ist ja bekannt, daß Wachramejew dumm ist, aber dies ... ich weiß jetzt, wer für sie alle arbeitet: es ist der Schuft, es ist der Usurpator, der arbeitet! Darauf allein baut er, das zeigen ja zum Teil schon seine Erfolge in der höheren Gesellschaft. Es wäre doch in der Tat wünschenswert zu wissen, wie er sich jetzt dort steht ... was er dort macht. Aber warum haben sie Iwan Semjonowitsch genommen? Was zum Teufel wollen sie von Iwan Semjonowitsch? Als ob sie wirklich keinen anderen hätten finden können! Aber wen sie auch hingesetzt hätten, es wäre immer der gleiche gewesen! Was ich jedoch weiß, ist, daß er, dieser Iwan Semjonowitsch, mir immer verdächtig war. Ich habe ihn längst auf dem Korn gehabt: es ist ein so widerliches altes Männchen, ein so garstiger Kerl. Man sagt, daß er Geld ausleiht und Wucherzinsen nimmt wie ein Jude. Aber das setzt ja alles der Bär ins Werk. Der Bär hat seine Schnauze überall. Angefangen hat es so. An der Ismailowbrücke hat es angefangen ... Hier zog Herr Goljadkin das Gesicht zusammen, als hätte er in eine Zitrone gebisssen, da er sich jedenfalls an etwas sehr Unangenehmes erinnerte. Ach, es macht ja nichts, dachte er. Ich muß nur immer an dasselbe

denken. Warum kommt Ostafjew nicht? Er ist wohl stekkengeblieben oder irgendwie zurückgehalten worden. Es ist ja zum Teil ganz gut, daß ich so intrigiere und meinerseits Minen lege. Dem Ostafjew braucht man nur einen Zehner zu geben, dann wird er gleich so ... und ist auf meiner Seite. Die Frage ist nur die: Ist er auch wirklich auf meiner Seite? Vielleicht haben sie ihn auch, ihrerseits ... und fädeln ihrerseits, im Einverständnis mit ihm, eine Intrige ein. Er sieht ja wie ein Räuber aus, der Gauner, wie ein leibhaftiger Räuber! Er ist ein Heimlichtuer, der Lump! »Da ist nichts«, sagt er, »und ich bin Euer Wohlgeboren von Herzen dankbar.« Du Räuber, du!

Ein Geräusch wurde hörbar ... Herr Goljadkin duckte sich und sprang hinter den Ofen. Jemand kam die Treppe herab und trat auf die Straße hinaus. Wer kann denn jetzt fortgehn? dachte unser Held. Nach einer Minute wurden wieder Schritte hörbar ... Jetzt hielt Herr Goljadkin es nicht länger aus und steckte ein kleines, kleines Stückchen seiner Nase aus seinem Versteck heraus – steckte es heraus und fuhr sofort zurück, als hätte ihn jemand mit einer Nadel in die Nase gestochen. Diesmal war ein gewisser Jemand vorübergegangen, das heißt der Schuft, der Intrigant, der Wüstling – war seiner Gewohnheit gemäß mit seinen gemeinen kurzen Schritten vorübergegangen, trippelnd und mit den Beinchen ausholend, als schickte er sich an, jemandem eines zu versetzen. »Schuft!« sagte unser Held vor sich hin. Übrigens konnte es Herrn Goljadkin nicht entgehen, daß der Schuft eine große grüne Aktentasche unter dem Arm trug, die Seiner Exzellenz gehörte. Er geht also wieder in besonderem Auftrag, dachte Herr Goljadkin, vor Ärger errötend und noch mehr in sich zusammenfallend. Kaum war Herr Goljadkin junior an Herrn Goljadkin senior, ohne ihn zu bemerken, vorbeigehuscht, als sich zum drittenmal Schritte vernehmen ließen, und diesmal erriet Herr Goljadkin, daß es die des Schreibers sein mußten. Tatsächlich guckte eine geleckte Schreiberphysiognomie hinter den Ofen; sie gehörte aber

nicht Ostafjew, sondern einem anderen Schreiber, Pisarenko mit Namen. Das machte Herrn Goljadkin ganz bestürzt. Warum hat er andere in das Geheimnis eingeweiht? dachte unser Held. Solche Barbaren, ihnen ist wirklich nichts heilig! – »Nun, was gibt's, mein Freund?« wandte er sich an Pisarenko, »von wem kommst du, mein Freund?«

»Nun, in Ihrer Angelegenheit. Vorläufig liegen noch keinerlei Nachrichten vor. Wenn etwas verlauten sollte, werden wir Sie in Kenntnis setzen.«

»Und Ostafjew?«

»Er kann unmöglich, Euer Wohlgeboren. Seine Exzellenz ist schon dreimal durch die Abteilung gegangen, und ich habe jetzt auch keine Zeit mehr.«

»Ich danke dir, mein Lieber, ich danke dir ... Sage mir nur noch ...«

»Ich habe, bei Gott, keine Zeit ... Man verlangt jeden Augenblick nach uns ... Aber belieben Sie, noch hier stehen zu bleiben; sobald in Ihrer Sache etwas verlautet, werden wir Sie benachrichtigen.«

»Nein, mein Freund, sage mir nur ...«

»Gestatten Sie bitte ... ich habe keine Zeit«, sagte Pisarenko, indem er sich von Herrn Goljadkin, der ihn an den Rockschößen gepackt hatte, losriß; »ich kann wirklich nicht. Belieben Sie noch ein Weilchen hier zu stehen, so werden wir Sie benachrichtigen.«

»Gleich, gleich, mein Freund! Gleich, lieber Freund! Sieh mal her, was ich da habe: Hier ist ein Brief, mein Freund! Der Dank wird nicht ausbleiben.«

»Zu Befehl.«

»Versuch, ihn Herrn Goljadkin zu übergeben, mein Lieber.«

»Herrn Goljadkin?«

»Ja, mein Freund, Herrn Goljadkin.«

»Gut; sobald ich fertig bin, trage ich ihn hin. Aber bleiben Sie einstweilen hier stehen, hier sieht Sie niemand.«

»Nein, mein Freund, ich ... du darfst nicht denken ...

ich stehe doch nicht deshalb hier, damit mich niemand sieht. Ich bleibe auch nicht hier stehen, mein Lieber ... ich gehe ins Seitengäßchen da drüben. Dort ist ein Kaffeehaus, da will ich warten; du aber gib mir Nachricht von allem, wenn etwas geschieht, verstehst du?«

»Sehr wohl. Aber lassen Sie mich jetzt gehen. Ich verstehe ...«

»Mein Dank ist dir gewiß!« rief Herr Goljadkin dem endlich erlösten Pisarenko nach. Der Schuft ist scheint's noch gröber geworden, dachte unser Held, während er vorsichtig hinter dem Ofen hervorkroch. Hier ist noch ein Haken. Das ist klar ... Erst war es so ... Er hatte übrigens wirklich Eile. Vielleicht gibt es oben viel zu tun. Exzellenz sind auch zweimal durch die Abteilung gegangen ... Aus welchem Grund wohl? ... Ach was! Das bleibt sich doch alles gleich! Übrigens hat das alles vielleicht gar nichts zu sagen; jetzt müssen wir aber sehen ...

Hier öffnete Herr Goljadkin ein wenig die Tür und wollte schon auf die Straße hinaustreten, als im selben Augenblick die Kutsche Seiner Exzellenz herangerasselt kam. Noch war Herr Goljadkin nicht zu sich gekommen, da wurde der Wagenschlag von innen geöffnet, und der Herr, der drin gesessen hatte, sprang heraus. Der Ankömmling war niemand anderes als der nämliche Herr Goljadkin junior, der vor zehn Minuten fortgegangen war. Herr Goljadkin senior wußte, daß die Wohnung des Direktors nur ein paar Schritte weit entfernt war. Er war in besonderem Auftrag, dachte unser Held. Inzwischen hatte Herr Goljadkin junior die dicke grüne Mappe und noch etliche Aktenbündel aus dem Wagen genommen, dem Kutscher eine Weisung gegeben und öffnete nun die Tür, wobei er beinahe gegen Herrn Goljadkin senior stieß und ihn absichtlich nicht bemerkte, also ihm wiederum eine Kränkung antat. Dann lief er hurtig die Treppe hinauf. Faul! dachte Herr Goljadkin. So weit ist's mit unserer Sache gekommen! So ein Kerl, o du mein gerechter Herr-

gott! Eine halbe Minute lang stand unser Held noch unbeweglich da, endlich faßte er einen Entschluß. Ohne lange zu denken, aber mit starkem Herzklopfen und Zittern in allen Gliedern lief er seinem Feind auf die Treppe nach. Ach was! Komme, was kommen mag; was liegt mir daran? Ich bin da ganz unbeteiligt, dachte er und legte Hut, Mantel und Überschuhe im Vorzimmer ab.
Als Herr Goljadkin seine Abteilung betrat, herrschte schon Dämmerung. Weder Andrej Filippowitsch noch Anton Antonowitsch befand sich im Zimmer. Sie waren beide zur Berichterstattung im Arbeitszimmer des Direktors, der Direktor aber hatte Eile, weil er – wie gerüchtweise verlautete – zu Seiner Exzellenz wollte. Infolge dieser Umstände und weil die Dämmerung eingebrochen war und die Dienststunden zu Ende waren, gaben sich mehrere Beamte, besonders die jüngeren Herrn, in dem Augenblick, da Herr Goljadkin eintrat, einem beschaulichen Müßiggang hin, bildeten Gruppen, unterhielten sich, disputierten, lachten, und einige der allerjüngsten, das heißt der auf unterster Rangstufe stehenden Beamten hatten im geheimen und unter dem Schutz des allgemeinen Lärms in der Ecke am Fenster ein Ziffern- und Adlerspiel in Gang gebracht. Da Herr Goljadkin wußte, was sich gehört, und im gegenwärtigen Augenblick besonders stark das Bedürfnis empfand, etwas zu entdecken und zu erwerben, trat er sofort an den einen und anderen, mit dem er sich besser stand, heran, um ihm guten Tag zu wünschen und so weiter. Doch die Kollegen antworteten ganz seltsam auf die Begrüßung Herrn Goljadkins. Er war unangenehm berührt von der Kälte, Gemessenheit und sogar Strenge ihres Verhaltens. Niemand reichte ihm die Hand. Einige sagten einfach: »Guten Tag« und gingen weg, andere nickten nur mit dem Kopf, der eine oder andere wandte sich einfach ab und tat, als hätte er nichts bemerkt, einige endlich – und das war für Herrn Goljadkin am kränkendsten –, einige der allerjüngsten Bengel, die, wie sich Herr Goljadkin so richtig über sie geäußert

hatte, nichts anderes verstanden, als gelegentlich Ziffer und Adler zu spielen und irgendwo herumzubummeln, umringten Herrn Goljadkin, gruppierten sich um ihn und versperrten ihm beinahe den Weg. Sie alle betrachteten ihn mit einer gewissen beleidigenden Neugierde.
Das war ein schlimmes Zeichen. Herr Goljadkin empfand das und bereitete sich klugerweise vor, seinerseits nichts zu bemerken. Plötzlich trat ein ganz unerwarteter Umstand ein, der Herrn Goljadkin sozusagen den Rest gab und ihn ganz vernichtete.
In der Gruppe der ihn umringenden jungen Kollegen tauchte plötzlich und wie absichtlich in dem für Herrn Goljadkin bittersten Moment Herr Goljadkin junior auf, lustig wie immer, lächelnd wie immer, windig wie immer: mit einem Wort, ein Wildfang, ein Springer, ein Schmeichler, ein Lachhans, flink mit den Füßen und dem Zünglein, wie immer, wie früher, wie zum Beispiel auch gestern in einem für Herrn Goljadkin senior höchst unangenehmen Augenblick. Schmunzelnd, sich drehend, trippelnd, mit einem Lächeln, das allen guten Abend zu sagen schien, drängte er sich in die Gruppe der Beamten, drückte dem einen die Hand, klopfte einem anderen auf die Schulter, umarmte einen dritten, erzählte einem vierten, aus welchem Anlaß er von Seiner Exzellenz beschäftigt worden war, wohin er gefahren war, was er getan, was er mitgebracht hatte; den fünften, wahrscheinlich seinen besten Freund, küßte er schmatzend auf den Mund – mit einem Wort, alles spielte sich genauso ab wie im Traum Herrn Goljadkins senior. Nachdem er zur Genüge herumgesprungen, mit allen auf seine Art fertig geworden war, alle zu seinen Gunsten bearbeitet hatte, gleichviel, ob es nötig war oder nicht, nachdem er allen nach Herzenslust geschmeichelt hatte, streckte Herr Goljadkin junior, der seinen ältesten Freund bis jetzt nicht bemerkt hatte, auch Herrn Goljadkin senior, wahrscheinlich versehentlich seine Hand hin. Obgleich unser Held den anderen Herrn Goljadkin junior sehr wohl bemerkt hatte, ergriff

er ebenfalls versehentlich gierig die ihm so unerwartet dargebotene Hand und drückte sie mit aller Kraft auf die freundschaftlichste Art, drückte sie mit einer seltsamen, völlig unerwarteten inneren Bewegung, mit einem gewissen, dem Weinen nahen Gefühl. Ob unser Held nun durch die erste Bewegung seines unanständigen Feindes getäuscht wurde oder sich nicht zu fassen wußte oder ihm in innerster Seele das ganze Übermaß seiner Hilflosigkeit zum Bewußtsein kam, ist schwer zu sagen. Tatsache war, daß Herr Goljadkin senior bei gesundem Verstand, aus freiem Willen und vor Zeugen feierlich die Hand des Mannes drückte, den er seinen Todfeind nannte. Aber wie groß war die Bestürzung, die Wut und die Raserei Herrn Goljadkins senior, wie groß war sein Entsetzen und seine Schande, als sein Widersacher und Todfeind, der unedle Herr Goljadkin junior, den Irrtum des verfolgten, unschuldigen, treulos von ihm betrogenen Mannes bemerkte und ohne jegliche Scham, ohne Gefühl, ohne Mitleid und Gewissen plötzlich mit unerträglicher Unverschämtheit und Roheit seine Hand aus der Hand Herrn Goljadkins senior riß! Und nicht genug damit: er schüttelte seine Hand, als hätte er sie mit etwas ganz Widerwärtigem beschmutzt; mehr noch: er spuckte seitwärts aus und begleitete alles mit den beleidigendsten Gesten; und noch mehr: er zog sein Taschentuch heraus und wischte damit sofort in der ungeniertesten Weise alle seine Finger ab, die eine Minute lang in der Hand Herrn Goljadkins senior geruht hatten. Während sich Herr Goljadkin junior solcherart benahm, sah er sich seiner gemeinen Gewohnheit gemäß absichtlich im Kreise um, machte alle auf sein Benehmen aufmerksam, sah allen in die Augen und gab sich offensichtlich Mühe, allen die ungünstigste Meinung über Herrn Goljadkin senior einzuflößen. Das Benehmen des widerwärtigen Herrn Goljadkin junior schien den allgemeinen Unwillen der umherstehenden Beamten erregt zu haben; sogar die flatterhafte Jugend zeigte Mißbehagen. Ringsum wurde Gerede und Murren laut. Diese all-

gemeine Bewegung konnte den Ohren Herrn Goljadkins senior nicht entgehen; allein plötzlich zerstörte und vernichtete ein im rechten Augenblick ausgesprochener Scherz, der aus dem Mund Herrn Goljadkins junior kam, die letzten Hoffnungen unseres Helden und neigte die Waagschale wieder zugunsten seines schlimmen Todfeindes.

»Das ist unser russischer Faublas[5], meine Herrn! Gestatten Sie mir, Ihnen den jungen Faublas vorzustellen«, quiekte Herr Goljadkin junior, der mit der ihm eigenen Frechheit zwischen den Beamten umhertrippelte und -lief, und wies auf den versteinerten und dabei doch echten Herrn Goljadkin. »Gib mir einen Kuß, Herzchen!« fuhr er mit unleidlicher Vertraulichkeit fort und näherte sich dem von ihm schändlich beleidigten Mann. Der Scherz des unechten Herrn Goljadkin fand anscheinend am gehörigen Ort Widerhall, um so mehr, als er eine grausame Anspielung auf einen Umstand enthielt, der offenbar schon allen bekannt war. Die Hand der Feinde lastete schwer auf den Schultern unseres Helden. Doch er hatte schon einen Entschluß gefaßt. Flammenden Auges, mit bleichem Angesicht und starrem Lächeln entwand er sich der Menge und stürmte mit ungleichen hastigen Schritten geradewegs auf das Arbeitszimmer Seiner Exzellenz zu. Im vorletzten Zimmer begegnete ihm Andrej Filippowitsch, der Seine Exzellenz soeben verlassen hatte. Obgleich sich in dem Zimmer ziemlich viele Personen befanden, die Herrn Goljadkin im gegebenen Augenblick ganz nebensächlich waren, wollte unser Held diesem Umstand keinerlei Beachtung schenken. Kühn, offen und entschlossen, fast erstaunt über sich selber und den eigenen Mut innerlich lobend, sprach er, ohne Zeit zu verlie-

5 Die *Histoire des aventures du Chevalier de Faublas* (1784–90) des französischen Revolutionärs und Schriftstellers Jean Baptiste Louvet de Couvray (1760–97) berichtet hauptsächlich von amourösen Abenteuern ihres Helden.

ren, Andrej Filippowitsch an, der durch diesen unerwarteten Überfall reichlich verblüfft war.
»Ah! ... Was haben Sie ... Was wünschen Sie?« fragte der Abteilungschef, ohne auf Herrn Goljadkin, der in seiner Rede stockte, zu hören.
»Andrej Filippowitsch, ich ... könnte ich jetzt gleich eine Unterredung mit Exzellenz unter vier Augen haben?« sagte unser Held klar und deutlich und sah Andrej Filippowitsch mit der entschlossensten Miene an.
»Wie?! Natürlich nicht.« Andrej Filippowitsch musterte Herrn Goljadkin vom Kopf bis zu den Füßen.
»Andrej Filippowitsch, ich sage das alles deshalb, weil ich mich wundere, daß niemand hier den Usurpator, den Schurken entlarvt.«
»W–a–s?«
»Den Schurken, Andrej Filippowitsch.«
»Über wen belieben Sie sich denn in dieser Weise zu äußern?«
»Über eine bewußte Person, Andrej Filippowitsch ... Ich spiele auf eine bewußte Person an, Andrej Filippowitsch. Ich bin im Recht ... Ich meine, Andrej Filippowitsch, daß die Obrigkeit derartige Bestrebungen unterstützen müßte«, setzte Herr Goljadkin hinzu, der sich anscheinend ganz vergessen hatte. »Andrej Filippowitsch ... Sie sehen sicherlich selber, daß dies eine edle Regung ist und durchaus für meine guten Absichten spricht. Ich will meinen Vorgesetzten als Vater betrachten, Andrej Filippowitsch! Ich sehe die wohltätige Obrigkeit sozusagen als Vater an und stelle ihr mein Schicksal völlig anheim. So und so ... so ...« Hier begann Herrn Goljadkins Stimme zu zittern, sein Gesicht wurde dunkelrot, und zwei Tränen erschienen an seinen Wimpern.
Andrej Filippowitsch, der Herrn Goljadkin zuhörte, war so erstaunt, daß er unwillkürlich zwei Schritte zurückwich. Dann blickte er voller Unruhe um sich ... Es ist schwer zu sagen, was für ein Ende die Sache genommen hätte ... Aber da öffnete sich plötzlich die Tür des

Arbeitszimmers Seiner Exzellenz, und er kam selber in Begleitung mehrerer Beamten heraus. Alle, die im Zimmer waren, folgten ihm. Er rief Andrej Filippowitsch zu sich und begann, neben ihm einherschreitend, ein dienstliches Gespräch. Als alle sich in Bewegung setzten und das Zimmer verließen, kam auch Herr Goljadkin zu sich. Ruhig geworden, suchte er seine Zuflucht unter den Fittichen Anton Antonowitsch Setotschkins, der hinter allen anderen dreinhinkte, und zwar, wie es Herrn Goljadkin vorkam, mit sehr strenger und sorgenvoller Miene.
Ich habe mich auch hier verplappert, habe die Sache auch hier verdorben, dachte er im stillen, nun, es tut nichts! – »Ich hoffe, daß wenigstens Sie, Anton Antonowitsch, bereit sein werden, mich anzuhören und meine Lage zu erwägen«, sagte er mit leiser Stimme, in der die Erregung noch nachzitterte. »Von allen verstoßen, wende ich mich an Sie. Ich kann bis jetzt nicht begreifen, was die Worte Andrej Filippowitschs bedeutet haben, Anton Antonowitsch. Erklären Sie mir das, wenn es möglich ist . . .«
»Das wird Ihnen zu seiner Zeit alles klarwerden«, sagte Anton Antonowitsch streng und deutlich und mit einer Miene, die Herrn Goljadkin deutlich zu verstehen gab, daß eine Fortsetzung des Gesprächs nicht erwünscht sei. »Sie werden in Kürze alles erfahren. Sie werden noch heute amtlich von allem benachrichtigt werden.«
»Wieso amtlich, Anton Antonowitsch? Warum denn amtlich?« fragte unser Held schüchtern.
»Weder Sie noch ich haben darüber zu urteilen, Jakow Petrowitsch, was die Obrigkeit entscheidet.«
»Warum denn die Obrigkeit, Anton Antonowitsch?« sagte Herr Goljadkin noch ängstlicher. »Warum denn die Obrigkeit? Ich sehe hier doch gar keine Veranlassung, die Obrigkeit zu belästigen, Anton Antonowitsch . . . Wollen Sie vielleicht etwas in bezug auf das Gestrige sagen, Anton Antonowitsch?«
»Ach nein, nichts vom Gestrigen; da stimmt etwas anderes bei Ihnen nicht.«

»Was stimmt denn nicht, Anton Antonowitsch? Ich meine, Anton Antonowitsch, daß bei mir alles stimmt.«
»Wen wollen Sie denn überlisten?« unterbrach Anton Antonowitsch den völlig fassungslosen Herrn Goljadkin. Dieser zuckte zusammen und wurde bleich wie eine gekalkte Wand.
»Natürlich, Anton Antonowitsch«, sagte er mit kaum hörbarer Stimme, »wenn man auf die Stimme der Verleumdung und unserer Feinde hört, ohne die Gegenseite zu Wort kommen zu lassen, dann natürlich . . . dann kann man natürlich leiden, Anton Antonowitsch, unschuldig und um nichts und wieder nichts leiden.«
»Nun also! Und Ihr unanständiges Vorgehen zum Schaden des Rufes der edlen jungen Dame aus jener tugendhaften, ehrenwerten und bekannten Familie, die Ihnen so viel Gutes erwiesen hat?«
»Was für ein Vorgehen denn, Anton Antonowitsch?«
»Nun eben! Und Ihr tadelnswertes Vorgehen in bezug auf eine andere junge Dame, die zwar arm, aber ehrbarer ausländischer Abstammung ist – das ist Ihnen wohl auch nicht bekannt?«
»Erlauben Sie, Anton Antonowitsch . . . haben Sie die Güte, mich anzuhören, Anton Antonowitsch . . .«
»Und Ihr Treubruch und Ihre Verleumdung eines anderen, die Beschuldigung eines anderen, daß er getan habe, wobei Sie selber nicht ganz ohne Sünde sind? Wie nennt man das?«
»Ich habe ihn nicht vertrieben, Anton Antonowitsch«, sagte unser Held zitternd, »und Petruschka, das heißt meinem Diener, habe ich auch nichts Ähnliches beigebracht . . . Er hat mein Brot gegessen, Anton Antonowitsch; er hat meine Gastfreundschaft genossen«, fügte unser Held ausdrucksvoll und mit tiefer Bewegung hinzu, so daß sein Kinn zitterte und die Tränen wieder bereit waren zu fließen.
»Das sagen Sie nur so, Jakow Petrowitsch, daß er Ihr Brot gegessen hat«, erwiderte Anton Antonowitsch lächelnd,

und in seiner Stimme klang so viel Hinterlist, daß Herrn Goljadkins Herz erbebte.
»Gestatten Sie mir noch eine ergebenste Frage, Anton Antonowitsch: Weiß Exzellenz um diese ganze Sache?«
»Natürlich! Doch lassen Sie mich jetzt gehen. Ich habe keine Zeit für Sie ... Sie werden heute noch alles erfahren, was Ihnen zu wissen geziemt.«
»Erlauben Sie, um Gottes willen ... noch eine Minute, Anton Antonowitsch ...«
»Sie können das später erzählen ...«
»Nein, Anton Antonowitsch, ich, sehen Sie, hören Sie mich doch an, Anton Antonowitsch, ich bin gar kein Freigeist, Anton Antonowitsch! Ich hasse die Freigeisterei! Ich bin meinerseits durchaus bereit und habe sogar die Idee entwickelt ...«
»Schon recht. Das habe ich alles schon gehört ...«
»Nein, das haben Sie nicht gehört, Anton Antonowitsch. Das ist etwas anderes, Anton Antonowitsch, das ist gut, wirklich gut und angenehm zu hören ... ich habe, wie ich schon früher erklärte, die Idee entwickelt, Anton Antonowitsch, daß die Vorsehung Gottes zwei vollständig gleiche Menschen geschaffen hat; die wohltätige Obrigkeit aber hat diese Vorsehung Gottes erkannt und die zwei Zwillinge untergebracht. Das ist gut, Anton Antonowitsch. Sie sehen, daß das sehr gut ist, Anton Antonowitsch, und daß ich weit entfernt bin von Freigeisterei. Ich betrachte die wohltätige Obrigkeit als einen Vater. So stehen die Dinge ... die wohltätige Obrigkeit und Sie, sozusagen ... ein junger Mann muß dienen ... Unterstützen Sie mich, Anton Antonowitsch! Treten Sie für mich ein, Anton Antonowitsch. Ich habe wirklich nicht ... Anton Antonowitsch! Um Gottes willen, noch ein Wörtchen ... Anton Antonowitsch ...«
Aber Anton Antonowitsch war schon weit weg ... Und unser Held wußte nicht, wo er stand, was er gehört, was er getan hatte, was mit ihm geschehen war und was noch

weiter geschehen würde; so sehr hatte ihn all das Gehörte und Erlebte verwirrt und erschüttert.
Mit flehenden Blicken suchte er Anton Antonowitsch in der Menge der Beamten, um sich in seinen Augen noch weiter zu rechtfertigen, um ihm etwas äußerst Gutgesinntes und durchaus Edles und Angenehmes über sich selber zu sagen ... Übrigens begann ein neues Licht nach und nach die Verwirrung Herrn Goljadkins zu durchdringen, ein neues furchtbares Licht, das ihn mit einemmal eine lange Kette bisher völlig unbekannter und sogar ungeahnter Umstände sehen ließ ... In diesem Augenblicke versetzte jemand unserem völlig verstörten Helden einen Rippenstoß. Er sah sich um. Pisarenko stand vor ihm.
»Ein Brief, Euer Wohlgeboren.«
»Ah ... Du bist schon dort gewesen, mein Lieber?«
»Nein, man hat ihn heute früh um zehn Uhr hierhergebracht. Sergej Michejew, der Hausknecht, hat ihn aus der Wohnung des Gouvernementssekretärs Wachramejew gebracht.«
»Gut, mein Freund, gut, ich werde mich erkenntlich zeigen, mein Lieber.«
Mit diesen Worten steckte Herr Goljadkin den Brief in die Seitentasche seines Rockes und knöpfte sämtliche Knöpfe zu; dann blickte er um sich und bemerkte zu seinem Erstaunen, daß er sich bereits in der Vorhalle des Amtsgebäudes befand, inmitten einer Menge von Beamten, die sich um den Ausgang scharten, da die Amtsstunden zu Ende waren. Herr Goljadkin hatte diesen letzten Umstand bis jetzt nicht nur übersehen, er wußte nicht einmal und konnte sich nicht darauf besinnen, wie es kam, daß er plötzlich in Mantel und Überschuhen dastand und seinen Hut in der Hand hielt. Die Beamten standen alle unbeweglich und in ehrerbietiger Erwartung da. Seine Exzellenz waren nämlich unten an der Treppe stehengeblieben, um ihren aus irgendeinem Grund verspäteten Wagen zu erwarten, und führten ein sehr interessantes Gespräch mit zwei Räten und Andrej Filippowitsch. In

einiger Entfernung von den zwei Räten und Andrej Filippowitsch stand Anton Antonowitsch Setotschkin mit noch einigen Beamten; sie lächelten alle, da sie sahen, daß Seine Exzellenz zu scherzen und zu lachen geruhten. Auch die Beamten oben an der Treppe lächelten und warteten darauf, daß Exzellenz von neuem lachen würden. Der einzige, der nicht lächelte, war Fedosejewitsch, der dickbäuchige Portier, der, die Türklinke in der Hand, stramm stand und voller Ungeduld auf sein tägliches Hauptvergnügen wartete, das darin bestand, auf einmal mit einem Schwung des Armes den einen Türflügel weit aufzureißen und dann, zum Bogen gekrümmt, Seine Exzellenz ehrfurchtsvoll an sich vorbeizulassen. Die größte Freude und das meiste Vergnügen empfand aber offensichtlich der unwürdige und unedle Feind Herrn Goljadkins. Er hatte in diesem Augenblick sogar die Beamten vergessen, er vergaß, zwischen ihnen herumzutrippeln und zu scharwenzeln, wie das sonst seine gemeine Angewohnheit war, er vergaß selbst die Gelegenheit wahrzunehmen, sich bei diesem und jenem einzuschmeicheln. Er war ganz Auge und Ohr, hatte sich merkwürdig zusammengekrümmt, wohl um besser zu hören, und ließ Seine Exzellenz nicht aus den Augen; ab und zu nur ging ein kaum bemerkbares krampfhaftes Zucken durch seine Arme, Beine und den Kopf, das seine innersten geheimen Seelenregungen verriet.
Wie es ihn überkommt! dachte unser Held; er fühlt sich als Günstling, der Schuft! Ich möchte wohl wissen, wodurch er eigentlich seine Erfolge in der höheren Gesellschaft erzielt. Er besitzt weder Verstand noch Charakter noch Bildung und Gefühl; er hat Glück, der Gauner! O Gott! Wie schnell doch der Mensch seinen Weg machen kann, wenn man's bedenkt, und wie er bei allen Anklang zu finden vermag! Und er wird es weit bringen, ich schwöre darauf, daß er es weit bringen wird, der Schelm, er wird's erreichen – der Schelm hat Glück. Auch möchte ich wissen, was er ihnen immer alles zuraunt? Was für

Geheimnisse spinnen sich zwischen ihm und all diesem Volk an, und von was für verborgenen Dingen reden sie? O Gott! Wenn ich doch so ... auch ein wenig mit ihnen ... wenn ich ihn bäte ... So und so steht's und ich will's nicht wieder tun; ich bin sozusagen der Schuldige; aber ein junger Mann muß in unserer Zeit ein Amt haben, Exzellenz; die dunkle Geschichte, in die ich verwickelt worden bin, versetzt mich aber keinesfalls in Verlegenheit ... So ist's! Ich werde auch in keiner Weise dagegen protestieren und alles mit Geduld und Demut ertragen – jawohl! Soll ich am Ende so handeln? ... Aber man kann ihn ja nicht kirre machen, den Lumpen, und durch keinerlei Worte zur Räson bringen; man kann in seinen liederlichen Kopf keine Vernunft einhämmern ... Aber versuchen wir es immerhin. Vielleicht trifft sich's, daß ich zur guten Stunde komme, dann will ich es versuchen ...

In seiner Seelenangst, Unruhe und Verwirrung, mit dem Gefühl, daß dieser Zustand unhaltbar sei, daß der entscheidende Moment herannahe, daß er sich schließlich doch mit jemandem auseinandersetzen müsse, versuchte unser Held sich allmählich dem Platz zu nähern, wo sein unwürdiger und rätselhafter Feind stand; aber im selben Augenblick fuhr der so lange erwartete Wagen Seiner Exzellenz donnernd vor. Fedosejewitsch riß die Tür auf und ließ, zum Bogen gekrümmt, Exzellenz an sich vorbei. Alle die Wartenden strömten auf einmal dem Ausgang zu und drängten Herrn Goljadkin senior ein wenig von Herrn Goljadkin junior ab. »Du entgehst mir nicht!« sagte unser Held, der sich durch die Menge Bahn brach und den, auf den es ankam, nicht aus den Augen ließ. Endlich wich die Menge auseinander. Herr Goljadkin fühlte sich befreit und stürzte davon, um seinen Feind zu verfolgen.

Elftes Kapitel

Es benahm Herrn Goljadkin den Atem in der Brust: wie auf Flügeln eilte er seinem sich schnell entfernenden Feind nach. Er fühlte eine furchtbare Energie in sich. Aber trotz dieser furchtbaren Energie konnte Herr Goljadkin gewiß sein, daß selbst eine gewöhnliche Mücke, wenn eine solche vermocht hätte, um diese Jahreszeit in Petersburg zu leben, ihn ganz bequem mit dem Flügel umgeworfen hätte. Er fühlte auch, daß er völlig zusammengebrochen und entkräftet war, daß eine ganz besondere fremde Kraft ihn vorwärts trieb, daß er gar nicht selber ging, daß im Gegenteil die Beine unter ihm zusammenbrachen und den Dienst versagten. Es konnte sich aber alles zum besten wenden. Zum besten wohl eigentlich nicht, dachte Herr Goljadkin, beinahe atemlos vom schnellen Laufen; es unterliegt nicht dem geringsten Zweifel, daß die Sache verspielt ist; es ist bekannt, bestimmt, beschlossen und besiegelt, daß ich vollständig verloren bin! Trotz alledem fühlte sich unser Held wie von den Toten auferstanden, wie einer, der eine Schlacht gewonnen und den Sieg errungen hat, als es ihm endlich gelang, sich an den Mantel seines Feindes anzuklammern, der eben im Begriff stand, den Fuß auf das Trittbrett einer Droschke zu setzen, nachdem er mit dem Kutscher über die Fahrt verhandelt hatte. »Geehrter Herr! Geehrter Herr!« rief er dem endlich erwischten unedlen Herrn Goljadkin junior zu. »Sehr geehrter Herr, ich hoffe, daß Sie . . .«

»Nein, hoffen Sie lieber gar nichts«, sagte der gefühllose Widersacher Herrn Goljadkins ausweichend; er stand mit dem einen Fuß auf dem Tritt der Droschke, den anderen schwenkte er vergeblich in der Luft, bemüht, auf die andere Seite des Wagens zu gelangen und das Gleichgewicht zu behalten; gleichzeitig versuchte er mit aller Gewalt Herrn Goljadkin senior seinen Mantel zu entwinden, an den dieser sich mit allen ihm von der Natur verliehenen Kräften festgeklammert hatte.

»Jakow Petrowitsch! Nur zehn Minuten ...«
»Entschuldigen Sie, ich habe keine Zeit.«
»Sie müssen doch selber zugeben, Jakow Petrowitsch ... bitte, Jakow Petrowitsch ... um des Himmels willen, Jakow Petrowitsch ... wir müssen uns erklären ... so oder so ... ganz offen ... Eine kleine Sekunde, Jakow Petrowitsch!«
»Mein Liebster, ich habe keine Zeit«, antwortete der heuchlerische Feind Herrn Goljadkins mit unhöflicher Vertraulichkeit und gespielter Herzensgüte. »Zu jeder anderen Zeit bin ich aus aufrichtigem Herzen und voller Seele zu allem bereit, glauben Sie mir, aber jetzt geht es wirklich nicht.«
Schurke! dachte unser Held. »Jakow Petrowitsch!« rief er angstvoll, »ich bin niemals Ihr Feind gewesen. Böse Menschen haben mich fälschlich verleumdet ... Ich bin meinerseits bereit ... Jakow Petrowitsch, wäre es Ihnen recht, wenn wir jetzt gleich hier einträten? ... Dort könnten wir aus aufrichtigem Herzen, wie Sie eben so richtig bemerkten, und in offener vornehmer Sprache ... hier in das Kaffeehaus, dann wird sich alles von selbst aufklären! Wahrhaftig, Jakow Petrowitsch! Dann wird sich unbedingt alles von selbst aufklären ...«
»Ins Kaffeehaus? Ich habe nichts dagegen; gehen wir ins Kaffeehaus, doch nur unter einer Bedingung, mein Herzchen, unter einer einzigen Bedingung – daß sich dort alles von selbst aufklärt. So stehen die Dinge, mein lieber Schatz«, sagte Herr Goljadkin junior, indem er die Droschke verließ und unserem Helden in schamloser Weise auf die Schulter klopfte. »Alter Freund! Für dich, Jakow Petrowitsch, bin ich bereit, auch durchs Seitengäßchen zu gehen – wie Sie seinerzeit zu bemerken beliebten, Jakow Petrowitsch! So ein Spitzbube, wirklich, er macht mit den Menschen, was er will!« fuhr der falsche Freund Herrn Goljadkins fort, während er mit einem leichten Lächeln um ihn herumschwänzelte. Das abseits der großen Straße liegende Kaffeehaus, das die beiden Herren

Goljadkin betraten, war um diese Zeit völlig leer. Eine ziemlich dicke Deutsche erschien sofort hinter dem Büfett, als das Klingeln des Glöckchens ertönte. Herr Goljadkin und sein unwürdiger Freund gingen ins zweite Zimmer, wo sich ein aufgedunsener, kurzgeschorener Bengel mit einem Bündel Holz beim Ofen zu schaffen machte, bemüht, das ausgegangene Feuer wieder anzufachen. Auf die Bestellung Herrn Goljadkins junior wurde Schokolade serviert.

»Ein üppiges Weibchen«, sagte Herr Goljadkin junior, indem er Herrn Goljadkin senior spitzbübisch zuzwinkerte.

Unser Held errötete und schwieg.

»Ach ja, ich vergaß, entschuldigen Sie. Ich kenne Ihren Geschmack. Wir sind lüstern nach schlanken deutschen Mädchen, mein Herr; wir haben es auf schlanke deutsche Mädchen abgesehen, die aber ihre Nettigkeit noch nicht verloren haben, du ehrliche Haut, Jakow Petrowitsch; wir mieten uns bei ihnen ein, bringen ihre Sittlichkeit in Versuchung, weihen ihnen unser Herz für eine Biersuppe und eine Milchsuppe und geben verschiedene Unterschriften. So machen wir's, du Faublas, du Verräter!« Das alles sagte Herr Goljadkin junior mit einer zwar ganz unnützen, aber bösartig schlauen Anspielung auf eine gewisse weibliche Person, indem er um unseren Helden herumscharwenzelte, ihn mit gemachter Liebenswürdigkeit anlächelte und eine falsche Treuherzigkeit und Freude über die Begegnung zur Schau trug. Als der unedle Mann aber merkte, daß Herr Goljadkin senior gar nicht so dumm war und nicht so sehr der Bildung und der Manieren des guten Tons ermangelte, um ihm plötzlich Glauben zu schenken, beschloß er, seine Taktik zu ändern und die Sache ohne Umschweife zu behandeln. Nachdem er diese Abscheulichkeiten vorgebracht hatte, schloß er damit, daß er den soliden Herrn Goljadkin mit einer die Seele empörenden Schamlosigkeit und Vertraulichkeit auf die Schulter klopfte, sich damit noch nicht begnügte, sondern

ihn auf eine für Leute von gutem Ton ganz unanständige Weise zu hänseln begann, und zwar suchte er seine frühere Scheußlichkeit zu wiederholen und zwickte den empörten Herrn Goljadkin senior trotz seinem Widerstand und leisen Aufschrei in die Wange. Angesichts einer solchen Sittenverderbnis brauste unser Held auf und schwieg . . . natürlich nur vorläufig.

»Das ist die Sprache meiner Feinde«, entgegnete er endlich, sich weise beherrschend, mit bebender Stimme. Gleichzeitig sah unser Held voller Unruhe nach der Tür, denn Herr Goljadkin junior war scheinbar in vorzüglicher Stimmung und bereit, allerhand Späßchen zu treiben, die an einem öffentlichen Ort nicht statthaft sind und im allgemeinen den Gesetzen des Anstands, besonders in der gebildeten Gesellschaft, widersprechen.

»Nun denn, in diesem Fall, wie Sie wollen«, sagte Herr Goljadkin junior ernsthaft und stellte seine mit unanständiger Gier geleerte Tasse auf den Tisch. »Ich will mich übrigens nicht lange mit Ihnen abgeben . . . Wie geht es Ihnen jetzt, Jakow Petrowitsch?«

»Ich kann Ihnen nur eines sagen, Jakow Petrowitsch«, antwortete unser Held kaltblütig und würdevoll, »ich bin niemals Ihr Feind gewesen.«

»Hm . . . und Petruschka? So heißt er doch? Petruschka, nicht wahr? Nun, freilich! Was ist er für ein Kerl? Taugt er noch was? Nach wie vor?«

»Auch er ist wie er war, Jakow Petrowitsch«, erwiderte Herr Goljadkin senior etwas erstaunt. »Ich weiß nicht, Jakow Petrowitsch . . . meinerseits . . . wenn man vornehm und aufrichtig sein will, Jakow Petrowitsch . . . Sie müssen selber zugeben, Jakow Petrowitsch . . .«

»Ja. Aber Sie wissen selber, Jakow Petrowitsch«, sagte Herr Goljadkin junior mit leiser, ausdrucksvoller Stimme und versuchte so falsch, den traurigen, von Reue und Mitgefühl erfüllten, würdigen Mann zu spielen, »Sie wissen selber, wie schwer unsere Zeit ist . . . Ich berufe mich auf Sie, Jakow Petrowitsch, Sie sind ein kluger Mensch und

werden gerecht entscheiden«, fügte Herr Goljadkin junior hinzu, Herrn Goljadkin senior in gemeiner Weise schmeichelnd. »Das Leben ist kein Kinderspiel – das wissen Sie selber, Jakow Petrowitsch«, schloß Herr Goljadkin junior vielsagend und spielte sich damit als weiser und gelehrter Mann auf, der auch über erhabene Dinge zu urteilen vermag.

»Meinerseits, Jakow Petrowitsch«, entgegnete unser Held mit Begeisterung, »meinerseits sage ich Ihnen, daß ich die Seitenwege verachte und geradeheraus und aufrichtig rede, in einer offenen, vornehmen Sprache, und überhaupt die ganze Angelegenheit vornehm behandle. Ich kann Sie offen und ehrlich versichern, Jakow Petrowitsch, daß ich völlig schuldlos bin, und daß, Sie wissen selber, Jakow Petrowitsch, eine beiderseitige Verblendung . . . es ist alles möglich . . . das Urteil der Welt, die Meinung der sklavischen Menge . . . Ich spreche aufrichtig, Jakow Petrowitsch, es ist alles möglich. Ich sage auch, Jakow Petrowitsch, wenn man so urteilen will, wenn man die Sache von einem vornehmen und erhabenen Gesichtspunkt aus betrachtet, so sage ich kühn, sage ich ohne falsche Scham, Jakow Petrowitsch, ja, es ist mir sogar angenehm zu eröffnen, daß ich im Irrtum war. Es macht mir Freude, dies zu bekennen; Sie wissen es selber; Sie sind ein kluger und zudem ein vornehmer Mann. Ohne Scham, ohne falsche Scham bin ich bereit, dies zu bekennen«, schloß unser Held würdevoll und stolz.

»Schicksal, Fatum, Jakow Petrowitsch . . . Doch lassen wir das alles«, sagte Herr Goljadkin junior mit einem Seufzer. »Füllen wir lieber die kurzen Minuten unseres Zusammenseins mit einer nützlicheren und angenehmeren Unterhaltung aus, wie es zwei Kollegen geziemt . . . Es ist mir wirklich nicht gelungen, in dieser ganzen Zeit zwei Worte mit Ihnen zu wechseln . . . Das ist nicht meine Schuld, Jakow Petrowitsch . . .«

»Und nicht die meine«, fiel ihm unser Held hitzig ins Wort. »Mein Herz sagt mir, daß nicht ich an allem schuld

bin, Jakow Petrowitsch. Wollen wir dem Schicksal die Schuld zuschreiben, Jakow Petrowitsch«, fügte Herr Goljadkin senior in versöhnlichem Ton hinzu. Seine Stimme fing an matt zu werden und zu zittern.

»Nun, wie ist's? Wie steht es mit Ihrer Gesundheit im allgemeinen?« fragte der Verirrte mit süßer Stimme.

»Ich huste ein wenig«, antwortete unser Held noch süßer.

»Nehmen Sie sich in acht. Es herrschen jetzt überall Epidemien, man kann sich leicht eine Bräune holen; ich fange bereits an mich in Flanell zu hüllen, muß ich Ihnen gestehen.«

»Es ist tatsächlich leicht, sich eine Bräune zuzuziehen, Jakow Petrowitsch . . . Jakow Petrowitsch!« sagte unser Held nach kurzem Schweigen, »Jakow Petrowitsch! Ich sehe, daß ich mich geirrt habe . . . Ich denke mit Rührung an die glücklichen Minuten, die wir zusammen unter meinem armen, aber ich wage zu sagen gastfreundlichen Dach verbringen durften . . .«

»In Ihrem Brief haben Sie aber anders geschrieben«, sagte der vollkommen gerechte – übrigens nur in diesem Fall vollkommen gerechte – Herr Goljadkin junior vorwurfsvoll.

»Jakow Petrowitsch! Ich befand mich im Irrtum . . . Ich sehe jetzt deutlich, daß auch dieser unglückliche Brief ein Irrtum war. Jakow Petrowitsch, ich schäme mich, Sie anzusehen. Jakow Petrowitsch, Sie werden mir nicht glauben . . . Geben Sie mir diesen Brief, damit ich ihn vor Ihren Augen zerreißen kann, Jakow Petrowitsch, oder, wenn das hier nicht möglich ist, so bitte ich Sie, ihn umgekehrt zu lesen – vollständig umgekehrt, das heißt mit freundschaftlicher Absicht, jedem Wort meines Briefes einen anderen Sinn verleihend. Ich war im Irrtum. Verzeihen Sie mir, Jakow Petrowitsch, ich habe ganz . . . ich habe mich in trauriger Weise geirrt, Jakow Petrowitsch.«

»Meinen Sie?« fragte der treulose Freund Herrn Goljadkins senior ziemlich zerstreut und gleichgültig.
»Ich sage, daß ich mich durchaus im Irrtum befand, Jakow Petrowitsch, und daß ich meinerseits ganz ohne falsche Scham . . .«
»Nun, sei's drum! Es ist sehr gut, daß Sie sich im Irrtum befanden«, antwortete Herr Goljadkin junior grob.
»Ich hatte sogar eine Idee, Jakow Petrowitsch«, setzte unser offenherziger Held hinzu, ohne den entsetzlichen Treubruch seines falschen Freundes zu bemerken, »ich hatte sogar die Idee, daß, wenn zwei völlig gleiche Menschen erschaffen wurden . . .«
»Ach, das ist Ihre Idee!«
Hier stand der durch seine Überflüssigkeit bekannte Herr Goljadkin junior auf und griff nach seinem Hut. Den Betrug auch jetzt noch nicht bemerkend, stand Herr Goljadkin senior gleichfalls auf und lächelte seinen falschen Freund gutmütig und vornehm an, in seiner Unschuld bemüht, ihn zu ermutigen und auf diese Weise eine neue Freundschaft anzuknüpfen . . .
»Leben Sie wohl, Exzellenz«, rief Herr Goljadkin junior plötzlich. Unser Held zuckte zusammen, als er im Antlitz seines Feindes etwas geradezu Bacchantisches entdeckte. Einzig und allein, um von ihm loszukommen, legte er zwei Finger seiner Hand in die ihm dargebotene Rechte des Sittenlosen; da aber – da überstieg die Schamlosigkeit Herrn Goljadkins junior alle Grenzen. Er ergriff die zwei Finger Herrn Goljadkins senior und drückte sie zuerst, dann jedoch entschloß sich der Unwürdige, vor den Augen Herrn Goljadkins senior seinen schamlosen Scherz von heute morgen zu wiederholen. Das Maß der menschlichen Geduld war erschöpft . . .
Er war schon dabei, das Taschentuch, mit dem er seine Finger abgewischt hatte, einzustecken, als Herr Goljadkin senior zur Besinnung kam und ihm in das Nebenzimmer nachstürzte, wohin sein unversöhnlicher Feind seiner garstigen Gewohnheit gemäß sofort entschlüpft war. Als

ob nichts geschehen wäre, stand er am Büfett, aß Kuchen und machte der deutschen Verkäuferin seelenruhig den Hof – wie ein tugendhafter Mensch. In Gegenwart von Damen geht's nicht, dachte unser Held und trat auch an das Büfett, außer sich vor Erregung.

»Das ist doch wahrhaftig kein unebenes Frauenzimmerchen! Was meinen Sie?« begann Herr Goljadkin junior seine unanständigen Ausfälle von neuem, wobei er wohl auf die unerschöpfliche Geduld Herrn Goljadkins rechnete. Die dicke Deutsche aber sah ihre beiden Gäste mit bleiern-verständnislosen Augen an; sie verstand offenbar kein Russisch und lächelte nur freundlich. Unser Held loderte nach den Worten des schamlosen Herrn Goljadkin junior wie ein Feuerbrand auf; unfähig, noch länger an sich zu halten, stürzte er sich endlich auf ihn mit der offenkundigen Absicht, ihn zu zerreißen und auf diese Weise endgültig abzutun, aber Herr Goljadkin junior war seiner schändlichen Gewohnheit gemäß schon weit weg: er hatte Fersengeld gegeben und befand sich bereits am Ausgang. Es versteht sich von selbst, daß Herr Goljadkin, sobald er nach der ersten Erstarrung, die ihn naturgemäß befallen hatte, zu sich kam, seinem Beleidiger nachstürzte, der bereits in eine ihn erwartende Droschke stieg, deren Kutscher offenbar mit ihm im Einverständnis war. Aber in diesem Augenblick kreischte die dicke Deutsche angesichts der Flucht ihrer beiden Gäste auf und läutete aus voller Kraft mit ihrem Glöckchen. Unser Held wandte sich im Lauf um, warf ihr das Geld für sich und den schamlosen Menschen hin, der nicht bezahlt hatte, ohne Rest zu verlangen, und es gelang ihm trotz dieser Verzögerung, seinen Feind im Lauf zu erhaschen. Er klammerte sich mit allen ihm von der Natur verliehenen Mitteln an den Wagen und flog eine Zeitlang auf der Straße dahin, bemüht, den Wagen zu erklimmen; Herr Goljadkin junior wehrte ihn mit allen Kräften ab. Der Kutscher trieb seine elende Mähre mit der Peitsche, mit den Zügeln, mit dem Fuß und mit Zurufen an, bis diese ganz unerwartet in

Galopp verfiel und Reißaus nahm, wobei sie ihrer schlechten Gewohnheit gemäß bei jedem dritten Schritt mit den Hinterbeinen ausschlug. Endlich gelang es unserem Helden doch, sich auf den Wagen zu schwingen; das Gesicht hatte er seinem Feind zugewandt, den Rücken dem Kutscher, die Knie stemmten sich gegen die Knie des Schamlosen; mit der rechten Hand krallte er sich aus Leibeskräften in den äußerst schlechten Pelzkragen seines verderbten und grausamen Feindes.

Die beiden Widersacher rasten dahin und schwiegen eine Zeitlang. Unser Held vermochte kaum zu atmen; der Weg war miserabel, so daß er bei jedem Schritt emporflog und Gefahr lief, sich das Genick zu brechen. Zudem wollte sein erbitterter Feind sich immer noch nicht als besiegt betrachten und bemühte sich, den Gegner in den Schmutz zu stoßen. Zur Erhöhung all dieser Widerwärtigkeiten herrschte das entsetzlichste Wetter. Der Schnee fiel in dichten Flocken und gab sich alle Mühe, irgendwie unter den aufgerissenen Mantel des echten Herrn Goljadkin zu kriechen. Es war trübe ringsum, man sah kaum die Hand vor den Augen. Es ließ sich nur schwer unterscheiden, durch welche Straßen sie rasten . . . Herr Goljadkin hatte das Gefühl, daß ihm etwas schon Bekanntes widerfahre. Einen Augenblick lang war er bemüht, sich zu entsinnen, ob er das gestern nicht etwa vorausgeahnt habe, im Traum vielleicht . . . Endlich hatte seine Seelenangst ihren höchsten Grad erreicht. Er stemmte sich gegen seinen erbarmungslosen Feind und wollte schreien. Aber der Schrei erstarb ihm auf den Lippen . . . Dann kam ein Moment, in dem Herr Goljadkin alles vergessen und beschlossen hatte, daß dies alles nichts zu bedeuten habe, daß es eben nur auf irgendeine unerklärliche Weise geschehen sei und ein Protest in diesem Fall eine ganz nutzlose und verlorene Sache sein müsse . . . Plötzlich aber und fast in demselben Augenblick, da unser Held das beschlossen hatte, veränderte ein unvorsichtiger Stoß die ganze Sachlage. Herr

Goljadkin fiel wie ein Sack Mehl aus dem Wagen und rollte irgendwohin, wobei er im Augenblick des Fallens klar einsah, daß er sich wirklich ganz zur Unzeit ereifert hatte. Als er endlich aufsprang, sah er, daß sie irgendwo gelandet waren; die Droschke stand inmitten eines Hofes, und unser Held sah auf den ersten Blick, daß es der Hof des Hauses war, in dem Olsufij Iwanowitsch wohnte. Im selben Augenblick bemerkte er, daß sein Freund bereits dem Treppenaufgang zustrebte, jedenfalls zu Olsufij Iwanowitsch. In seinem unbeschreiblichen Seelenschmerz wollte er dem Feind nachstürzen, besann sich aber zu seinem Glück noch rechtzeitig. Er versäumte nicht, den Kutscher zu entlohnen, dann stürzte er auf die Straße und lief, was er konnte, wohin die Beine ihn trugen. Der Schnee fiel noch immer in dichten Flocken, es war nach wie vor trüb, naß und finster. Unser Held ging nicht, er flog, rannte unterwegs alle um – Männer, Weiber und Kinder – und sprang seinerseits selber vor Männern, Weibern und Kindern beiseite. Um ihn herum und hinter ihm her hörte man ängstliches Sprechen, Kreischen, Schreien ... aber Herr Goljadkin war anscheinend nicht mehr bei Sinnen und wollte auf nichts achten ... Erst an der Semjonowbrücke kam er zu sich, und auch da nur, weil er an zwei Weiber, die irgendeine fliegende Ware trugen, angerannt war, sie umgerissen hatte und gleichzeitig selber hingefallen war ... Das tut nichts, dachte Herr Goljadkin, das kann sich noch alles zum besten wenden! Er griff in seine Tasche mit dem Wunsch, die verstreuten Pfefferkuchen, Äpfel, Erbsen und anderen Dinge durch einen Silberrubel zu ersetzen. Plötzlich ging Herrn Goljadkin ein neues Licht auf: er fühlte den Brief in seiner Tasche, den ihm der Schreiber am Morgen gegeben hatte. Beiläufig fiel ihm ein, daß sich in der Nähe ein ihm bekanntes Wirtshaus befand; ohne eine Minute zu verlieren, lief er dahin und ließ sich an einem durch ein Talglicht erhellten Tischchen nieder. Ohne etwas zu bestellen, ohne auf den

Kellner zu hören, der die Bestellung entgegennehmen wollte, erbrach er das Siegel und begann das Folgende zu lesen, das ihn vollends verblüffte:

Edler, um meinetwillen leidender und meinem
Herzen ewig teurer Mann!

Ich leide, ich bin verloren – rette mich! Ein Verleumder, ein Intrigant, ein durch die Schändlichkeit seiner Gesinnung berüchtigter Mann hat mich in seine Netze verstrickt, ich bin verloren! Ich bin gefallen! Aber er ist mir widerwärtig – und Du! ... Man hat uns getrennt, man hat meine Briefe an Dich aufgefangen! Alles das hat ein sittenloser Mensch getan, der seine einzige gute Eigenschaft, die Ähnlichkeit mit Dir, mißbrauchte. Man kann wohl häßlich sein, aber trotzdem durch Verstand, starkes Gefühl und angenehme Manieren fesseln ... Ich bin verloren! Man verheiratet mich gegen meinen Willen, und am meisten intrigiert hierbei mein Vater und Wohltäter, der Staatsrat Olsufij Iwanowitsch, der sich wahrscheinlich meinen Platz und meine Beziehungen in der guten Gesellschaft anzueignen wünscht ... Ich habe aber meinen Entschluß gefaßt und protestiere mit allen mir von der Natur verliehenen Mitteln. Erwarte mich heute Punkt zehn Uhr mit einem Wagen unter den Fenstern der Wohnung Olsufij Iwanowitschs. Wir geben wieder einen Ball, und der schöne Leutnant wird da sein. Ich komme zu dir hinaus, und wir eilen von dannen. Zudem gibt es ja auch noch andere Ämter, wo man dem Vaterland nützlich sein kann. Sei in jedem Fall dessen eingedenk, mein Freund, daß die Unschuld schon durch ihre Unschuld mächtig ist. Leb wohl. Warte mit dem Wagen an der Auffahrt. Ich werde mich Punkt zwei Uhr nachts in Deine Arme werfen.

Dein bis zum Grabe
Klara Olsufjewna.

Nachdem er diesen Brief gelesen hatte, war unser Held ein paar Minuten lang wie zerschmettert. In furchtbarer Seelenangst und furchtbarer Erregung, blaß wie eine Kalkwand, ging er mit dem Brief in der Hand ein paarmal im Zimmer auf und ab. Seine unglückliche Lage wurde noch schwerer, weil er nicht bemerkte, daß er im gegenwärtigen Augenblick der Gegenstand der besonderen Aufmerksamkeit aller im Zimmer Anwesenden war. Jedenfalls waren die Unordnung seiner Kleidung, die unverhohlene Erregung, das Umhergehen oder, besser gesagt, Umherlaufen, das Herumfuchteln mit beiden Armen, ein paar rätselhafte, unbewußt in die Luft gesprochene Worte – jedenfalls war dies alles in den Augen sämtlicher Besucher eine äußerst schlechte Empfehlung für Herrn Goljadkin, und selbst der Kellner fing an, ihn mißtrauisch zu betrachten. Zu sich kommend, bemerkte unser Held, daß er mitten im Zimmer stand und in fast unanständiger, unhöflicher Weise einen alten Mann von sehr ehrenwertem Äußeren anstarrte, der nach Beendigung seiner Mahlzeit vor dem Heiligenbild gebetet und sich dann wieder hingesetzt hatte und seinerseits die Augen nicht von Herrn Goljadkin wandte. Unser Held sah sich unruhig um und bemerkte, daß alle, aber auch alle ihn mit unheilverkündenden und mißtrauischen Blicken musterten. Plötzlich verlangte ein verabschiedeter Militär mit lauter Stimme die »Polizeinachrichten«. Herr Goljadkin fuhr zusammen und errötete. Wie zufällig senkte er den Blick und sah, daß er in einem so unanständigen Aufzug war, wie er sich sogar zu Hause nicht hätte zeigen dürfen, geschweige denn an einem öffentlichen Ort. Die Stiefel, die Beinkleider, die ganze linke Seite waren mit Schmutz bedeckt, die Strippe am linken Fuß war abgerissen, der Frack sogar an mehreren Stellen zerfetzt. In seiner namenlosen Seelenangst trat unser Held wieder an den Tisch heran, an dem er den Brief gelesen hatte, und sah, daß ein Kellner sich ihm mit einer sonderbaren, unverschämt-zudringlichen Miene näherte. Unser Held verlor die Fas-

sung, sank in sich zusammen und begann den Tisch zu betrachten, vor dem er stand. Da standen die nichtabgeräumten Teller einer Mahlzeit, da lag eine schmutzige Serviette und ein soeben erst benutztes Besteck. Wer hat denn da gegessen? dachte unser Held. War das wirklich ich? Es ist alles möglich. Ich habe gegessen und es nicht einmal bemerkt. Was soll ich nun tun? Herr Goljadkin hob die Augen und sah wieder den Kellner neben sich, der im Begriffe stand, ihm etwas zu sagen.
»Was bin ich schuldig, mein Lieber?« fragte unser Held mit zitternder Stimme.
Ein lautes Gelächter erscholl von allen Seiten, sogar der Kellner lachte. Herr Goljadkin begriff, daß er sich auch damit blamiert und irgendeine große Dummheit begangen hatte. Als ihm das zum Bewußtsein kam, wurde er so verlegen, daß er gezwungen war, sein Schnupftuch aus der Tasche zu ziehen, nur um etwas zu tun und nicht so dazustehn; aber zu seinem und der Umstehenden größten Erstaunen zog er statt des Taschentuchs ein Fläschchen mit der Arznei heraus, die Christian Iwanowitsch ihm vor vier Tagen verschrieben hatte. Die Medikamente aus derselben Apotheke, schoß es Herrn Goljadkin durch den Kof ... Plötzlich fuhr er zusammen und schrie beinahe auf vor Entsetzen. Ein neues Licht leuchtete auf ... Eine dunkle, rötliche, widerwärtige Flüssigkeit leuchtete mit unheildrohendem Schimmer in Herrn Goljadkins Augen ... Das Fläschchen entfiel seiner Hand und ging sofort entzwei. Unser Held schrie auf und sprang zwei Schritt von der sich ergießenden Flüssigkeit zurück. Er zitterte an allen Gliedern, der Schweiß brach ihm an Stirn und Schläfen aus. Also ist mein Leben in Gefahr. Mittlerweile machte sich in dem Zimmer eine Bewegung, eine Verwirrung bemerkbar; alle umringten Herrn Goljadkin, alle sprachen auf Herrn Goljadkin ein, einige faßten Herrn Goljadkin sogar an. Doch unser Held war stumm und unbeweglich: er sah nichts, er hörte nichts, er fühlte nichts ... Endlich riß er sich von seinem Platz los und

stürzte aus dem Gasthaus hinaus, stieß alle und jeden, der ihn zurückhalten wollte, weg, warf sich fast besinnungslos in die erste beste Droschke und flog in seine Wohnung.
Im Hausflur traf er Michejew, den Diener aus dem Büro, der ein amtliches Schreiben in der Hand hielt. »Ich weiß, mein Freund, ich weiß alles«, sagte unser erschöpfter Held mit schwacher, schmerzlicher Stimme, »das ist amtlich ...« Das Schreiben enthielt tatsächlich die von Andrej Filippowitsch unterschriebene Weisung, Herr Goljadkin möge die in seinen Händen befindlichen Amtsgeschäfte Iwan Semjonowitsch übergeben. Herr Goljadkin nahm das Schreiben, gab dem Boten einen Zehner und betrat seine Wohnung. Dort erblickte er Petruschka, der damit beschäftigt war, all seinen Kram und Plunder auf einen Haufen zusammenzutragen; er hatte offenbar die Absicht, Herrn Goljadkin zu verlassen und zu Karolina Iwanowna zu ziehen, die ihn abspenstig gemacht hatte, damit er ihren Jewstafij ersetze.

Zwölftes Kapitel

Petruschka trat schwankend ein, in seltsam-nachlässiger Haltung und mit einem sklavisch-feierlichen Ausdruck im Gesicht. Man sah ihm an, daß er etwas im Schilde führte, sich völlig im Recht fühlte und als ganz unbeteiligter Mensch dreinblickte, das heißt als Diener eines anderen, aber keinesfalls als der frühere Diener Herrn Goljadkins.
»Nun siehst du, meiner Lieber«, begann unser Held atemlos, »wie spät ist es jetzt, mein Lieber?«
Petruschka ging schweigend hinter den Verschlag, kam dann wieder und berichtete in ziemlich gleichgültigem Ton, daß es bald halb acht sei.
»Nun gut, mein Lieber, schon gut. Siehst du, mein Lie-

ber, gestatte mir dir zu sagen, mein Lieber, daß zwischen uns jetzt anscheinend alles aus ist.«

Petruschka schwieg.

»Also jetzt, wo bereits alles zwischen uns aus ist, sage mir jetzt aufrichtig, sage mir wie ein Freund, wo du gewesen bist, Brüderchen?«

»Wo ich gewesen bin? Bei ordentlichen Leuten.«

»Ich weiß, mein Freund, ich weiß. Ich bin immer zufrieden mit dir gewesen, ich werde dir auch ein Zeugnis geben . . . Nun, was machst du jetzt bei ihnen?«

»Was denn, Herr? Sie wissen es ja selber. Es ist bekannt, daß ein ordentlicher Mensch einen nichts Schlechtes lehrt.«

»Ich weiß, mein Lieber, ich weiß. Gute Leute sind heutzutage selten, mein Freund; halte sie wert, mein Freund. Nun, was treiben sie?«

»Man weiß doch, was . . . Nur kann ich jetzt nicht mehr bei Ihnen bleiben, Herr; Sie wissen es doch selber.«

»Ich weiß, mein Lieber, ich weiß; ich kenne deinen Diensteifer; ich habe alles gesehen, alles bemerkt. Ich achte dich, mein Freund. Ich achte einen guten, ehrlichen Menschen, auch wenn er ein Bedienter ist.«

»Natürlich, man weiß ja! Unsereiner geht, Sie wissen das ja selber, dahin, wo's besser ist. So ist's nun einmal. Was soll ich da sagen! Man weiß ja, Herr, daß es ohne gute Menschen nicht geht.«

»Schon recht, mein Lieber, schon recht; ich fühle es selber . . . Also hier hast du dein Geld, hier das Zeugnis. Gib mir jetzt einen Kuß, mein Freund, nehmen wir Abschied voneinander . . . Jetzt aber, mein Lieber, muß ich dich noch um einen Dienst, um den letzten Dienst bitten«, sagte Herr Goljadkin in feierlichem Ton. »Siehst du, mein Lieber, es kann allerhand geschehen. Das Unglück, mein Freund, wohnt auch in vergoldeten Palästen, man kann ihm nicht entgehen. Du weißt, mein Freund, ich glaube, ich bin immer gut zu dir gewesen.«

Petruschka schwieg.

»Ich glaube, ich bin immer gut zu dir gewesen ... Nun, wieviel Wäsche haben wir denn jetzt, mein Lieber?«

»Es ist alles da. Sechs Leinwandhemden, drei Paar Sokken, vier Vorhemdchen; eine Unterjacke aus Flanell; von Unterwäsche zwei Stück. Das wissen Sie alles selber. Ich habe nichts von dem Ihrigen, Herr ... Ich betreue das Eigentum der Herrschaft. Ich bin Ihnen, Herr, so ... man weiß ja ... ich habe mir da nichts zuschulden kommen lassen – niemals, Herr, das wissen Sie ja selber, Herr.«

»Ich glaube dir, mein Freund, ich glaube dir ... Davon rede ich auch nicht, mein Freund, davon nicht, siehst du, mein Freund ...«

»Gewiß, Herr, man kennt das ja. Als ich noch bei General Stolbnjakow diente, da ließ man mich ausgehen, beurlaubte man mich; die Herrschaft selber fuhr nach Saratow ... sie hatten dort ihr Familiengut ...«

»Nein, mein Freund, davon rede ich nicht, ich sage nichts. Du mußt nicht denken, mein lieber Freund ...«

»Man weiß das ja, Herr. Sie belieben selber zu wissen, daß es nicht schwerhält, unsereinen anzuschwärzen. Mit mir ist man überall zufrieden gewesen. Da waren Minister, Generale, Senatoren, Grafen. Ich war bei allen, beim Fürsten Swintschatkin, beim Hauptmann Pereborkin, beim General Nedobarow, die sind auch fortgezogen, sind auch auf ihre Güter gereist. Man weiß ja ...«

»Ja, mein Freund, ja; es ist gut, mein Freund, es ist gut. Ich verreise jetzt auch, mein Freund ... Jedem ist eine andere Bahn gewiesen, mein Freund, und man weiß nicht, auf welchen Weg der Mensch gelangen kann. Ich will mich also jetzt ankleiden, mein Freund, ja, und packe auch die Uniform ein ... die andere Hose, Bettücher, Decken, Kissen ...«

»Befehlen Sie, alles in ein Bündel zu schnüren?«

»Ja, mein Freund, meinethalben in ein Bündel ... Wer weiß, was mit uns geschehen kann. Und jetzt, mein Lieber, geh und hole mir einen Wagen ...«

»Einen Wagen?«

»Ja, mein Freund, einen recht geräumigen Wagen und für eine bestimmte Zeit. Du mußt aber nicht etwa denken, mein Freund . . .«

»Und gedenken Sie weit weg zu reisen?«

»Ich weiß nicht, mein Freund, das weiß ich auch nicht. Das Federbett wird man auch dazulegen müssen, denke ich. Was meinst du, mein Freund? Ich verlasse mich auf dich, mein Freund . . .«

»Belieben Sie denn jetzt gleich fortzufahren?«

»Ja, mein Freund, ja! Die Verhältnisse haben sich so gestaltet. So ist es, mein Lieber, so ist es . . .«

»Gewiß, Herr; mit dem Leutnant in unserem Regiment war es ebenso; dort beim Gutsbesitzer . . . hat er sie entführt . . .«

»Entführt? . . . Wie, mein Lieber, du . . .«

»Ja, entführt, und auf einem anderen Gut haben sie sich trauen lassen. Alles war vorbereitet. Sie wurden verfolgt. Dann erst hat der selige Fürst sich ihrer angenommen, und die Sache wurde beigelegt . . .«

»Sie haben sich trauen lassen, ja . . . Aber wie denn, mein Lieber? Woher weißt du denn das, mein Lieber?«

»Man weiß eben seinen Teil. Die Welt ist erfüllt von Gerüchten, Herr . . . Wir wissen alles, Herr . . . natürlich, wer ist denn frei von Sünde? Aber ich muß Ihnen jetzt sagen, Herr, erlauben Sie Ihrem Knecht, es Ihnen offen zu sagen. Wenn die Dinge schon so liegen, muß ich Ihnen sagen, Herr: Sie haben einen Feind, Sie haben einen Nebenbuhler, Herr, einen starken Nebenbuhler . . .«

»Ich weiß, mein Freund, ich weiß; du weißt ja selber, mein Lieber . . . Ich verlasse mich also auf dich. Was sollen wir jetzt machen, mein Freund? Was rätst du mir?«

»Also, Herr, wenn Sie jetzt, sozusagen, auf diesen Weg geraten sind, so wird es nötig sein, daß Sie einiges kaufen, – nun, Bettlaken, Kissen, ein anderes Federbett, ein zweischläfriges, eine gute Bettdecke gleich hier unten bei der Nachbarin, sie ist eine Kleinbürgerin, Herr, sie hat auch

einen guten Mantel, mit Fuchspelz gefüttert, man könnte ihn ansehen und kaufen, man könnte jetzt gleich hingehen, um ihn anzusehen. Sie brauchen das jetzt doch, Herr; es ist ein guter Pelz, mit Atlas bezogen und mit Fuchs gefüttert.«

»Schon gut, mein Freund, schon gut; ich bin einverstanden, mein Freund, ich verlasse mich auf dich, ganz auf dich: meinetwegen auch den Pelz, mein Lieber . . . Aber nur schneller, schneller! Um Gottes willen schneller! Ich will auch den Pelz kaufen, nur bitte schneller! Es ist bald acht Uhr, um Gottes willen, schneller, mein Freund! Beeile dich, mein Freund!«

Petruschka warf das noch nicht fertig geschnürte Bündel samt der Wäsche, den Kissen, der Decke, dem Laken und allerhand Kram, den er herbeigetragen hatte und zusammenschnüren wollte, hin und stürzte jählings davon. Herr Goljadkin griff inzwischen noch einmal nach dem Brief, vermochte ihn aber nicht zu lesen. Er nahm sein armseliges Haupt in beide Hände und lehnte sich gegen die Wand. Er konnte an nichts denken und konnte auch nichts tun, er wußte selber nicht, was mit ihm vorging. Als er endlich bemerkte, daß die Zeit verging, ohne daß Petruschka oder der Fuchspelz erschien, beschloß er, selber hinunterzugehen. Als er die Flurtür öffnete, hörte er von unten Lärm, Sprechen, Streit und Gerede . . . Ein paar Nachbarinnen schwatzten, schrien, klatschten über irgend etwas – Herr Goljadkin wußte schon worüber. Man hörte Petruschkas Stimme, dann ließen sich Schritte vernehmen. »Oh, mein Gott! Sie trommeln die ganze Stadt zusammen!« stöhnte Herr Goljadkin, vor Verzweiflung die Hände ringend, und stürzte zurück in sein Zimmer. Dort fiel er fast bewußtlos auf den Diwan und drückte das Gesicht in das Kissen. Wohl eine Minute lang lag er so da, dann sprang er auf, legte, ohne auf Petruschka zu warten, Überschuhe, Hut und Mantel an, steckte seine Brieftasche ein und lief eilends die Treppe hinunter. »Es ist nichts nötig, mein Lieber, nichts! Ich mache alles sel-

ber. Ich brauche dich vorläufig nicht, und inzwischen wendet sich vielleicht die ganze Sache zum besten«, murmelte Herr Goljadkin Petruschka zu, der ihm auf der Treppe begegnete, dann lief er in den Hof und hinaus auf die Straße; sein Herz stockte, er hatte noch keinen Entschluß gefaßt... Was sollte er tun, was beginnen, wie sollte er im gegebenen kritischen Fall handeln?

»Ja, wie soll ich handeln, o mein Herr und Gott? Und mußte denn das alles kommen?« schrie er endlich in Verzweiflung und hinkte aufs Geratewohl die Straße entlang, »mußte denn das alles kommen? Wenn das nicht wäre, gerade das, so hätte sich alles eingerenkt, mit einemmal, mit *einem* Schlag, einem geschickten, energischen, festen Schlag hätte sich alles eingerenkt. Ich lasse mir den Finger abhacken – es hätte sich eingerenkt! Und ich weiß sogar, auf welche Weise es sich eingerenkt hätte. Es wäre alles so gekommen: Ich hätte dies und das vorgebracht: Ich kann nicht gut anders, mein verehrter Herr; ich weiß nicht ein noch aus; so macht man kein Geschäft, und durch Vorspiegelung falscher Tatsachen erreicht man bei uns nichts; Sie sind ein Usurpator, mein Herr, das heißt ein nutzloser Mensch, der dem Vaterland keinen Vorteil bringt. Begreifen Sie das? Begreifen Sie das, mein Herr? So wäre das also... Aber nein, wie denn ... es wäre gar nicht so, durchaus nicht so... Was lüge ich denn, ich Dummkopf! Ich Selbstmörder! Es ist gar nicht so, du Selbstmörder du... Aber so, du verderbter Mensch, so wird es jetzt gemacht... Wo soll ich nun hin? Was soll ich jetzt mit mir anfangen? Wozu tauge ich noch? Also wozu taugst du jetzt noch, du Goljadkin du, du Unwürdiger! Was nun? Man muß einen Wagen holen, geh hin und präsentiere ihr einen Wagen! Wir bekommen nasse Füßchen, wenn kein Wagen da ist... Und wer hätte das für möglich gehalten? Das ist mir eine junge Dame! Ei, ei, meine Gnädigste! Das ist mir eine tugendhafte Jungfrau! Das ist unsere Vielgepriesene! Sie haben sich ausgezeichnet, Gnädigste, da ist nichts zu sagen... Aber das kommt von der sittenlosen

Erziehung, und jetzt, wo ich das alles so durchschaue und begreife, sehe ich, daß es von nichts anderem herrührt als von der Sittenlosigkeit. Statt sie von Kindheit an so ... auch zuweilen mit der Rute, stopfen sie sie mit Konfekt, mit allerhand Süßigkeiten, und der Alte selber plärrt ihr vor: ‚Du bist diese und jene, du bist mein schönes Kind, und du bekommst einen Grafen!' ... Und nun ist sie so geworden und hat uns ihre Karten gezeigt! So ist unser Spiel, seht her! Statt sie von Kindheit an im Hause zu behalten – nein, da muß sie ins Pensionat, zu der französischen Madame, zu irgend so einer Emigrantin Falbalas, und da lernt sie allerhand Schönes, bei dieser Emigrantin Falbalas. Dann kommen eben solche Geschichten heraus. Geht nur hin, und freut euch! Warten Sie um die und die Stunde mit dem Wagen unter meinem Fenster, und singen Sie eine gefühlvolle Romanze auf spanisch. Ich erwarte Sie, ich weiß, daß Sie mich lieben, wir wollen zusammen fliehen und in einer Hütte wohnen. Und schließlich ist es auch unmöglich, es ist, meine Gnädigste – wenn es schon darauf hinausgeht –, unmöglich, es ist durch die Gesetze verboten, eine ehrbare und unschuldige Jungfrau ohne Genehmigung der Eltern aus dem Vaterhaus zu entführen! Und schließlich, wozu auch, warum und aus welcher Notwendigkeit heraus? Hätte sie doch, wie es sich gehört, den geheiratet, der ihr vom Schicksal bestimmt war, so wäre die Sache erledigt. Ich aber bin Beamter; ich kann deswegen meine Stelle verlieren, ich kann deswegen vor Gericht kommen, meine Gnädigste! So ist das! Falls Sie es noch nicht gewußt haben! Das ist die Machenschaft der Deutschen, das rührt alles von dieser Hexe her, da liegt der Hund begraben! Weil man einen Menschen verleumdet hat, weil man einen Weiberklatsch über ihn erdacht hat, eine blödsinnige Fabel, auf den Rat dieses Andrej Filippowitsch – daher kommt das alles! Warum hätte sich denn sonst Petruschka hineingemischt? Was liegt ihm daran? Wozu hätte der Schuft das nötig? Nein, ich kann nicht, meine Gnädigste, ich kann keines-

falls, ich kann durchaus nicht ... Sie müssen mich dieses Mal schon irgendwie entschuldigen, meine Gnädigste! Das rührt alles von Ihnen her, meine Gnädigste, das kommt nicht von der Deutschen, gar nicht von der Hexe, sondern ganz allein von Ihnen, denn die Hexe ist eine gute Frau, die Hexe ist gar nicht schuld, aber Sie sind schuld daran, meine Gnädigste – so ist's! Sie beschuldigen mich fälschlich, meine Gnädigste ... Hier geht ein Mensch zugrunde, hier schwindet ein Mensch dahin und kann sich selber nicht halten – wer denkt da an Hochzeit! Und wie soll das alles enden? Und wie wird es sich jetzt einrenken? Ich gäbe viel darum, es zu erfahren ...«

So grübelte unser Held in seiner Verzweiflung. Dann kam er plötzlich zu sich und bemerkte, daß er irgendwo in der Litejnaja stand. Das Wetter war entsetzlich: es taute, schneite und regnete zugleich – genauso wie in jener unvergeßlichen Nacht, da in der furchtbaren Mitternachtsstunde alle Leiden Herrn Goljadkins begonnen hatten. Das gäbe eine schöne Reise! dachte er angesichts dieses Wetters, hier schwingt überall der Tod das Zepter ... Oh, mein Herr und Gott! Wo soll ich zum Beispiel einen Wagen finden? Dort an der Ecke steht etwas Dunkles. Wollen wir sehen und die Sache untersuchen ... mein Herr und Gott! fuhr unser Held fort und ging mit schwachen, schwankenden Schritten auf jene Stelle zu, wo er etwas einem Wagen Ähnliches entdeckt hatte. Nein, ich will es so machen: ich will hingehen, ihm zu Füßen fallen, wenn möglich demütig bitten. So und so steht es, ich lege mein Schicksal in Ihre Hände, in die Hände meines Vorgesetzten, beschützen Sie, sozusagen, einen Menschen, Exzellenz, werden Sie sein Wohltäter. Dies und das ist passiert, eine ungesetzliche Handlung ist im Gange, richten Sie mich nicht zugrunde, ich betrachte Sie als Vater, verlassen Sie mich nicht ... retten Sie mein Ehrgefühl, meine Ehre, meinen Namen. Retten Sie mich vor dem Bösewicht, vor dem verderbten Mann ... Er ist ein anderer Mensch, Exzellenz, und ich bin auch ein anderer

Mensch; er ist für sich, und ich bin auch für mich, wirklich für mich, Exzellenz! Ich kann ihm nicht ähnlich sein, ändern Sie das, haben Sie die Güte, befehlen Sie, das zu ändern und den gottlosen eigenmächtigen Betrug zu vernichten... Es ist ein schlechtes Beispiel für andere, Exzellenz. Ich betrachte Sie als Vater; die Obrigkeit, die wohltätige und vorsorgliche Obrigkeit muß solche Regungen natürlich unterstützen... Darin liegt sogar etwas Ritterliches. Ich betrachte sozusagen die wohltätige Obrigkeit als Vater und stelle ihr mein Schicksal anheim; ich werde auch nicht widersprechen, ich stelle ihr mein Geschick anheim und ziehe mich selbst von der Sache zurück... so steht es!

»Heda, mein Lieber, bist du ein Mietkutscher?«

»Ei, freilich.«

»Ich brauche einen Wagen, mein Lieber, für den Abend.«

»Und belieben Sie weit zu fahren?«

»Für den Abend, für den ganzen Abend! wohin es auch sein möge, mein Lieber, wohin es auch sein möge.«

»Belieben Sie vielleicht nach außerhalb zu fahren?«

»Ja, mein Freund, auch nach außerhalb. Ich weiß es selber noch nicht genau, mein Freund, ich kann es dir noch nicht bestimmt sagen, mein Lieber. Siehst du, mein Lieber, es kann sich vielleicht noch alles zum besten wenden. Man weiß ja, guter Freund...«

»Ja, man weiß natürlich, Herr. Gott gebe es einem jeden...«

»Ja, mein Freund, ja! Ich danke dir, mein Lieber. Wieviel willst du denn haben, mein Lieber?«

»Belieben Sie gleich zu fahren?«

»Ja, gleich; das heißt, mein Lieber, an einem Ort mußt du warten, mein Lieber... so ein wenig warten, nicht lange, mein Lieber...«

»Ja, wenn Sie mich für die ganze Zeit brauchen, so kann ich's bei dem Wetter schon nicht anders als für sechs Rubel machen...«

»Gut, mein Freund, gut; mein Dank ist dir gewiß. Also willst du mich jetzt fahren, mein Lieber?«

»Steigen Sie ein! Erlauben Sie, ich mache hier nur etwas zurecht – so, nun steigen Sie ein. Wohin befehlen Sie?«

»Zur Ismailowbrücke, mein Freund.«

Der Kutscher kletterte auf den Bock und setzte ein Paar magere Klepper in Bewegung, nachdem er sie gewaltsam von einer Krippe mit Heu losgerissen hatte. Er fuhr zur Ismailowbrücke. Da plötzlich zog Herr Goljadkin an der Schnur, hielt den Wagen an und bat mit flehentlicher Stimme, der Kutscher möchte umkehren und nicht zur Ismailowbrücke, sondern in eine andere Straße fahren. Der Kutscher machte kehrt und steuerte der anderen Straße zu; nach zehn Minuten hielt das Fahrzeug vor dem Haus, in dem Seine Exzellenz wohnte. Herr Goljadkin verließ den Wagen, bat seinen Kutscher inständigst zu warten und lief selber mit stockendem Herzen hinauf in den zweiten Stock, wo er an der Klingelschnur zog. Die Tür wurde geöffnet, und unser Held stand im Vorzimmer Seiner Exzellenz.

»Geruhen Exzellenz zu Hause zu sein?« fragte Herr Goljadkin den Diener, der ihm geöffnet hatte.

»Was wünschen Sie denn?« fragte der Lakai, indem er Herrn Goljadkin vom Kopf bis zu den Füßen musterte.

»Ja, mein Freund, ich bin also ... Goljadkin, Beamter, Titularrat Goljadkin. Ich will also ... eine Erklärung abgeben ...«

»Warten Sie, es geht nicht ...«

»Ich kann nicht warten, lieber Freund: meine Sache ist wichtig, es ist eine Sache, die keinen Aufschub duldet ...«

»Von wem kommen Sie denn? Haben Sie Akten mit?«

»Nein, mein Freund, ich komme von mir aus ... Melde mich, mein Lieber: so und so ... und ich hätte eine Erklärung abzugeben. Ich werde mich erkenntlich zeigen, mein Lieber.«

»Es ist unmöglich. Es ist befohlen worden, niemanden zu

empfangen, Exzellenz haben Besuch. Kommen Sie morgen früh um zehn ...«

»So melden Sie mich doch, mein Bester, ich kann unmöglich warten ... Sie werden das verantworten müssen, mein Lieber ...«

»So geh doch und melde! Tun dir etwa deine Stiefel leid?« sagte ein zweiter Lakai, der sich auf einer Bank geräkelt und bis jetzt kein Wort gesprochen hatte.

»Die Stiefel unnütz vertreten! Er hat befohlen, niemanden zu empfangen, du weißt es doch. Sprechstunde ist am Vormittag.«

»Melde den Herrn nur. Wird dir etwa die Zunge abfallen?«

»Ich kann ihn ja melden – die Zunge wird mir nicht abfallen. Exzellenz hat es aber nicht erlaubt, ein für allemal: es ist nicht erlaubt. Kommen Sie in das Zimmer.«

Herr Goljadkin trat in das erste Zimmer; auf dem Tisch stand eine Uhr. Er sah hin: halb neun. Das Herz krampfte sich ihm in der Brust zusammen. Er wollte schon umkehren, aber in diesem selben Augenblick rief der Lakai, der auf die Schwelle des nächsten Zimmers getreten war, mit lauter Stimme den Namen Herrn Goljadkins. Hat der eine Kehle! dachte unser Held in unbeschreiblicher Seelenangst. Hättest du gesagt: So und so, da ist einer gekommen, um sich ergebenst und demütig zu erklären ... und ... haben Sie die Güte, ihn zu empfangen ... Jetzt aber ist die ganze Sache verdorben, jetzt zerflattert alles im Wind! Übrigens ... ach was, es macht nichts ... Er konnte auch nicht weiter räsonieren. Der Lakai kam zurück, sagte: »Bitte« und führte Herrn Goljadkin ins Arbeitszimmer.

Als unser Held eintrat, glaubte er erblindet zu sein, denn er sah absolut nichts ... Zwei, drei Gestalten glitten an seinen Augen vorüber. Das sind wohl Gäste, schoß es Herrn Goljadkin durch den Kopf. Endlich begann unser Held den Stern auf dem schwarzen Frack Seiner Exzellenz deutlich zu unterscheiden, dann sah er auch den schwar-

zen Frack, und schließlich erhielt er seine volle Sehkraft zurück . . .

»Was beliebt?« ertönte eine bekannte Stimme.

»Titularrat Goljadkin, Exzellenz.«

»Nun?«

»Ich bin gekommen, eine Erklärung abzugeben . . .«

»Wie? . . . Was? . . .«

»Nun, eben so. Ich bin gekommen, mich auszusprechen, Exzellenz . . .«

»Ja aber . . . wer sind Sie denn?«

»Goljadkin, Exzellenz, Titularrat.«

»Also was wollen Sie?«

»So und so stehen die Sachen, ich betrachte ihn als Vater: ich selber ziehe mich von der Affäre zurück, aber beschützen Sie mich vor dem Feind – das ist's!«

»Was soll das?«

»Es ist bekannt . . .«

»Was ist bekannt?«

Herr Goljadkin schwieg, sein Kinn fing allmählich an zu zittern . . .

»Nun?«

»Ich dachte, daß etwas Ritterliches, Exzellenz . . . daß hierin etwas Ritterliches liegt, und ich betrachte den Vorgesetzten als Vater, das heißt, so und so, beschützen Sie mich, ich flehe unter Trä – Trä – Tränen; und daß solche An – Anregungen ge – gefördert wer – werden mü – mü – müssen . . .«

Seine Exzellenz wandte sich ab. Unser Held konnte einige Sekunden lang gar nichts mit seinen Augen wahrnehmen. Es beklemmte ihm die Brust. Sein Atem stockte. Er wußte nicht, wo er stand . . . Er fühlte sich gewissermaßen beschämt und traurig. Gott weiß, was darauf geschah . . . Als unser Held wieder zu sich kam, sah er, daß Seine Exzellenz mit den Gästen sprach und scheinbar scharf und heftig etwas mit ihnen erörterte. Einen der Gäste erkannte Goljadkin sofort. Es war Andrej Filippowitsch . . . Den andern kannte er nicht; allerdings kam ihm sein Gesicht

bekannt vor – eine hohe, starke Erscheinung in vorgeschrittenem Alter, mit überaus dichten Augenbrauen und Backenbart und ausdrucksvollem, scharfem Blick. Der Unbekannte trug einen Orden am Hals, im Mund hatte er eine kleine Zigarre. Er rauchte und nickte, ohne die Zigarre aus dem Mund zu nehmen, bedeutungsvoll mit dem Kopf, wobei er ab und zu auf Herrn Goljadkin blickte. Herr Goljadkin fühlte sich etwas peinlich berührt; er wandte den Blick zur Seite und entdeckte dabei noch einen sehr seltsamen Gast. In der Tür, die er bis jetzt für einen Spiegel gehalten hatte, wie ihm das schon einmal passiert war, erschien er – man weiß schon wer! Der sehr gute Bekannte und Freund Herrn Goljadkins, Herr Goljadkin junior, hatte sich tatsächlich bis jetzt in einem andern kleinen Zimmerchen aufgehalten und irgend etwas in aller Eile geschrieben; jetzt wurde dies offenbar benötigt – und er erschien, die Akten unterm Arm, trat zu Seiner Exzellenz und verstand es sehr geschickt, sich den Sprechenden zuzugesellen, bemüht, die ausschließliche Aufmerksamkeit auf sich zu lenken; er stand etwas hinter dem Rücken Andrej Filippowitschs, zum Teil von dem Unbekannten verdeckt, der die Zigarre rauchte. Augenscheinlich nahm Herr Goljadkin junior regen Anteil an dem Gespräch; jetzt hörte er mit edlem Anstand zu, nickte mit dem Kopf, trat bald auf das eine, bald auf das andere Füßchen, lächelte und sah fortwährend Seine Exzellenz an, als wollte er mit Blicken darum flehen, daß man auch ihm gestatten möge, ein paar Wörtchen einzuflechten. Schuft! dachte Herr Goljadkin und trat unwillkürlich einen Schritt vor. In diesem Augenblick drehte sich Exzellenz um und ging selber ziemlich unentschlossen auf Herrn Goljadkin zu.

»Gut denn, gehen Sie mit Gott. Ich will Ihre Angelegenheit untersuchen, Sie selber aber lasse ich hinausbegleiten.« Hierbei sah Exzellenz den Herrn mit dem dichten Backenbart an. Dieser nickte zum Zeichen seines Einverständnisses mit dem Kopf.

Herr Goljadkin fühlte und begriff, daß man ihn hier für einen ganz anderen hielt und gar nicht für den, der er sein sollte. So oder anders, aber ich muß mich doch aussprechen, dachte er, so und so stehen die Dinge, Exzellenz. In seiner Verlegenheit senkte er den Blick und bemerkte zu seinem größten Erstaunen einen ziemlich ansehnlichen Fleck auf den Stiefeln Seiner Exzellenz. Sollten sie wirklich geplatzt sein? dachte Herr Goljadkin. Aber er entdeckte alsbald, daß die Stiefel Seiner Exzellenz keineswegs geplatzt waren, sondern nur das Licht sehr stark zurückwarfen, ein Phänomen, das sich restlos damit erklären ließ, daß die Stiefel aus hellglänzendem Lackleder angefertigt waren. Das nennt man »Reflex«, dachte unser Held, besonders in den Malerwerkstätten hält man an diesem Ausdruck fest; an anderen Orten nennt man diesen Reflex . . . Herr Goljadkin hob die Augen und sah, daß es Zeit zum Reden war, da die Sache sonst ein schlechtes Ende nehmen konnte . . . Unser Held trat einen Schritt vor.

»Die Dinge stehen so, Exzellenz«, sagte er; »durch Usurpation läßt sich aber in unserer Zeit nichts erreichen.«

Exzellenz erwiderte nichts, sondern zog nur heftig an der Klingelschnur. Unser Held trat noch einen Schritt vor.

»Er ist ein gemeiner und sittenloser Mensch, Exzellenz«, sagte er, ganz außer sich, halbtot vor Furcht, zeigte aber kühn und entschieden auf seinen unwürdigen Zwillingsbruder, der in diesem Moment um Seine Exzellenz herumscharwenzelte. »So ist's, und ich spiele auf eine gewisse Person an.«

Nach diesen Worten Herrn Goljadkins entstand eine allgemeine Bewegung. Andrej Filippowitsch und der Unbekannte nickten einander zu. Seine Exzellenz riß voll Ungeduld und mit aller Kraft an der Klingelschnur, um die Dienerschaft herbeizurufen. Da trat Herr Goljadkin junior vor.

»Exzellenz«, sagte er, »ich bitte ergebenst um die Erlaubnis, sprechen zu dürfen.« Aus seiner Stimme klang äußer-

ste Entschlossenheit; alles an ihm zeigte, daß er sich völlig im Recht fühlte.

»Gestatten Sie mir, Sie zu fragen«, begann er von neuem, die Antwort Seiner Exzellenz in seinem Eifer vorwegnehmend und sich diesmal an Herrn Goljadkin wendend, »gestatten Sie mir, Sie zu fragen, in wessen Gegenwart Sie derartige Reden halten? Vor wem stehen Sie, in wessen Arbeitszimmer befinden Sie sich? ...« Herr Goljadkin junior war außerordentlich erregt, ganz rot und glühend vor Empörung und Zorn; in seinen Augen zeigten sich sogar Tränen.

»Herr und Frau Bassawrjukow!« brüllte der Lakai, der in der Tür des Zimmers erschienen war, aus vollem Hals. Ein guter, adliger Name, Einwanderer aus Kleinrußland, dachte Herr Goljadkin und fühlte gleichzeitig, daß ihm jemand in sehr freundschaftlicher Weise eine Hand auf den Rücken legte, dann legte sich auch eine zweite auf seinen Rücken; der gemeine Zwilling Herrn Goljadkins scharwenzelte vorneweg und zeigte den Weg; unser Held sah deutlich, daß man ihn zu der großen Tür des Arbeitszimmers dirigierte. Auf ein Haar so wie bei Olsufij Iwanowitsch, dachte er und befand sich bereits im Vorzimmer. Als er sich umsah, erblickte er neben sich zwei Lakaien Seiner Exzellenz und seinen Zwilling.

»Den Mantel, den Mantel, den Mantel, den Mantel meines Freundes! Den Mantel meines besten Freundes!« zwitscherte der sittenlose Mensch, riß einem Diener den Mantel aus der Hand und warf ihn mit gemeinem und unwürdigem Hohn Herrn Goljadkin gerade auf den Kopf. Während sich unser Held unter dem Mantel hervorarbeitete, vernahm er deutlich das Lachen der beiden Diener. Aber er hörte auf nichts, er achtete auf nichts Nebensächliches; er verließ bereits das Vorzimmer und war gleich darauf in dem erleuchteten Treppenhaus. Herr Goljadkin junior ging hinter ihm her.

»Leben Sie wohl, Exzellenz!« rief er Herrn Goljadkin senior nach.

»Schurke!« sagte unser Held ganz außer sich.
»Nun, und wenn auch Schurke . . .«
»Sittenloser Mensch!«
»Nun, und wenn auch sittenlos . . .« entgegnete der unwürdige Feind dem würdigen Herrn Goljadkin und blickte ihm mit der ihm eigenen Gemeinheit von der Höhe der Treppe aus gerade in die Augen, ohne mit der Wimper zu zucken, als bäte er ihn fortzufahren. Unser Held spuckte vor Empörung aus und lief dem Ausgang zu. Er war so vernichtet, daß er sich gar nicht entsinnen konnte, wer und wie man ihn in den Wagen gesetzt hatte. Als er zu sich kam, entdeckte er, daß er die Fontanka entlangfuhr. Also zur Ismailowbrücke? dachte Herr Goljadkin. Er wollte noch an etwas anderes denken, aber es war unmöglich; es war etwas so Entsetzliches, daß es sich gar nicht beschreiben läßt . . . Nun, es tut nichts! beschloß unser Held und fuhr der Ismailowbrücke zu.

Dreizehntes Kapitel

Es war, als ob das Wetter sich zum Besseren wenden wollte. Tatsächlich fiel der nasse Schnee, der bisher in ganzen Wolken herabgekommen war, immer weniger dicht und ließ endlich ganz nach. Der Himmel wurde sichtbar, und hier und da blitzte ein Sternchen auf. Es war nur naß, schmutzig, feucht und drückend, besonders für Herrn Goljadkin, der ohnedies kaum zu atmen vermochte. Der durchnäßte, schwer gewordene Mantel durchdrang alle seine Glieder mit einer unangenehm-warmen Feuchtigkeit, und seine ohnehin schon sehr geschwächten Beine brachen unter der Last zusammen. Ein Fieberschauer verursachte ihm im ganzen Körper ein scharfes, beißendes Kribbeln; die Erschöpfung erpreßte ihm kalten, krankhaften Schweiß, so daß Herr Goljadkin bei dieser Gelegenheit sogar vergaß, seinen Lieblingssatz mit der ihm eigenen Festigkeit und Entschlossenheit zu

wiederholen: daß sich das alles vielleicht, irgendwie, nein, bestimmt und sicherlich zum besten wenden werde. »Das ist übrigens vorläufig noch gar nichts«, fügte unser standhafter, nicht so leicht zu entmutigender Held hinzu und wischte die kalten Wassertropfen von seinem Gesicht, die in allen Richtungen von der Krempe seines runden Hutes herabrieselten; dieser war so durchnäßt, daß er das Wasser nicht mehr hielt. In der Überzeugung, daß dies alles nichts sei, versuchte unser Held sich auf einen ziemlich dicken Klotz zu setzen, der neben einem Holzhaufen im Hof Olsufij Iwanowitschs lag. Natürlich war an spanische Serenaden und seidene Strickleitern nicht mehr zu denken; aber an ein stilles Winkelchen, das zwar nicht allzu warm, dafür aber gemütlich und verborgen wäre, mußte man doch denken. Sehr verlockend schien ihm, nebenbei bemerkt, das stille Winkelchen auf der Hintertreppe von Olsufij Iwanowitschs Wohnung zu sein, jenes Winkelchen, wo unser Held schon früher einmal, beinahe ganz zu Beginn dieser wahrheitsgetreuen Erzählung, zwei Stunden lang zwischen einem alten Schrank und einem Wandschirm, zwischen allerhand unnützem Hausgerät, Kram und Gerümpel gestanden hatte. Die Sache lag nämlich so, daß Herr Goljadkin auch jetzt bereits zwei volle Stunden im Hof Olsufij Iwanowitschs stand und wartete. Aber in bezug auf den früheren verborgenen und gemütlichen Winkel gab es jetzt einige Schwierigkeiten, die früher nicht vorhanden gewesen waren. Die erste Schwierigkeit war die, daß dieser Platz jetzt bekannt war und man seit den Vorkommnissen des letzten Balles bei Olsufij Iwanowitsch sicherlich einige Vorsichtsmaßregeln getroffen hatte; zweitens aber mußte man doch auf das verabredete Zeichen Klara Olsufjewnas warten, denn irgendein verabredetes Zeichen mußte es ja geben. Das wurde immer so gemacht, und »wir sind, sozusagen, nicht die ersten und nicht die letzten«! Herrn Goljadkin fiel da zur guten Stunde ein vor langer Zeit gelesener Roman ein, in welchem die Heldin ihrem Alfred unter ganz ähnlichen

Umständen ein Zeichen gegeben hatte, indem sie nämlich ein rosa Bändchen ans Fenster knüpfte. Ein rosa Bändchen konnte aber jetzt in der Nacht und bei dem durch seine Feuchtigkeit und Unzuverlässigkeit bekannten Petersburger Klima nicht angewandt werden und war ganz unmöglich. Nein, hier ist's nichts mit seidenen Strickleitern, dachte unser Held, ich will lieber hier, so für mich, bescheiden, ganz im stillen ... ich will mich lieber hierher stellen, und er wählte ein Plätzchen im Hof, den Fenstern gegenüber, neben einem aufgestapelten Holzhaufen. Allerdings gingen viele fremde Personen über den Hof, Vorreiter, Kutscher, außerdem ratterten die Räder, wieherten die Pferde, und so weiter ... Immerhin war der Platz bequem, er hatte wenigstens den Vorzug, daß die Sache sich einigermaßen im Schatten abspielte und niemand Herrn Goljadkin sehen konnte, während er durchaus alles zu sehen vermochte. Die Fenster waren hell erleuchtet, irgendeine feierliche Versammlung fand bei Olsufij Iwanowitsch statt. Bis jetzt aber hörte man noch keine Musik. Es ist also kein Ball, sondern sie haben sich aus irgendeinem anderen Anlaß versammelt, dachte unser Held mit stockendem Herzen. Ist es aber auch heute? schoß es ihm durch den Sinn. Habe ich mich nicht am Ende im Datum geirrt? Es ist möglich, es ist durchaus möglich ... Es ist dies, wie vielleicht alles ... Vielleicht ist der Brief schon gestern geschrieben worden und ist nicht in meine Hände gelangt, und zwar deshalb nicht, weil Petruschka sich da hineingemischt hat, dieser Spitzbube. Oder er ist morgen geschrieben, das heißt, was rede ich? ... daß morgen alles ausgeführt werden sollte, das heißt das Warten mit dem Wagen ... Unserem Helden wurde eiskalt, und er griff in die Tasche nach dem Brief, um sich zu vergewissern. Aber zu seinem Erstaunen war der Brief nicht in der Tasche zu finden. »Wie kommt denn das?« flüsterte der halbtote Herr Goljadkin. »Wo habe ich ihn denn gelassen? Also habe ich ihn verloren? Das hat gerade noch gefehlt!« stöhnte er endlich. »Wie, wenn er

jetzt in unrechte Hände kommt? Oder vielleicht schon gekommen ist? O Gott! Was kann daraus entstehen? Es kann so werden, daß . . . Ach, mein unseliges Geschick!« Herr Goljadkin begann wie Espenlaub zu zittern bei dem Gedanken, daß sein schlechtgesinnter Zwilling in dem Augenblick, da er ihm den Mantel auf den Kopf warf, vielleicht die Absicht gehabt hatte, den Brief zu entwenden, dessen Vorhandensein er auf irgendeine Weise von den Feinden Herrn Goljadkins herausgeschnüffelt hatte. Zudem unterschlägt er oft Briefe, dachte unser Held; als Beweis dafür . . . ach, was sollen die Beweise! Nach dem ersten Anfall von Erstarrung und Entsetzen schoß das Blut Herrn Goljadkin in den Kopf. Stöhnend und zähneknirschend faßte er nach seinem heißen Haupt, ließ sich auf seinen Holzklotz nieder und begann zu überlegen. Aber er konnte keinen zusammenhängenden Gedanken fassen. Verschiedene Personen erschienen ihm, dann kam ihm – bald unklar, bald deutlich – die Erinnerung an längst vergessene Ereignisse. Melodien allerlei dummer Lieder drängten sich ihm auf . . . Es war eine Marter ohnegleichen. Mein Gott! Mein Gott! dachte unser Held, nachdem er etwas zu sich gekommen war, und unterdrückte ein dumpfes Schluchzen in seiner Brust. Verleihe mir Seelenstärke in dieser unerschöpflichen Tiefe meines Unglücks! Daß ich verloren bin, völlig vernichtet, daran besteht kein Zweifel mehr, und das liegt in der Natur der Dinge, da es ja gar nicht anders sein kann. Erstens habe ich meine Stelle verloren, bestimmt verloren; sie nicht zu verlieren war ganz unmöglich . . . Nun, das wird sich schon irgendwie einrenken. Mein Geld reicht ja fürs erste: ich nehme eine andere Wohnung, ein paar Möbelchen werden auch nötig sein . . . Petruschka aber wird nicht mehr bei mir sein. Ich kann auch ohne den Spitzbuben auskommen . . . Jemand von den Hausbewohnern kann für die Wirtschaft sorgen – das ist sehr gut. Ich komme und gehe, wann es mir paßt, und Petruschka kann nicht mehr brummen, wenn ich spät heimkehre. So ist's; darum ist's auch

gut, wenn man die Hausbewohner ... Nun ja, das ist gewiß alles sehr schön; aber warum spreche ich gar nicht von dem Nötigen, gar nicht von dem Nötigen? Hier kam Herrn Goljadkin seine tatsächliche Lage wieder zum Bewußtsein. Er sah sich um. Ach du mein Herr und Gott! dachte er, verlor die Fassung vollständig und faßte nach seinem glühenden Kopf ...

»Werden Sie denn nicht bald weiterfahren?« sagte eine Stimme neben ihm. Herr Goljadkin fuhr zusammen; vor ihm stand sein Kutscher, gleichfalls bis auf den letzten Faden durchnäßt und durchfroren; vor Ungeduld und Langweile war es ihm eingefallen, einmal hinters Holz nach Herrn Goljadkin zu sehen.

»Ich habe nichts, mein Freund ... ich fahre sehr bald, mein Freund, sehr bald, sehr bald, warte nur ...«

Der Kutscher ging fort, leise vor sich hinbrummend. Was brummt er? dachte Herr Goljadkin unter Tränen, ich habe ihn doch für den Abend gemietet, ich bin doch ... bin jetzt im Recht ... so ist's! Ich habe ihn für den ganzen Abend gemietet, und damit basta. Wenn er auch nur so dasteht, das ist ganz gleich. Das hängt ganz von meinem Willen ab. Wenn ich will, fahre ich, wenn ich nicht will, fahre ich nicht. Und daß ich hier hinter dem Holz stehe, das tut gar nichts ... Du darfst es nicht wagen, darüber zu reden; der Herr will sozusagen hinter dem Holz stehen, also steht er eben hinter dem Holz ... und besudelt niemandes Ehre – so ist's! So ist es, meine Gnädigste, wenn Sie es denn wissen wollen. Aber in einer Hütte, meine Gnädigste, wohnt sozusagen niemand in unserer Zeit. So ist es! Und ohne Sittsamkeit läßt sich in unserer nüchternen Zeit nichts erreichen, meine Gnädigste, dafür sind Sie jetzt selber ein verderbliches Beispiel ... Man soll sozusagen als Bürochef tätig sein und in einer Hütte am Meeresstrand wohnen. Erstens gibt es an den Meeresufern keine Bürochefs, meine Gnädigste, und zweitens kriegen wir zwei ihn gar nicht, den Bürochef. Nehmen wir zum Beispiel an, daß ich ein Gesuch einreiche, daß ich mich

sozusagen bewerbe – um eine Stellung als Bürochef ... und beschützen Sie mich vor dem Feind ... aber man sagt Ihnen, meine Gnädigste, daß es sozusagen viele Bürochefs gibt und daß Sie hier nicht bei der Emigrantin Falbalas sind, wo Sie gute Manieren gelernt haben und wovon Sie jetzt ein verderbliches Beispiel geben. Die Sittsamkeit verlangt, meine Gnädigste, daß man zu Hause sitzt, den Vater ehrt und nicht vor der Zeit an Freier denkt. Die Freier finden sich schon zur rechten Zeit, meine Gnädigste, so ist's! Natürlich muß man ein paar Talente besitzen, muß manchmal Klavier spielen, französisch sprechen, Geschichte, Geographie, Religion und Arithmetik – so ist's! Mehr aber ist nicht nötig. Zudem noch die Küche – die Küche gehört unbedingt zum Wissensbereich jeder sittsamen Jungfrau! Aber was sehen wir hier? Erstens wird man Sie, meine Schönste, meine Gnädigste, nicht fortlassen, man wird Sie verfolgen, und dann kommen Sie hinter Schloß und Riegel, ins Kloster. Was dann, meine Gnädigste? Was befehlen Sie mir dann zu machen? Befehlen Sie mir, meine Gnädigste, nach dem Muster einiger dummer Romane auf den nächstgelegenen Hügel zu steigen und beim Anblick der kalten Mauern Ihres Gefängnisses in Tränen zu zerfließen und schließlich, der Gewohnheit einiger schlechter deutscher Poeten und Romanschriftsteller folgend, zu sterben, meine Gnädigste? Gestatten Sie mir, Ihnen aus alter Freundschaft zu sagen, daß man die Sache nicht so macht und daß ich zweitens Sie und Ihre Eltern ganz tüchtig verprügelt hätte dafür, daß sie Ihnen französische Bücher zum Lesen gegeben haben. Denn aus den französischen Büchern lernt man nichts Gutes. Sie enthalten Gift ... tödliches Gift, meine Gnädigste! Oder glauben Sie – gestatten Sie mir die Frage –, oder glauben Sie, wir könnten sozusagen ungestraft entfliehen, und dann ... wir haben ein Hüttchen am Meeresstrand und girren und schwatzen über allerhand Gefühle, und so geht unser ganzes Leben in Glück und Zufriedenheit dahin. Und dann erscheint ein Sprößling,

und dann können wir es wagen . . . so und so . . . verehrter Vater und Staatsrat Olsufij Iwanowitsch, da ist also ein Sprößling erschienen; nehmen Sie bei dieser passenden Gelegenheit den Fluch von uns, und segnen Sie das Paar. Nein, meine Gnädigste, so wird dergleichen nicht gemacht, und vor allem sage ich Ihnen, daß es mit dem Girren nichts ist, belieben Sie nicht darauf zu hoffen. Heutzutage, meine Gnädigste, ist der Gatte der Herr, und eine gute, wohlerzogene Frau muß ihm in jeder Weise entgegenkommen. Zärtlichkeiten liebt man in unserer nüchternen Zeit nicht, meine Gnädigste; die Zeiten Jean-Jacques Rousseaus sind vorbei. Heutzutage kommt der Mann zum Beispiel hungrig aus dem Dienst: Hast du nicht einen Imbiß, Herzchen, einen Hering und ein Gläschen Schnaps? Dann müssen Sie, meine Gnädigste, den Hering und das Schnäpschen sofort bereit halten. Der Mann verzehrt den Imbiß mit Appetit und sieht Sie nicht einmal an, sondern sagt: Geh doch in die Küche, Kätzchen, und sieh nach dem Essen, und er küßt Sie höchstens einmal in der Woche und da noch gleichgültig . . . So ist's bei uns, meine Gnädigste. Und auch da ist man ganz gleichgültig! . . . So wird es sein, wenn man's überlegt, wenn man anfängt, die Sache von diesem Gesichtspunkt aus zu betrachten . . . Was soll ich dabei? Warum treiben Sie Ihr Spiel mit mir, meine Gnädigste? »Du wohltätiger, meinetwegen leidender und meinem Herzen so treuer Mann« und so weiter. Erstens, meine Gnädigste, tauge ich für Sie nicht, Sie wissen selber, daß ich kein Meister in Komplimenten bin, ich liebe es nicht, allerhand parfümierte Phrasen zu reden, ich liebe keine Seladons, auch mache ich, aufrichtig gesagt, keine gute Figur. Prahlerei und falsche Scham werden Sie bei uns nicht finden, wir gestehen Ihnen alles mit voller Offenheit. So stehen die Dinge, wir besitzen nichts als einen geraden, offenen Charakter und unsern gesunden Menschenverstand; mit Intrigen geben wir uns nicht ab. Ich bin kein Intrigant und bin stolz darauf – so ist's! . . . Ich gehe ohne Maske unter

guten Menschen umher, und, um Ihnen alles zu sagen ...

Plötzlich fuhr Herr Goljadkin zusammen. Der rote, nun völlig durchnäßte Bart seines Kutschers erschien wieder hinter dem Holzstoß ...

»Ich komme gleich, mein Freund; weißt du, mein Freund, sofort; ich komme sofort, mein Freund«, sagte Herr Goljadkin mit zitternder und vergrämter Stimme. Der Kutscher kratzte sich am Hinterkopf, strich sich über den Bart, trat einen Schritt vor, blieb stehen und sah Herrn Goljadkin mißtrauisch an.

»Ich komme gleich, mein Freund; ich, siehst du ... mein Freund ... ich bin ein wenig ... siehst du, mein Freund ... ich bin nur ein Augenblickchen hier ... siehst du, mein Freund ...«

»Sie werden wohl überhaupt nicht fahren?« sagte der Kutscher endlich, indem er Herrn Goljadkin entschlossen und energisch zu Leibe rückte.

»Nein, mein Freund, ich komme gleich. Du siehst, mein Freund, ich warte ...«

»Jawohl ...«

»Siehst du, mein Freund, ich ... Aus welchem Dorf stammst du, mein Lieber?«

»Wir sind Leibeigene ...«

»Von guten Herrschaften?«

»Es geht ...«

»Ja, mein Freund, bleib hier stehen, mein Freund. Siehst du, mein Freund, bist du schon lange in Petersburg?«

»Ich fahre schon ein ganzes Jahr.«

»Und hast du es gut, mein Freund?«

»Es geht ...«

»Ja, mein Freund, ja. Danke der Vorsehung, mein Freund. Einen guten Menschen kannst du suchen, mein Freund, die guten Menschen sind heutzutage sehr rar geworden, mein Lieber; er wird dich speisen, kleiden und tränken, der gute Mensch nämlich, mein Lieber. Manchmal aber, siehst du, fließen Tränen auch um Gold, mein

Lieber ... Du siehst das traurige Beispiel; so ist es, mein Lieber ...«

Der Kutscher schien Mitleid mit Herrn Goljadkin zu empfinden. »Ja, wenn Sie wünschen, kann ich noch warten. Werden Sie noch lange hier stehen?«

»Nein, mein Freund, nein; ich werde schon, weißt du ... ich werde nicht mehr warten, mein Lieber ... Was meinst du, mein Freund? Ich verlasse mich auf dich. Ich werde hier nicht mehr warten ...«

»So wollen Sie gar nicht fahren?«

»Nein, mein Freund, nein; ich werde mich erkenntlich zeigen, mein Lieber ... so ist's. Wieviel hast du zu bekommen, mein Lieber?«

»Nun, was Sie abgemacht haben, Herr, das werden Sie mir auch zukommen lassen. Ich habe lange gewartet, Herr, Sie werden nicht einen Menschen kränken, Herr.«

»Nun, da hast du, mein Lieber, da hast du.« Herr Goljadkin gab dem Kutscher die vollen sechs Rubel und beschloß ernstlich, keine Zeit mehr zu verlieren, das heißt sich aus dem Staub zu machen, um so mehr, als die Sache endgültig entschieden und der Kutscher entlassen war, ein weiteres Warten sich also erübrigte. Er verließ eiligst den Hof, durchschritt das Tor, bog nach links ab und fing an zu laufen, ohne sich umzusehen, atemlos und voller Freude. Vielleicht wendet sich alles zum besten, dachte er, und ich bin auf diese Weise dem Unglück entgangen. Es wurde Herrn Goljadkin tatsächlich plötzlich ganz ungewöhnlich leicht ums Herz. Ach, wenn es sich doch zum Guten wendete! dachte er, obgleich er selber nicht recht daran glaubte. Nun bin ich also so weit, dachte er. Aber ich will doch lieber so, von der andern Seite ... Oder sollte ich es lieber so machen? ... In solchen Zweifeln befangen und bemüht, den Schlüssel und die Lösung zu finden, lief unser Held bis zur Semjonowbrücke; als er sie erreicht hatte, beschloß er wohlweislich und endgültig umzukehren. Es ist auch besser, dachte er. Ich will lieber von der

anderen Seite, das heißt so ... Ich werde so ... ich werde unbeteiligter Beobachter sein, und damit gut; ich bin sozusagen Beobachter, eine unbeteiligte Person – weiter nichts, und was dann auch geschehen mag, ich bin nicht schuld daran. So ist's! So soll es jetzt sein.

Nachdem unser Held beschlossen hatte umzukehren, kehrte er auch tatsächlich um, um so mehr, als er jetzt den glücklichen Gedanken gefaßt hatte, sich als unbeteiligte Person zu betrachten. »Es ist besser so: du bist für nichts verantwortlich und siehst, was du mußt ... so ist's!« Das heißt, die Berechnung war die allerrichtigste, und die Sache schien erledigt. Ganz beruhigt begab er sich wieder in den friedlichen Schatten seines tröstlichen und schützenden Holzstoßes und fing an, die Fenster aufmerksam zu betrachten. Diesmal brauchte er nicht lange zu schauen und zu warten. An allen Fenstern machte sich plötzlich eine seltsame Bewegung bemerkbar, Gestalten wurden sichtbar, Vorhänge wurden aufgezogen, ganze Gruppen von Menschen drängten sich in den Fenstern Olsufij Iwanowitschs, alle suchten, alle spähten nach irgend etwas im Hof. Gesichert durch seinen Holzstoß, begann unser Held seinerseits die allgemeine Bewegung mit Neugierde zu verfolgen und reckte seinen Kopf voller Anteil nach links und rechts, wenigstens soweit es der kurze Schatten des ihn verbergenden Holzhaufens gestattete. Plötzlich erschrak er, fuhr zusammen und hätte sich vor Entsetzen beinahe auf die Erde gesetzt. Es schien ihm – mit einem Wort, er erriet durchaus, wen die Leute suchten. Man suchte ganz einfach ihn, Herrn Goljadkin. Alle sahen nach seiner Seite. Es war unmöglich zu fliehen, man hätte ihn sofort bemerkt ... Der bestürzte Herr Goljadkin drückte sich so nahe wie möglich ans Holz und sah erst jetzt, daß der verräterische Schatten ihn betrogen, daß er ihn nicht ganz verborgen hatte. Unser Held wäre jetzt wieder mit dem größten Vergnügen bereit gewesen, in irgendein Mauseloch zwischen dem Holz zu kriechen und ruhig darin zu sitzen, wenn das im Bereich der Möglich-

keit gelegen hätte. Aber es war entschieden nicht mehr möglich. In seiner Todesangst fing er an, offen und entschlossen alle Fenster auf einmal zu betrachten, es war ja auch besser so ... Und plötzlich verging er fast vor Scham. Man hatte ihn entdeckt, alle hatten ihn auf einmal entdeckt, alle winkten ihm mit den Händen, alle nickten ihm mit den Köpfen zu, alle riefen ihn, mehrere Klappfenster knarrten und wurden geöffnet, mehrere Stimmen schrien ihm etwas zu ... »Es wundert mich, daß man diese Gören nicht schon von Kindheit an prügelt«, murmelte er vor sich hin. Plötzlich kam *er* (man weiß schon wer) vom Hauseingang her gelaufen, ohne Mantel, ohne Hut, atemlos, sich drehend, trippelnd, hüpfend und in heuchlerischer Weise die größte Freude darüber bekundend, daß er Herrn Goljadkin endlich entdeckt hatte.
»Jakow Petrowitsch«, flötete der durch seine Überflüssigkeit bekannte Mann. »Jakow Petrowitsch, Sie sind hier? Sie werden sich erkälten. Es ist kalt hier, Jakow Petrowitsch. Kommen Sie bitte ins Zimmer.«
»Jakow Petrowitsch! Nein, mir ist nichts, Jakow Petrowitsch«, murmelte unser Held mit ergebener Stimme.
»Nein, das geht nicht, Jakow Petrowitsch, man bittet Sie, man bittet Sie ergebenst, man erwartet Sie. ‚Machen Sie uns glücklich, und führen Sie Jakow Petrowitsch hierher!' Das hat man zu mir gesagt.«
»Nein, Jakow Petrowitsch, sehen Sie, ich täte besser ... ich möchte lieber nach Hause gehen ...« sagte unser Held, der wie auf glühenden Kohlen stand und dem gleichzeitig eiseskalt war vor Scham und Entsetzen.
»Nein, nein, nein!« flötete der widerwärtige Mensch. »Nein, nein, auf keinen Fall! Gehen wir!« sagte er entschlossen und schleppte Herrn Goljadkin senior zum Eingang. Herr Goljadkin senior wollte eigentlich gar nicht gehen; da aber alle auf ihn schauten und es dumm gewesen wäre, sich zu widersetzen und zu sträuben, so ging er – das heißt, man darf nicht sagen, daß er ging, da er tatsäch-

lich selber nicht wußte, was mit ihm geschah. Aber nun war es ja gleich, es ging alles in einem hin.
Ehe unser Held Zeit gefunden hatte, sich einigermaßen zurechtzumachen und zu besinnen, stand er schon im Saal. Er war bleich, zerzaust, zermartert. Mit trüben Augen musterte er die ganze Versammlung – o Entsetzen! der Saal, alle Zimmer, alles, alles war voll, übervoll. Es war eine Unzahl von Menschen da, ein ganzer Blumengarten von Damen; alles drängte sich um Herrn Goljadkin, alles strebte Herrn Goljadkin zu, alles streckte Herrn Goljadkin die Arme entgegen, wobei er deutlich merkte, daß man ihn nach einer bestimmten Seite schob. Doch nicht zur Tür! schoß es ihm durch den Kopf. Tatsächlich schob man ihn nicht zur Tür, sondern geradewegs zu dem Sessel Olsufij Iwanowitschs . . . Zu einer Seite des Sessels stand Klara Olsufjewna, bleich, matt, traurig, aber festlich gekleidet. Ganz besonders fielen Herrn Goljadkin die kleinen weißen Blümchen auf, die sich in dem schwarzen Haar sehr effektvoll ausnahmen. Zur anderen Seite des Sessels stand Wladimir Semjonowitsch im schwarzen Frack, den neuen Orden im Knopfloch. Man führte Herrn Goljadkin, wie gesagt, geradewegs zu Olsufij Iwanowitsch. Unter den einen Arm hatte ihn Herr Goljadkin junior gefaßt, der eine überaus anständige und wohlwollende Miene aufgesteckt hatte, worüber unser Held aufs äußerste erfreut war, von der anderen Seite aber führte ihn Andrej Filippowitsch mit dem allerfeierlichsten Gesichtsausdruck. Was kann das sein? dachte Herr Goljadkin. Als er jedoch sah, daß man ihn zu Olsufij Iwanowitsch führte, war es ihm, als ob ein Blitz das Dunkel erhellte. Der Gedanke an den aufgefangenen Brief schoß ihm durch den Kopf. In unbeschreiblicher Seelenangst trat unser Held vor den Lehnstuhl Olsufij Iwanowitschs. Wie mach ich's nur jetzt? dachte er im stillen. Natürlich muß ich forsch sein, das heißt mit Offenheit vorgehen, die der Vornehmheit nicht ermangelt; es ist sozusagen so und so, und so weiter. Was unser Held gefürchtet hatte, traf wirklich ein;

Olsufij Iwanowitsch empfing Herrn Goljadkin scheinbar sehr gut. Er streckte ihm zwar nicht die Hand entgegen, aber er schüttelte bei seinem Anblick das graue, Ehrfurcht gebietende Haupt, schüttelte es mit einer gewissen feierlich-traurigen, dabei aber wohlwollenden Miene. So wenigstens schien es Herrn Goljadkin. Es schien ihm sogar, daß eine Träne in den trüben Augen Olsufij Iwanowitschs blitzte; er hob die Augen und sah, daß auch an den Wimpern Klara Olsufjewnas ein Tränchen schimmerte, daß sich auch in den Augen Wladimir Semjonowitschs etwas Ähnliches zeigte – ja daß selbst die unerschütterliche und ruhige Würde Andrej Filippowitschs der allgemeinen Rührung unterlag, daß endlich der Jüngling, der einst so auffallend einem gewichtigen Rat geglichen hatte, den Augenblick wahrnehmend, bereits bitterlich schluchzte ... Vielleicht kam das Herrn Goljadkin auch nur so vor, weil er selber in Tränen ausgebrochen war und deutlich fühlte, wie ihm die heißen Zähren über die kalten Wangen hinabliefen ... Mit tränenerstickter Stimme, versöhnt mit den Menschen und mit seinem Schicksal und in diesem Augenblick voller Liebe nicht nur zu Olsufij Iwanowitsch, sondern auch zu allen Gästen, selbst zu seinem bösartigen schädlichen Zwilling, der jetzt gar nicht bösartig schien und nicht einmal mehr wie ein Zwilling Herrn Goljadkins aussah, sondern wie ein ganz unbeteiligter und überaus liebenswürdiger Mensch, wollte unser Held sich mit einem rührenden Seelenerguß an Olsufij Iwanowitsch wenden, aber er konnte wegen der Überfülle alles dessen, was sich in ihm aufgespeichert hatte, nichts hervorbringen, sondern zeigte nur schweigend, mit einer beredten Geste auf sein Herz ... Endlich führte Andrej Filippowitsch, der wahrscheinlich die Empfindsamkeit des grauköpfigen Greises schonen wollte, Herrn Goljadkin etwas zur Seite und überließ ihn scheinbar ganz sich selber. Unser Held fing an, sich durch die dichte Menge der Gäste durchzuarbeiten – lächelnd, etwas vor sich hinmurmelnd, mit einem gewissen Erstaunen, jedenfalls aber

so gut wie ganz versöhnt mit den Menschen und seinem Geschick. Alle machten ihm Platz, alle sahen ihn mit einer seltsamen Neugierde und einer unerklärlichen, rätselhaften Teilnahme an. Unser Held ging in das andere Zimmer: überall dieselbe Aufmerksamkeit; er vernahm undeutlich, daß die ganze Menge ihm nachdrängte, daß man jeden seiner Schritte beobachtete, daß alle heimlich miteinander über etwas sehr Interessantes sprachen, die Köpfe schüttelten, redeten, stritten, tuschelten. Herr Goljadkin hätte sehr gern gewußt, worüber sie alle so redeten und stritten und flüsterten. Als er sich umsah, bemerkte er Herrn Goljadkin junior neben sich. Er fühlte das Bedürfnis, ihn an der Hand zu fassen und zur Seite zu führen, wo er den anderen Jakow Petrowitsch inständigst bat, ihm bei allen künftigen Unternehmungen beizustehen und ihn im kritischen Moment nicht zu verlassen. Herr Goljadkin junior nickte gewichtig mit dem Kopf und drückte Herrn Goljadkin senior kräftig die Hand. Unserem Helden erbebte das Herz in der Brust vom Überschwang der Gefühle. Es benahm ihm den Atem, er fühlte, daß ihn etwas drückte, daß alle diese auf ihn gerichteten Augen ihn beklemmten und beengten. Herr Goljadkin sah im Vorübergehen jenen Rat, der eine Perücke trug. Der Rat sah ihn mit einem scharfen, prüfenden Blick an, der durch die allgemeine Teilnahme keineswegs gemildert ward. Unser Held faßte den Entschluß, direkt auf ihn zuzugehen, um ihn anzulächeln und sich sofort mit ihm auszusprechen, aber die Sache kam nicht zustande. Herr Goljadkin war für einen Augenblick fast ganz entrückt, Gedächtnis und Sinne schwanden ihm . . . Als er zu sich kam, sah er, daß die Gäste ihn in einem weiten Kreis umstanden. Plötzlich rief man im anderen Zimmer nach Herrn Goljadkin; der Ruf schwang sich mit einemmal über die ganze Menge dahin. Alles geriet in Bewegung, alles fing an zu lärmen, alle stürzten zu der Tür des ersten Saales, unser Held wurde beinahe auf den Händen hinausgetragen, wobei der hartherzige Rat in der Perücke sich Seite an Seite mit

Herrn Goljadkin fand. Endlich nahm er ihn bei der Hand und setzte ihn neben sich, dem Sitz Olsufij Iwanowitschs gegenüber, aber immerhin in einer recht bedeutenden Entfernung. Alle, die sich in den Zimmern befanden, setzten sich in mehreren Reihen rund um Herrn Goljadkin und Olsufij Iwanowitsch. Es wurde still und ruhig, alle bewahrten ein feierliches Schweigen, alle blickten auf Olsufij Iwanowitsch und erwarteten anscheinend etwas nicht ganz Alltägliches. Herr Goljadkin bemerkte, daß der andere Herr Goljadkin und Andrej Filippowitsch neben dem Lehnstuhl Olsufij Iwanowitschs Platz genommen hatten. Das Schweigen hielt an; man wartete tatsächlich auf etwas. Genauso wie in einer Familie, bevor jemand sich auf eine weite Reise begibt; man braucht nur noch aufzustehen und zu beten, dachte unser Held. Plötzlich machte sich eine ungewöhnliche Bewegung bemerkbar und unterbrach alle Betrachtungen Herrn Goljadkins. Etwas lange Erwartetes trat ein. »Er kommt gefahren, er kommt!« schallte es durch die Menge. Wer kommt da gefahren? fuhr es Herrn Goljadkin durch den Kopf, und eine sonderbare Empfindung ließ ihn erbeben. »Es ist Zeit!« sagte der Rat und sah Andrej Filippowitsch aufmerksam an. Andrej Filippowitsch wieder blickte auf Olsufij Iwanowitsch. Olsufij Iwanowitsch nickte gewichtig und bedeutungsvoll mit dem Kopf. »Stehen wir auf«, sagte der Rat, indem er Herrn Goljadkin mit sich emporzog. Alle standen auf. Dann nahm der Rat Herrn Goljadkin senior bei der Hand, Andrej Filippowitsch Herrn Goljadkin junior, und beide führten die zwei ganz gleichen feierlich einander zu inmitten der Menge, die sie umgab und voller Erwartung umdrängte. Unser Held blickte mit Erstaunen um sich; aber man hielt ihn gleich an und wies auf Herrn Goljadkin junior, der ihm die Hand entgegenstreckte. Man will uns versöhnen, dachte unser Held und streckte Herrn Goljadkin junior gerührt seine Hand hin; dann neigte er ihm den Kopf entgegen; das gleiche tat auch der andere Herr Goljadkin ... hierbei

kam es Herrn Goljadkin senior vor, als ob sein treuloser Freund lächelte, der sie umgebenden Menschenmenge flüchtig und spitzbübisch zuzwinkerte, als ob etwas Unheildrohendes im Antlitz des unzuverlässigen Herrn Goljadkin junior zu lesen wäre, ja als ob er in dem Augenblick seines Judaskusses eine Grimasse schnitte ... Im Kopf Herrn Goljadkins fing es an zu klingen, es wurde ihm schwarz vor den Augen; es kam ihm vor, als ob eine Unzahl, ein ganzer Zug sich vollkommen gleichender Goljadkins mit Lärm durch die Türen ins Zimmer brach; aber es war schon zu spät ... Ein lauter verräterischer Kuß ertönte und ...

Hier ereignete sich etwas ganz Unerwartetes ... Die Saaltür wurde geräuschvoll geöffnet, und auf der Schwelle erschien ein Mann, bei dessen Anblick Herr Goljadkin zu Eis erstarrte. Seine Füße schienen am Boden angewachsen zu sein. Der Schrei erstarb ihm in der zusammengeschnürten Brust. Übrigens hatte Herr Goljadkin alles vorausgewußt und etwas Derartiges längst geahnt. Der Fremde ging gewichtig und feierlich auf Herrn Goljadkin zu. Herr Goljadkin kannte diese Gestalt sehr gut. Er hatte sie schon gesehen, sehr oft gesehen, erst heute wieder gesehen ...

Der Fremde war ein großer starker Mann in schwarzem Frack mit einem bedeutenden Orden am Hals, mit dichtem, sehr dunklem Backenbart; zur völligen Ähnlichkeit fehlte nur die Zigarre im Mund. Dafür ließ der Blick des Fremden Herrn Goljadkin, wie schon gesagt, vor Entsetzen erstarren. Der furchtbare Mensch näherte sich dem traurigen Helden unserer Erzählung mit gewichtiger und feierlicher Miene ... Unser Held streckte ihm die Hand entgegen. Der Fremde ergriff sie und zog sie mit sich fort ... Unser Held sah mit verlorenen, vernichteten Blicken um sich.

»Das, das ist Christian Iwanowitsch Rutenspitz, Doktor der Medizin und Chirurgie, Ihr alter Bekannter, Jakow Petrowitsch!« flötete eine widerwärtige Stimme dicht an

Herrn Goljadkins Ohr. Er sah sich um, es war sein durch gemeine Eigenschaften abstoßender Zwilling. Eine unanständige, bösartige Freude leuchtete auf seinem Antlitz; voller Entzücken rieb er sich die Hände, voller Entzücken wandte er den Kopf nach allen Seiten, voller Entzücken scharwenzelte er um alle und jeden; es schien, als ob er vor Entzücken sofort bereit wäre zu tanzen. Schließlich sprang er nach vorn, riß einem Bedienten die Kerze aus der Hand und ging voran, um Herrn Goljadkin und Christian Iwanowitsch auf dem Weg zu leuchten. Herr Goljadkin vernahm deutlich, wie alles, was sich im Saal befand, ihm nachstürzte, wie alle sich drängten, sich gegenseitig drückten und wie alle wie aus einem Mund Herrn Goljadkin wiederholten, daß das nichts mache. »Sie brauchen sich nicht zu fürchten, Jakow Petrowitsch, es ist doch Ihr alter Freund und Bekannter Christian Iwanowitsch Rutenspitz . . .« Endlich gelangte man in das hellerleuchtete Treppenhaus; auch auf der Treppe befand sich eine Menge Menschen. Die Haustür öffnete sich geräuschvoll, und Herr Goljadkin sah sich mit Christian Iwanowitsch auf der Freitreppe. Vor der Auffahrt stand eine Kutsche, mit vier Pferden bespannt, die ungeduldig schnaubten. Der schadenfrohe Herr Goljadkin junior sprang in drei Sätzen die Treppe hinab und machte selber den Wagenschlag auf. Christian Iwanowitsch bat Herrn Goljadkin durch eine einladende Geste einzusteigen. Diese einladende Geste war aber gar nicht nötig; es waren genug Leute da, die ihm in den Wagen helfen wollten . . . Halbtot vor Entsetzen blickte Herr Goljadkin zurück: die ganze hellerleuchtete Treppe war dicht mit Menschen besetzt, überall sahen ihn neugierige Augen an. Olsufij Iwanowitsch selber saß auf dem obersten Treppenabsatz in seinem Lehnstuhl und beobachtete alle die Vorgänge mit Aufmerksamkeit und reger Teilnahme. Alle warteten. Ein ungeduldiges Murren lief durch die Menge, als Herr Goljadkin sich umsah.
»Ich hoffe, daß hier nichts . . . nichts Anstößiges vorliegt

... oder etwas, das Strenge erheischen kann ... oder die Aufmerksamkeit erregt in bezug auf meine amtlichen Beziehungen«, sagte unser Held außer Fassung. Reden und Lärm erhob sich ringsum. Alle schüttelten verneinend die Köpfe. Die Augen Herrn Goljadkins füllten sich mit Tränen.

»In diesem Fall bin ich bereit ... ich vertraue mich ganz Ihnen an ... lege mein Schicksal in die Hände Christian Iwanowitschs ...«

Kaum hatte Herr Goljadkin es ausgesprochen, daß er sein Geschick in die Hände Christian Iwanowitschs lege, als sich allen, die ihn umgaben, ein furchtbarer, betäubender, freudiger Schrei entrang und als unheilverkündender Widerhall durch die harrende Menge fortpflanzte. Christian Iwanowitsch faßte Herrn Goljadkin unter einen Arm, Andrej Filippowitsch unter den anderen, und so setzten sie ihn in den Wagen; der Doppelgänger half, seiner gemeinen Gewohnheit gemäß, nach. Der unglückliche Herr Goljadkin senior warf einen letzten Blick auf alle und kroch wie ein Kätzchen, das man mit kaltem Wasser übergossen hat – wenn dieser Vergleich erlaubt ist –, in den Wagen; Christian Iwanowitsch setzte sich sofort neben ihn. Der Wagenschlag wurde zugeworfen; die Peitsche knallte, die Pferde zogen an ... alles stürzte Herrn Goljadkin nach. Die durchdringenden, wütenden Schreie aller seiner Feinde schallten als Geleit hinter ihm drein. Eine Zeitlang tauchten noch Gesichter um den Wagen herum auf, der Herrn Goljadkin entführte; aber allmählich blieben sie immer weiter zurück und verschwanden schließlich ganz. Am längsten war der unheilvolle Doppelgänger Herrn Goljadkins zu sehen. Die Hände in den Taschen seiner grünen Uniformhose, lief er mit zufriedener Miene, hüpfend, bald auf der einen, bald auf der anderen Seite neben dem Wagen einher; ab und zu klammerte er sich an den Rahmen des Fensters, hängte sich daran, streckte seinen Kopf durchs Fenster und warf Herrn Goljadkin zum Abschied Kußhändchen zu; aber auch er

ermüdete allmählich, zeigte sich immer seltener und verschwand endlich ganz. Das Herz krampfte sich schmerzhaft in Herrn Goljadkins Brust zusammen. Das Blut stieg ihm als heiße Welle zu Kopf; ihm wurde schwül, er hatte das Verlangen, sich aufzuknöpfen, seine Brust zu entblößen, sie mit Schnee zu bestreuen und mit kaltem Wasser zu begießen. Endlich verlor er das Bewußtsein . . . Als er wieder erwachte, sah er, daß die Pferde ihn auf einer ihm unbekannten Straße dahinzogen. Links und rechts dehnten sich dunkle Wälder; es war öde und einsam. Plötzlich erstarrte er vor Schreck: zwei feurige Augen sahen ihn in der Dunkelheit an, und diese zwei Augen leuchteten in einer unheilvollen, höllischen Freude. Das ist nicht Christian Iwanowitsch! Wer ist es? Oder ist er's doch? Ja, er ist's! Es ist Christian Iwanowitsch, aber nicht der frühere, sondern ein anderer Christian Iwanowitsch! Dies ist ein furchtbarer Christian Iwanowitsch . . .

Christian Iwanowitsch, ich . . . ich habe, scheint mir, nichts . . . Christian Iwanowitsch, wollte unser Held schüchtern und bebend beginnen in dem Wunsch, den schrecklichen Christian Iwanowitsch durch Ergebenheit und Demut wenigstens ein klein wenig milde zu stimmen.

»Sie erhalten staatliche Wohnung mit Beheizung, Licht und Bedienung, wessen Sie ganz unwürdig sind«, lautete die Antwort Christian Iwanowitschs, streng und furchtbar, wie ein Urteilsspruch.

Unser Held schrie auf und faßte sich an den Kopf. Wehe! Er hatte es schon längst vorausgeahnt.

Literaturhinweise

Dostoevskij, F. M.: Polnoe sobranie sočinenij. 30 Bde. Moskau/Leningrad 1972 ff.

Dostojewski, F. M.: Tagebuch eines Schriftstellers. München [3]1977.

Dostojewski, F. M.: Briefe, 2 Bde. Hrsg. von Ralf Schröder. Leipzig 1984.

Bachtin, M. M.: Probleme der Poetik Dostoevskijs. München 1971.

Braun, M.: Dostojewskij. Das Gesamtwerk als Vielfalt und Einheit. Göttingen 1976.

Čyževśkyj, D.: Goljadkin–Stavrogin. In: Zeitschrift für Slavische Philologie 7 (1930) S. 358–362.

– Zum Doppelgängerproblem bei Dostojevskij. Versuch einer philosophischen Interpretation. In: Dostojevskij-Studien. Reichenberg 1931. (Veröffentlichungen der Slavistischen Arbeitsgemeinschaft an der Deutschen Universität in Prag. Hrsg. von D. Čyževśkyj. 1. Reihe: Untersuchungen. Heft 8.)

Neuhäuser, R.: Das Frühwerk Dostoevskijs. Literarische Tradition und gesellschaftlicher Anspruch. Heidelberg 1979.

Onasch, K.: Dostojewski-Biographie. Zürich 1960.

– Dostojewski als Verführer. Zürich 1961.

Reber, N.: Studien zum Motiv des Doppelgängers bei Dostojevskij und E. T. A. Hoffmann. Gießen 1964.

Schmid, W.: Der Textaufbau in den Erzählungen Dostoevskijs. München 1973.

Terras, V.: The Young Dostoevsky. 1846–1849. A Critical Study. Den Haag 1969. (Slavistic Printings and Reprintings. 69.)

Nachwort

Fourmillante cité, pleine de rêves,
Où le spectre en plein jour raccroche le passant!
Les mystères partout coulent comme des sèves
Dans les canaux étroits du colosse puissant.
Charles Baudelaire, *Les sept vieillards*

Ein Jahr, nachdem Fjodor Michailowitsch Dostojewskijs (1821–81) zweites Werk *Der Doppelgänger* erschienen war, schrieb er an seinen Bruder Michail: »Bald wirst Du nun ›Netotschka Neswanowa‹ zu lesen bekommen. Das wird ein ebensolches Bekenntnis sein wie der Goljadkin, wenn auch in einem anderenTon und von anderer Art. Über den Goljadkin höre ich hinter vorgehaltener Hand (und von vielen) einfach entsetzliche Gerüchte. Einige sagen offen, dieses Werk sei ein Wunder und unverstanden. Es werde in der Zukunft eine schreckliche Rolle spielen, und hätte ich allein den Goljadkin geschrieben, wäre das genug, denn manche fänden ihn interessanter als Dumas.« (An M. M. Dostojewskij, Petersburg Januar/Februar 1847.)
Mit begeisterter Spannung war sein neuer Roman von den russischen Literaten erwartet worden, da Dostojewskij seit seinem sensationellen Debüt mit den *Armen Leuten* (1846) als ein Schriftsteller galt, dem es gelungen war, neue Perspektiven in der Literatur zu öffnen und zu bestätigen, selbst wenn er noch einer unübersehbaren Abhängigkeit von Gogol bezichtigt wurde. Doch als der *Doppelgänger* im Februar 1846 in den *Vaterländischen Annalen* der Öffentlichkeit vorlag, löste er Verwirrung aus und provozierte intensive, mitunter sehr polemische Debatten zwischen den Vertretern zweier gegensätzlicher Auffassungen von Kunst, mit denen sich Dostojewskij dann häufig in den 60er Jahren auseinandersetzte, da er keiner der nun radikalisierten Richtungen zustimmen konnte.
Die Kritiker und Literaten der »Natürlichen Schule«, die

Dostojewskij als progressiven Schriftsteller entdeckt hatten, der ihre ästhetischen Maximen zu teilen schien, geizten nicht mit Lob, obschon der Mangel an »Takt des Maßes und der Harmonie«[1] und vor allem die ›Unverständlichkeit‹ seinen Fürsprecher Wissarion Belinskij befremdeten.
Programmatischen Charakter hatten die von Belinskij und Nekrassow publizierten *Petersburger Sammelbände* (1845/1846), in denen neben den *Armen Leuten*, Lyrik und publizistische Prosa vereinigt waren. Unübersehbar ist dabei die Nähe zu den seit 1840 in Frankreich beliebten »Physiologien«. Die Generation nach Puschkin beabsichtigte, eine differenzierte Typologie der russischen Gesellschaft, vornehmlich ihrer sozialen Niederungen, zu entwerfen. Meist deskriptiv, mit einer bis dahin ungewohnten Detailpräzision wurden repräsentante Typen wie der kleine Beamte, der Leiermann, der Hausdiener, auch topographische Schilderungen und Milieustudien von Petersburg und Moskau literaturfähig. Es galt, eine leichtverständliche Literatur für ein breites und immer zahlreicheres Lesepublikum zu schreiben, die darüber hinaus gesellschaftsaufklärerischen Charakter haben sollte. Es kann daher nicht verwundern, daß der führende Kritiker der »Natürlichen Schule«, Belinskij, in mehreren Rezensionen und Literaturüberblicken die thematische und inhaltliche Bedeutungsstruktur des *Doppelgängers* billigte, hingegen die formale Gestaltung kritisierte. Eine Kritik, die weit bis in das 20. Jahrhundert die Rezeption dieses Textes bestimmt hat, zumal Dostojewskij selbst in seinem *Tagebuch eines Schriftstellers*, das 1876/77 monatlich in Form einer Zeitschrift erschien, im November 1877 entschieden die »tiefe Idee« des Textes der »völlig mißlungenen Form« gegenüberstellte.
Die Gegner der »Natürlichen Schule«, Kritiker wie Konstantin Aksakow und Apollon Grigorjew, deren Beurteilungsmaßstab sich noch an dem literarischen Kanon der Puschkinschen Zeit, der 20er und 30er Jahre, orientierte und deren

1 V. G. Belinskij: Polnoe sobranie sočinenij. 13 Bde. Moskau 1953–59. Bd. 9. S. 564.

Kunstvorstellung weitgehend von der slawophilen und idealistischen Ästhetik vorformuliert war, warfen Dostojewskij vor, daß er plagiathaft Themen und Motive aus den Erzählungen Gogols in seinen *Doppelgänger* übernommen habe. Dabei dachten sie an *Die Nase*, *Die Aufzeichnungen eines Wahnsinnigen* und den *Mantel*, an Erzählungen, in denen das Motiv des Doppelgängers, des Wahnsinns, der Bewußtseinsspaltung, die Gestalt des Beamten und die Verquickung von Realität und Phantastik begegnen. Doch war Dostojewskij weit davon entfernt, diese intertextuellen Bezüge zu verbergen. Das bekundet auch der Untertitel des *Doppelgängers* – »Ein Petersburger Poem« –, der auf Puschkins Versepos *Der eherne Reiter. Eine Petersburger Erzählung* zurückverweist, nicht nur inhaltlich, da manche Parallele zwischen den beiden Texten entdeckt werden kann, sondern ebenso auf die scheinbar spielerische Großzügigkeit im Umgang mit den kanonisierten Gattungen. Ein Versepos wird als Erzählung ausgewiesen, und seit Gogols *Toten Seelen* konnte ein Roman den verwirrenden Zusatz »Poem« erhalten. Möglicherweise wollte Dostojewskij, ähnlich Gogol, mit seinem Untertitel die Spannung andeuten, die zwischen der prosaischen Welt und dem Versuch bestand, diese nicht publizistisch, sondern poetisch zu gestalten, ohne daß dadurch die Wahrscheinlichkeit und der Wirklichkeitsbezug aufgehoben würden.

Unversöhnlich war der Gegensatz zwischen der materialistischen Kunstauffassung, die auf der Grundlage eines naturwissenschaftlichen und statistischen Zugangs die zeitgenössische Gesellschaft abzubilden suchte, und jener, die sich gegen die Lehre von der ausschließlich sozialen und milieubedingten Determination des Individuums aussprach. Diese wollte, im Einklang mit ihrem idealistischen Anspruch jene Werte herausgestellt sehen, die eine soziale und humane Ethik gewähren, eine freie Individualität ermöglichen und der gesellschaftlichen Atomisierung und Dissoziation des Menschen Widerstand leisten. In den literarischen Werken sollten »organische Totalität« (Hegel), Einheit und Abgeschlossen-

heit dem Vereinzelten entgegenstehen. Der Dichter sollte sich nicht allein dem empirisch Gegebenen verpflichtet fühlen, sondern dieses umdeuten und poetisch gestalten.
Darüber hinaus warnten die konservativeren Kritiker, die das »Ende der Kunstperiode« (Heine) leugneten und die Autonomie der Kunst nie anzweifelten, Dostojewskij davor, sich den Vermarktungsstrukturen von Literatur unterzuordnen: »[. . .] sein künstlerisches Gewissen wird sich an die vergänglichen Blätter der Zeitung klammern, und die Buchpressen werden aus ihm Erzählungen herauszerren.«[2]
Tatsächlich war Dostojewskij zunehmend auf die »industrielle Kultur« (Nietzsche) angewiesen, um, meist schuldenbelastet, den notwendigen Lebensunterhalt zu erwerben. Doch hatten die veränderten Formen der Distribution und Konsumtion nur geringen Einfluß auf seine Produktion. Zeitschriften aber und Zeitungen waren für ihn, der in den 60er Jahren selber zwei Journale, *Die Zeit* und *Die Epoche*, edierte, substantielle Quellen und Diskussionsforen für die Erörterung politisch-sozialer, ökonomischer, philosophischer und ethischer Fragen der Zeit. Dem analytischen Verstand Dostojewskijs war nicht verborgen geblieben, daß er in einer hektischen Epoche sozialer und ideeller Umbrüche lebte, in der das soziale Gefüge sich verschob, in der die früheren Lebensinhalte und Werte fragwürdig geworden waren, in der, so fährt er im oben zitierten Brief fort, »natürlich die Dissonanz – und das mangelnde Gleichgewicht schrecklich [ist], womit uns die Gesellschaft konfrontiert«. Groß sei die Gefahr, daß das Äußere sich nicht mehr im Gleichgewicht mit dem Inneren finde: »Denn beim Mangel an äußeren Erlebnissen werden die inneren Erlebnisse immer die Oberhand gewinnen. Die Nerven und die Phantasie machen sich in diesem Falle in unserem Wesen breit. Jedes äußere Erlebnis erscheint uns kolossal und ängstigt uns. Wir fangen an, das Leben zu fürchten.«
Während vier Jahren Zuchthaus – das Todesurteil (1849)

2 S. P. Ševyrev in: Moskvitjanin 1846. Heft 2. S. 173.

wegen seiner Teilnahme am vermeintlich subversiven Kreis um Petraschewskij war unmittelbar vor seiner Vollstreckung aufgehoben worden – und während der anschließenden vierjährigen Verbannung bis 1859 festigte sich in Dostojewskij die Überzeugung, daß der Mensch zwar mit der Wirklichkeit zerfallen ist, doch diese Kluft zu überwinden vermag. 1861 schreibt er in seinen kunsttheoretischen Aufsätzen, daß der Mensch dann »am intensivsten lebt, wenn er sucht und strebt, dann nämlich regt sich in ihm der natürliche Wunsch nach allem Harmonischen und nach Ruhe, in der Schönheit aber liegt sowohl die Harmonie als auch Ruhe«.[3]

Seit 1859 gedachte er den *Doppelgänger* zu überarbeiten, nicht für die zweibändige Werkausgabe, sondern für eine Einzelpublikation. Denn nach wie vor war Dostojewskij davon überzeugt, daß er den »größten Typ« hinsichtlich seiner sozialen Bedeutung als erster entdeckt und geschaffen habe.[4]

Diese Äußerung hat die unterschiedlichsten Interpretationen der Figur des Goljadkin und seines Doppelgängers provoziert. Die soziologisch orientierten Analysen, vornehmlich russische Arbeiten, sahen in dem Text primär eine Anklage der gesellschaftlichen Wirklichkeit des 19. Jahrhunderts und Goljadkin als Opfer einer inhumanen Gesellschaft. Der Doppelgänger aber verkörpere sein korruptes, opportunistisches Alter ego.

Zahlreich waren um die Jahrhundertwende die medizinischen, psychologischen und psychiatrischen Untersuchungen, die die auffälligen Parallelen zwischen Goljadkins Verhalten und Paranoikern erforschten, in ihm die Unfreiheit und Furcht des Menschen vor sich selbst personifiziert sahen, und schließlich wurde auch behauptet, daß sich Zusammenhänge zwischen Dostojewskijs seelisch-geistiger Grundbefindlichkeit und seinem Werk erkennen ließen.

3 F. M. Dostoevskij: Polnoe sobranie sočinenij. 30 Bde. Moskau/Leningrad 1972 ff. Bd. 18. S. 94.

4 An M. M. Dostoevskij, Tver' 1. 10. 1859. In: F. M. Dostoevskij, a. a. O., Bd. 28,1. S. 338.

Vom philosophischen Standort aus entwickelte Dmitrij Tschiżewskij die Antinomie von »ethischem Rationalismus« und »christlicher Weltsicht« als den beiden Extrempolen bei der Figurenkonzeption Dostojewskijs. Dem im religiösen Denken und im christlichen Handeln verwurzelten Menschen stellt er jenen gegenüber, dessen abstrakte und theoretische Erkenntnisse sich nur gewaltsam und wider die moralischen und juristischen Gesetze in die Lebenspraxis umsetzen lassen und der schließlich daran zerbricht, weil das »abstrakte Denken im Denkenden selbst den Samen der Zerspaltung und des Zerfalls sät«[5].
Goljadkin sei ein früher Entwurf der Entwurzelung, da er »keine eigene Stelle« in der Lebenssphäre habe, und mit ihm werfe Dostojewskij das »›ethisch-ontologische‹ Problem [auf], das Problem der Festigkeit, der Realität – der Sicherheit der individuellen Existenz«. Denn »die Realität der menschlichen Persönlichkeit wird nicht durch ihre bloße empirische Existenz gesichert, sondern erfordert noch manche (nicht-empirische) Voraussetzungen«[6].
Goljadkin ist eine der ersten Figuren im Werk Dostojewskijs, bei der die Symptome der Verdoppelung und Spaltung offen zutage treten, da sich die alltägliche Wirklichkeit seinen Illusionen widersetzt und seine Autarkie leugnet. Ungeachtet dessen, daß Goljadkins Lebensform bescheiden, er jedoch gemessen an dem Elend, das Dostojewskij als typisch für die Stadt Petersburg häufig darstellen wird, nicht bedürftig ist, krankt der Beamte offensichtlich daran, daß er eine Stelle in der Gesellschaft innehat, die ihn zwar von der Masse der bettelarmen Unterprivilegierten trennt, ihn allerdings ebenso aus der höheren Gesellschaft ausgrenzt. Denn der Titularrat steht auf der 9. Stufe jener 14 Ränge umfassenden zivil- und militärdienstlichen Hierarchie, die seit Peter I. verbindlich

5 Vgl. N. Reber: Studien zum Motiv des Doppelgängers bei Dostojevskij und E. T. A. Hoffmann. Gießen 1964. S. 25.

6 D. Čyževśkyj (Tschiżewskij): Zum Doppelgängerproblem bei Dostojevskij. Versuch einer philosophischen Interpretation. In: Dostojevskij-Studien. Hrsg. von D. Čyževśkyj. Reichenberg 1931. S. 26 f.

war. Die 8. Stufe aber verhieß das Recht und die Annehmlichkeiten des erblichen Adels, die zu erreichen freilich viele Dienstjahre oder Intrigen und Ränke erforderte.
Ehrgeiz und mangelnde Anerkennung scheinen daher die Motive zu sein, die Goljadkin in jene psychisch ausweglose Lage versetzen, zumal sich der Ehrgeiz nicht mit seiner immer wieder bekundeten Überzeugung vereinbaren läßt, daß der Mensch aufrichtig, ehrlich, ohne Intrigen und Schöntuerei leben müsse. Auf dem Hintergrund der gesellschaftlichen Praktiken, die Dostojewskij in den *Aufzeichnungen aus dem Kellerloch* 18 Jahre später anprangert, »niemals das nützliche, praktische Ziel aus dem Auge zu lassen (wie zum Beispiel Staatswohnungen, Pensiönchen, Ordenssternchen), dieses Ziel durch alle Enthusiasmen und alle Bändchen lyrischer Gedichte hindurch im Auge zu behalten und gleichzeitig das Ideal des ›Schönen und Erhabenen‹ bis an das Lebensende in sich unversehrt zu erhalten«, ist Goljadkin ein unzeitgemäßer, lächerlicher Kämpfer wider die soziale Gleichgültigkeit und die gesellschaftliche Unmoral.
Damit hatte Dostojewskij eine Problematik aufgedeckt, die für sein gesamtes Werk konstitutiv werden sollte und die er analytisch differenzierend und in stets neuen Konstellationen aufgriff: Wie ließ sich das nicht pervertierte Nützliche mit dem Erhabenen in einer Synthese vereinen?
Dem Pragmatismus jenes »merkantilen und industriellen Zeitalters« (1. Fassung des *Doppelgängers* von 1846) mußten, wollte sich der einzelne nicht zu einer manipulierbaren Schachfigur innerhalb des bürokratischen und sozialen Gefüges entmündigen lassen, abweichende Lebensinhalte entgegengesetzt werden. Als Folge des materialistischen und skeptizistischen Denkens hatte das Nützlichkeitsstreben ethische und humane Werte ins Abseits geschoben, indem es die Gebote sittlichen Handelns leugnete und damit dem Menschen seinen Glauben und sein Vertrauen in humanitäre und ethische Verpflichtungen entzog, schließlich das Bewußtsein von seiner Einbindung in die Familie und in eine durch die Gesellschaft begründete Gemeinsamkeit zunichte machte.

Der Mensch hatte die Welt nicht nur in zwei scheinbar streng voneinander geschiedene Bereiche getrennt, in jenen, in den die überzeitlichen Werte ausgegrenzt wurden und in jenen, in dem das Gesetz der willkürlichen Gegenwart herrschte, sondern er hatte die Voraussetzungen dafür geschaffen, die Menschheit und das Individuum zu spalten.
Die einen verleitete die Erkenntnis und das »abstrakte Denken« dazu, das Individuum zu hypostasieren (Raskolnikow, Stawrogin), sozusagen an Stelle der »imitatio Christi« die »imitatio Promethei« zu setzen und jegliche Verantwortung aufzukündigen. Die anderen, ihre Antagonisten (Aljoscha) ringen hingegen mühsam um ihre geistige Freiheit bis die »ewigen Fragen der Menschheit: Gott, das ewige Leben, Gut und Böse«[7] sie nicht mehr quälen, da ihr Lebens- und Handlungsgrund in der ethischen, für Dostojewskij christlichen Auffassung wurzelt.
Die Arbeitsnotizen Anfang der 60er Jahre zeugen davon, daß Dostojewskij in einer neuen Fassung des *Doppelgängers* die Figur des Goljadkin mit einer größeren geistigen Kompetenz versehen wollte, die ihn – im Widerstreit mit seiner Lebenssituation und sich selbst – einem Kreis von Revolutionären annähern und ihn an Leitbilder, wie die des italienischen Freiheitskämpfers Garibaldi, glauben lassen sollte. Diese konzeptionelle Veränderung Goljadkins hat Dostojewskij dann doch nicht in der Fassung letzter Hand berücksichtigt, die insgesamt nur eine straffere, um Wiederholungen gekürzte, inhaltlich geringfügig veränderte Variante des ursprünglichen Textes von 1846 ist.
Erhalten blieb die abhängig-devote, unfreie Figur, die deshalb bis zur Unpersönlichkeit reduziert ist, weil sie der Unterdrückung durch die bürokratische Ordnung und Hierarchie nichts entgegenzusetzen weiß und daran psychisch und physisch zerbricht. Zwar glaubt Goljadkin daran, sich einen Freiraum geschaffen zu haben, eine Gegenwelt, in der Ehre, Pflicht, Liebe und Freundschaft sich behaupten, aber

7 F. M. Dostojewski: Tagebuch eines Schriftstellers. München ³1977. S. 402.

die Ideale erweisen sich als Chimären. Der Schutz und die verlorene Menschlichkeit, die er sich von ihnen verspricht, erweisen sich als illusorisch, da die Wertvorstellungen letztlich nichts weiter als sentimentalische und abstrakte Worthülsen bleiben. Nur kurzweilig verleihen sie seinem Leben jenen poetischen und idealistischen Anstrich, der von der ihn umgebenden Alltäglichkeit als unzeitgemäß verspottet wird.

Er selbst grenzt sich aus der Realität in eine fiktive, von romantischen Idealen geschaffene Scheinwelt aus. Ein Aspekt, der in dem Text von 1846 noch viel deutlicher war: »Wir wollen hier beiläufig eine kleine Besonderheit des Herrn Goljadkin anmerken. Es handelt sich darum, daß er es sehr liebte, manchmal gewissse poetische Überlegungen betreffs seiner selbst anzustellen, er liebte es, sich mitunter zum Helden eines höchst phantastischen Romans zu ernennen, sich in Gedanken in verschiedene Intrigen und Schwierigkeiten zu verstricken und sich schließlich mit Ehre aller Unannehmlichkeiten zu erledigen, indem er alle Hindernisse beseitigte, die Schwierigkeiten meisterte und seinen Feinden großmütig verzieh.«[8]

Aus dem Zwiespalt von Träumerei und Handeln entsteht der Doppelgänger, Goljadkin der Jüngere, der nach jenen Prinzipien handelt, die nützlich und deshalb in allen Lebensbereichen erfolgversprechend erscheinen. Er verkörpert den Typus des opportunistischen Beamten, der Goljadkin der Ältere nicht sein will und dennoch ist, denn auch seine illusorischen Vorstellungen können sich letztlich nicht aus den Denkgewohnheiten wohlkalkulierter und eigennütziger Absichten befreien. Pathos und Selbstbeschimpfung wechseln sich in seinen Selbstgesprächen ab, euphemistische Selbstdarstellung schlägt um in Selbstverachtung. Goljadkin der Ältere gerät in den Teufelskreis, ein anderer sein zu wollen und dennoch immer wieder sich selbst zu begegnen. Und ambivalent ist nicht nur sein Denken und Handeln, auch

8 F. M. Dostoevskij: Polnoe sobranie sočinenij, a. a. O., Bd. 1. S. 335.

sein Verhalten gegenüber dem Doppelgänger, der ihm nach seinem moralischen und sozialen Fall in dem Haus des Staatsrats Berendejew begegnet. Betört von der trügerischen Hoffnung, die auch sein rätselhaftes Tun in den modischen Geschäften auf dem Newskijprospekt erklärt, die Tochter des Hauses und dadurch soziales Prestige zu erobern, war er dort abgewiesen und schließlich sein Eindringen in den Ballsaal mit Verachtung und Hohn gestraft worden. Goljadkin fürchtet seinen Doppelgänger und möchte ihn als Freund gewinnen, er verachtet sein Tun und bewundert es zugleich.

Die bald phantastischen, bald wirklichkeitsgetreuen Ereignisse spielen in der Großstadt Petersburg. Dostojewskij hatte die Großstadt, eindringlicher als Gogol, ähnlich Dickens und den Franzosen, als ein unerschöpfliches Reservat für die Dichtung erkannt. Sie wurde symbolisch für das Häßliche und Niedrige, für das Gemeine und Alltägliche. Ihre lichtlosen, überfüllten Mietskasernen, die dunklen, verwinkelten Gassen und die dem Wetter gnadenlos ausgesetzten Boulevards schienen die Deformation der menschlichen Psyche, die seelische und sittliche Dissoziation des Menschen zu fördern. Deshalb bildet Petersburg in vielen Werken Dostojewskijs den realistischen Hintergrund, der dadurch hervorgehoben wird, daß die meisten Ortsangaben authentisch sind. Auch Goljadkins Wege von der Ismailowbrücke, an dem Fontanka-Kanal entlang bis zu seinem Quartier, das sich in jener Gegend befindet, wo die Kleinbürger und auch Dostojewskij zu Hause waren, lassen sich auf dem Stadtplan von Petersburg genau verfolgen.

Die topographischen Angaben werden jedoch konstitutiv in die Bedeutungsstruktur integriert, da sie Goljadkins Verlust eines sicheren Ortes und seine ausweglose Lage veranschaulichen. Petersburg gleicht wie die menschliche Existenz einem Labyrinth der permanenten Vergeblichkeit. Einem ununterbrochenen Tätigkeitszwang unterworfen, irrt er, wie viele der Figuren Kafkas, ziellos immer wieder durch die gleichen Straßen, begibt sich zu den vermeintlich Schutz und Sicher-

heit gewährenden Orten des Büros, der Wohnung, zu der Stelle seiner Illusionen, dem Haus an der Ismailowbrücke, um wieder überstürzt in die atmosphärisch suggestiv geschilderte Stadtnatur mit ihrem Eisregen und finsteren Nebel aufzubrechen, hinaus in die Kälte, die ihm in der menschlichen Ablehnung allerorten ebenso begegnet und aus der der Doppelgänger ihm zur Seite tritt.

Die konkreten und wirklichkeitsgetreuen Orts- und Zeitangaben treten dabei scheinbar in Widerspruch zu der uneindeutigen Handlung, die weder einsinnig verläuft noch klar erkennen läßt, was halluzinatorisch ist oder der objektiven Perzeption Goljadkins entspricht. Nicht einmal der häufig sich einschaltende Erzähler, der noch traditionsgemäß als richtungweisende Instanz aufgefaßt wurde, deutet mehr an, wo die Realität ins Phantastische übergeht oder das Phantastische eigentlich Realität ist. Das Übermaß an ›Unklarheiten‹, das die Zeitgenossen, da es dem damaligen ästhetischen Kanon noch fremd war, Dostojewskij vorwarfen, wird heute hingegen als eine Vorwegnahme moderner Erzählweisen bei Kafka, Joyce u. a. bewertet.

Belinskij hatte die Unklarheiten darauf zurückgeführt, daß der Autor die »Abenteuer seines Helden von sich aus, aber ganz in dessen Sprache und Begriffen«[9] erzählt. Seine Kritik richtete sich allerdings nicht gegen die vielfältigen Varianten der unmittelbaren Bewußtseinsdarstellung, gegen die indirekte und die erlebte Rede, gegen den inneren Monolog, sondern dagegen, daß häufig nicht eindeutig geschieden wird zwischen der Perspektive des Erzählers und der von ihm dargestellten Figur. Was sich bei Puschkin und Gogol schon angedeutet hatte, steigert Dostojewskij, indem er in den auktorialen Erzählbericht »bestimmte Eigenarten des Personentextes«[10] aufnimmt. Die syntaktische Unbeholfenheit Goljadkins, die stilistische Heterogenität seiner Sprache und die zögernde, verstümmelnde, um einzelne Worte und stereotyp

9 V. G. Belinskij, a. a. O., S. 565.
10 W. Schmid: Der Textaufbau in den Erzählungen Dostoevskijs. München 1973. S. 106.

wiederkehrende Themen kreisende Sprechweise färbt auf den Erzählbericht ab.
Die üblicherweise klar getrennten Textschichten vermischen sich, wodurch jene Vieldeutigkeit und Offenheit bewirkt wird, die den Leser vor die Fragen stellt, welche Ereignisse sich nur in der Einbildung Goljadkins abspielen und ob das Verhalten und das Urteil seiner Umwelt eine Projektion seines kranken, paranoiden Bewußtseins ist; und wie der Erzähler das Geschilderte bewertet.
Zweifelsohne erhöht das Unbestimmte den ästhetischen Reiz des Geschilderten und fordert die geistige Aktivität des Lesers heraus, da es ihm überlassen bleibt, zu deuten und sich eine Meinung zu bilden. Darüber hinaus aber war Dostojewskij an einer Erzählform gelegen, die die komplizierten Zusammenhänge und die Dissonanzen in der gesellschaftlichen Realität ebenso wie in dem zweifelnden Individuum adäquat wiedergeben und in ihrer Gespanntheit erhalten sollte. In seinen späteren Romanen fand er dann zu einem weitgehend dialogischen Erzählen, geprägt von der Vielperspektivik der unterschiedlichsten Bewußtseinsformen. Die mitunter objektivierende Perspektive des Erzählers ist nur eine von vielen. Die Auffassung und die Bewertung des Autors hingegen sollten ganz zurücktreten.
Der Erzähler im *Doppelgänger* ist fern von einer eindeutigen und »ernsthaften Behandlung der Alltäglichkeit« (Erich Auerbach) und der gesellschaftlichen Realitätsbezüge. Er gestaltet die Realität und die Figuren aus dem Bewußtsein von Spannung, ja von Widerspruch, und seine distanzierte Perspektive verdeutlicht sich in der ironischen Erzählhaltung, die kritisch zu erkennen gibt, daß er nicht mit der von ihm verarbeiteten Wirklichkeit, aber auch nicht mit der Bewußtseins- und Empfindungswelt Goljadkins übereinstimmt. Der ironische Erzähler bewahrt Abstand und gewinnt dadurch jene Freiheit in der Darstellung, die ihn von der ausschließlich realistischen und eindeutigen Wiedergabe der Realität, des Objektiven, entpflichtet und ihm den Spielraum für das Subjektive öffnet.

Angela Martini-Wonde

Inhalt